いきづまり
隠密絵師事件帖

池　寒魚

集英社文庫

目次

いきづまり

隠密絵師事件帖

河鍋暁斎『髑髏と蜥蜴（風俗鳥獣画帖）』一八六九〜七〇年　個人蔵

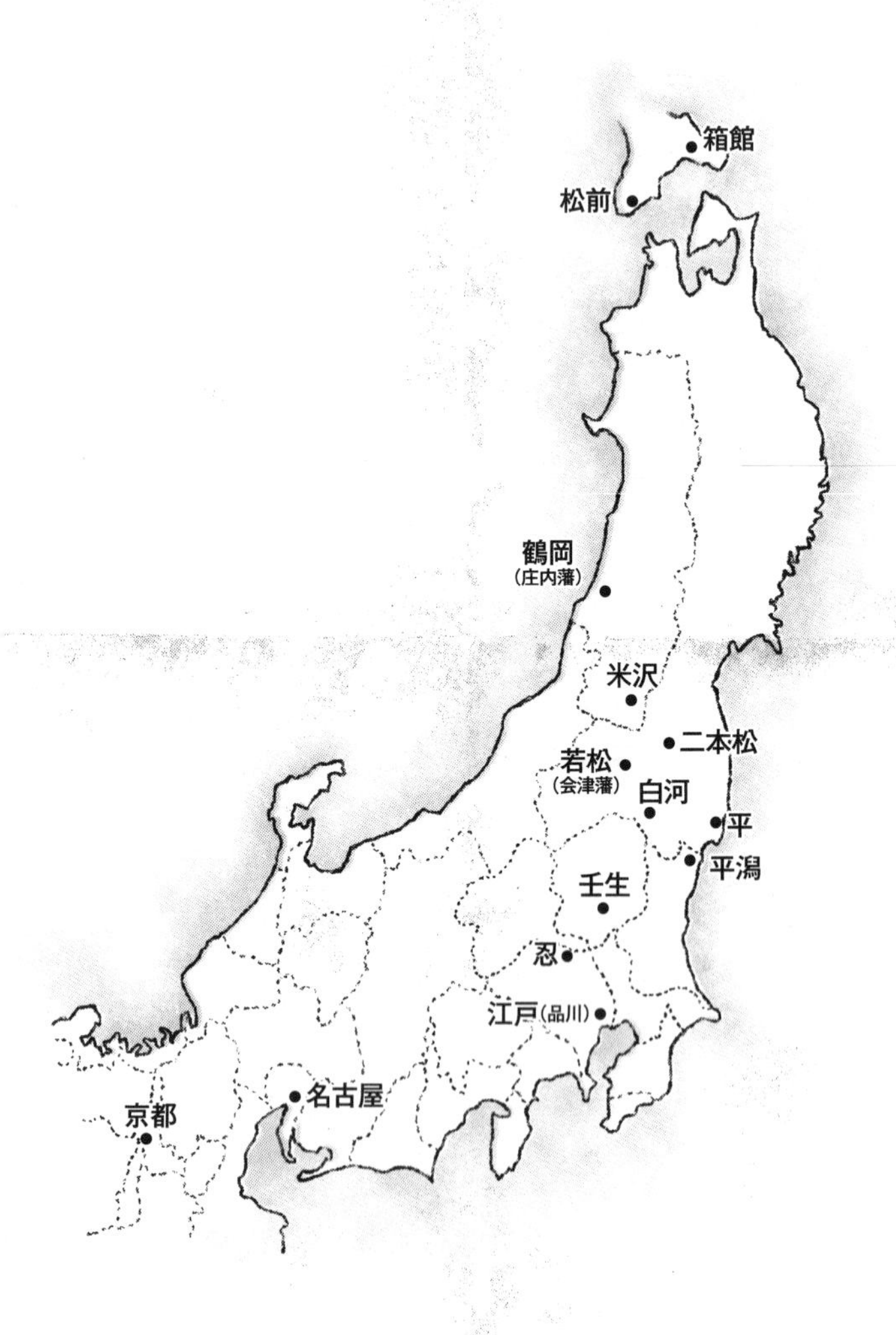
箱館
松前
鶴岡
(庄内藩)
米沢
二本松
若松
(会津藩)
白河
平
平潟
壬生
忍
江戸(品川)
名古屋
京都

第一話　寒い春、冷たい夏

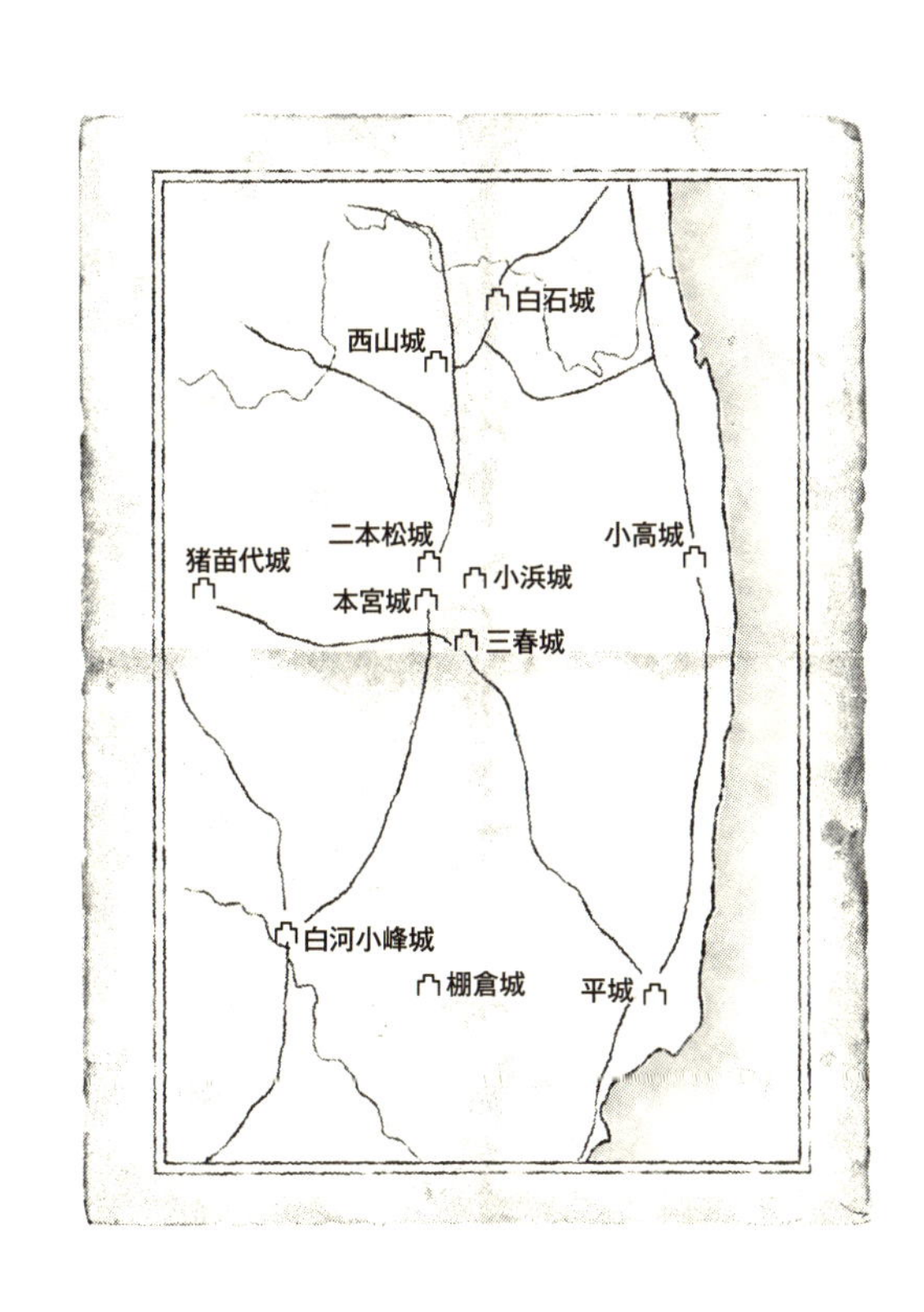

慶応四年九月八日（一八六八年十月二十三日）、詔書をもって元号が明治となり、しかも同年一月一日（一八六八年一月二十五日）にさかのぼっての改元となった。

ちなみに干支は戊辰（つちのえたつ）、いわゆるボシンである。

時の流れに逆行して改元が布告されたのは、日本史上、唯一このときだけである。のちの明治維新政府が行った数々のまやかしの端緒である。そして何よりのまやかしは武士を尊皇と佐幕に分け、対立させたことだ。

そもそも武家は天皇を守護するために誕生したのである。

一

うららかな陽射し（ひざ）とはいえ、剃り（そ）あげたばかりの頭には存外強く、天辺（てっぺん）がちりちりしてくる。黒紋付きの羽織に仙台平の袴（はかま）を着けた司誠之進（つかさせいのしん）は、頭上に手をかざしたくなるのをこらえつつ、品川の歩行新宿を本宿に向かって歩いていた。

月代をきれいに剃るのは実に十年ぶりで慣れぬのも無理はなかった。武家風にきっちり髷を結い、腰に両刀を差して品川宿にいるのも落ちつかなかった。大刀は長曽禰興里の虎徹、小刀は磐城平の名匠根本国虎作である。先祖伝来であり、今となっては亡き父の形見でもあった。

東海道の両側にならぶ旅籠の玄関先はどこもきれいに掃ききよめられ、打ち水がしてあった。だが、まるでひとけがない。

これが品川宿なのか……。

胸の内につぶやかずにいられなかった。

早朝だった。いつもなら泊まり客が玄関先で食売女に見送られ、いくぶん後ろめたそうに、それでいてどこか満足げに出てくる頃合いなのにどこもかしこもしんと静まりかえっている。

近いうちにカングンが攻めてきて、江戸で戦が起こるという噂で市中が持ちきりになっているせいに他ならない。あちこちでカングン、カングンとささやかれるものの、一つ困ったことがあった。

で、カングンたぁ、何者だ？

誰も答えられなかった。

薩摩の軍勢ではないかという声は多かった。それというのも昨年の秋から暮れにかけ、江戸市中において薩摩御用を名乗る強盗、火付け、人殺しが横行し、ついには十二月二十三日に江戸城二の丸が放火によって焼け落ちる事件が起こった。

幕府は、十三代将軍未亡人の天璋院篤姫が薩摩から輿入れしていたところから陰で薩藩が糸を引いているに違いないと睨んだものの確証は得られなかった。しかし、御用盗と名乗る輩が三田の薩摩藩上屋敷に潜伏していることはつかんでおり、幕府は米沢藩兵を中心とする軍勢をもって薩邸を囲み、不逞の者を引き渡すよう強談判におよんだ。しかし、薩摩藩が拒否。小競り合いからたちまち砲戦に拡大し、ついに薩邸を焼き討ちにして賊をことごとく追いはらったのである。

明けて慶応四年戊辰、正月に幕府と薩摩の間で戦が起こったときも江戸の者たちは武家、町人の別なく、誰もが鎧袖一触、またたく間に薩賊を打ち払うものと思っていた。ところが、あろうことか将軍徳川慶喜はろくに戦いもせずに兵を引き、さらには数万の将兵を見捨て、江戸に逃げ帰ってきたのである。

京での出来事は風の噂で江戸市中にも流れてきた。だが、どれも信じられないようなことばかりだ。いわく慶喜は将軍職を放りだして天朝に返上し、あとを薩摩はじめ西国雄藩連合が襲ったとか、将軍家は職だけでなく、領地までも返納するよう迫られ、拒否したことで朝敵にされ、討伐の勅命が降ったとか、二月には西国雄藩連合が朝敵徳川家を討つため、京を進発し、東山道、東海道、北陸道に分かれ、行く先々で諸国を切り伏せながら江戸に向かっているとか……。

　江戸市中に置かれていた諸藩の屋敷が閉ざされ、勤番が家族ともども国許へ引き上げるようになって単なる噂ではないらしいことが町人の間にも広まってきた。品川宿が閑散としているのは、諸藩の武士たちが去ったためであり、噂を聞きつけた町人たちも息をひそめてしまったからであった。

　噂がどれも真実だと誠之進にはわかっていた。

　三日前、兄兵庫助の妻しのが兄の手紙を法禅寺裏の長屋に住まう誠之進に届けに来たためだ。手紙には磐城平藩の先々代藩主安藤対馬守――今は隠居して鶴翁と号している――の永蟄居が許され、国許へ帰ることになり、かつて側用人として仕えていた兄にも同行するよう命がくだされたこと、ついては誠之進も国許へ来るようにとあった。

　磐城平藩は奥州の南端に位置する。国許といっても兵庫助、誠之進ともに江戸で生まれ育ち、いまだかつて一度も足を踏みいれたことがない。鶴翁にしても江戸藩邸生まれで、国許にはほとんど帰ったことがなかった。だが、先々代とはいえ、殿の命令とあれば、従うよりほかはない。

　誠之進は法禅寺裏の長屋を引き払い、磐城平藩の下屋敷内にある兄の居宅で支度をして今日の午に品川湊を出る船に乗って国許に向かうことにしていた。

ときに慶応四年三月十日であった。

街道の反対側で箒(ほうき)を使っている男を目にした誠之進はにやりと笑みを浮かべ、後ろからそっと近づいた。ふり返った男の箒が誠之進の爪先に触れそうになったところでぴたりと止まる。

誠之進は紺足袋に草履を履いていた。

「これはとんだご無礼をいたしました」

あわてて箒を背に回した男が深々と頭を下げる。

「気をつけなよ、徳」

声をかけると徳が弾(はじ)かれたように躰(からだ)を起こし、誠之進の恰好(かっこう)に目を大きく見開く。

「誠さん」

誠之進はうつむき、鼻の頭を掻(か)く。

「似合わねえだろ」

「いえ……」徳がへどもどしながら答える。「あまりにご立派なんで肝を抜かれました」

品川宿に住まうようになってから誠之進は月代を剃らず、真冬でも単衣(ひとえ)の着流しで通していた。絵師という触れ込みだが、とても食っていけないので旅籠〈大戸屋(おおとや)〉の用心棒兼雑用係で糊口(ここう)をしのいできた。品川宿に住むよう命じたのは亡父である。亡父もかつて安藤対馬守の江戸詰め側用人を勤め、隠居してからも殿の耳目となって諸藩の事情を調べていたのである。

　品川宿は東海道第一の宿場であるだけでなく、江戸にもっとも近い遊興の地にして諸藩の勤番たちが出入りしており、いわば非公式な外交の場となっていた。誠之進を品川に置いたのも耳を澄ませ、目を光らせるために他ならない。

　誠之進は親指を突きあげた。

「親分はいるかい」

「今朝早くからお待ちかねです。研秀さんもいらっしゃってますよ」

　徳は品川宿で口入れ稼業をしている藤兵衛の下にいた。屋号を橘屋という。数年前から町奉行の手先も勤めている俠客だ。研秀は研ぎ師秀峰の屋号である。三田に居を構え、腕のいい研ぎ師として名が響いていた。

「知らせたのは昨日だが」

　誠之進は船が品川湊から出るため、出港前に藤兵衛にだけは挨拶をしておこうと思ったのだ。

「親分が研秀さんと大戸屋さんへ使いを出しまして」

　そういって徳がにやりとする。使いに行ったのは徳なのだろう。橘屋に入ると長火鉢を前にした藤兵衛、となりに秀峰が座っている。

　秀峰が誠之進を睨めつける。

「ずいぶんと水臭い真似（まね）をしてくれるじゃねえか」

「いや、昨日の今日なんで……、たまたま船が品川湊から出るというし……」

藤兵衛が助け船を出してくれた。

「まあ、そんなところに突っ立って汗かいてても始まらねえでしょう。さあ、お上がりください」

徳が運んできてくれた鹿角（ろっかく）の刀掛けに両刀を置き、改めて藤兵衛に向きなおった誠之進は両腿（りょうもも）に手を置いたまま一礼した。

「長らくお世話に……」

「いや」さえぎった藤兵衛が苦笑いを浮かべる。「何だか辛気くさくていけねえ。とにかくこれから行きなさるのは勿来（なこそ）の関（せき）の向こうだっていうじゃござんせんか。まだたいそう寒いんでござんしょう」

誠之進も苦笑して頭を掻く。

「実は私もまだ一度も足を踏みいれたことはなくて」

「御殿山（ごてんやま）の桜もすっかり散ったというのに」

品川宿の入口にある御殿山は桜の名所として名高い。毎年、春になると見物に足を運んだ。

もう十年、いや、安政四年（一八五七）だから十一年になるのかと誠之進は思った。長いような、短いような何とも不思議な心地がする。その間に年号は安政、万延、文久、元治、慶応と変わった。

ふと幼い女の顔が浮かんだ。大戸屋で下働きをしていて、ようやく十一、二になった頃合いだ。よく法禅寺の長屋へ誠之進を呼びにきたものだった。やがて食売女と呼ばれる遊女となり、客を取るようになった。遊女の業病――梅毒(かさ)を二度患った。一度罹(かか)ってしまえば、二度目はないといわれていたが、ないはずの二度目が来て死んでしまった。去年のことだ。

十一年――もう一度胸の内へつぶやいた。子供こどもした女の顔を思いだすとはるか昔のように思えた。

もじもじするばかりで黙っている藤兵衛から秀峰に目を移し、口を開きかけたが、機先を制されてしまった。

「すまんが、誠さん、諸肌(もろはだ)脱ぎになってくれねえか」

「はあ？」

誠之進は首をかしげ、藤兵衛も目を剝(む)いて秀峰を見ている。秀峰が鼻にしわを寄せた。

「何もあんたを裸にして手込めにしようってわけじゃねえ。さっさとやってくれ」

「それでは」

わけのわからないまま羽織を脱いで畳み、両腕を袖に引っこめると懐へ入れて上へ抜き、上体をはだけた。

すかさず秀峰が丸めた革の帯を突きだす。

「これを着けてみてくれ。輪っかになってるだろ。そこへ左手と頭をくぐらせて、たすき掛けにしてくれ」

受けとった革の帯はたしかに輪になっている。いわれたとおりにした。

「幅の広いところを右肩にかけて、細長い革袋みたいなのがあるだろ。そいつを左のわきの下へ垂らして」

わけがわからないまま、ふたたび秀峰に従っていると、湯飲みを載せた盆を両手に持った徳が居間に入りかけたところでぎょっとして立ちすくんだ。

じろじろ眺めていた秀峰が半ば独り言のようにいう。

「まあ、いいだろ」

「何だい、こいつは？」

「知り合いの甲冑師（かっちゅうし）が暇にまかせてこさえた。暇ならおれも負けちゃいねえ、売るほどありやがる」

ぶつぶついう秀峰が懐から短筒を取りだし、握りの丸い尻を向けてくる。ちらりと誠之進の後ろへ目をやったあとにいった。

「䦆徹も国虎もいい刀だし、誠さんの腕も認めるが、離れたところからずどんじゃ、間に合うまい。餞別だ。受けとってくれ。ただちっとばっかり気をつけてくれよ。弾ぁ、入ってる」

差しだされた短筒に手を伸ばした。銃身の後ろに円筒がついているところを見ると連発になっているようだ。さほど大きくはなく、頭から尻まで六、七寸だろう。銃手を離した秀峰がにやりとし、のぞきこんでいた藤兵衛と徳が同時に目を瞠った。銃身に見事な龍の彫金が施されている。

「秀三の奴がこさえた」

秀峰には三人の息子があった。長男秀太郎が研ぎ師、次男秀二郎は刀工、そして三男の秀三郎が銀細工の職人になっていた。

「どうもあいつは金の筒を見ると細工してみたくなるらしい」

「短筒など使ったことがない」

「肝心なのは、銀細工の筒だ。それなら慣れてるだろ」

誠之進は黙ってうなずいた。

秀三郎が作ったキセル筒を持っていた。長さ一尺あまり、太さは一寸ほどもある。やはり精緻な細工が施してあったが、キセル筒には蛇が巻きついていた。もっとも蓋は抜けない。鋼の棒に銀を巻きつけてあるだけなのだ。柔らかな銀というのがみそで相手が撃ち込んできた刃が食いこみ、がっちりくわえこむようになっていた。おかげで何度も命拾いをしている。

手にした短筒を目の前にかざした。キセル筒ほど巻いてある銀に厚みはないが、それでも刃を受けることはできそうだ。

秀峰が顎をしゃくった。

「左のわきの下へぶら下がってる革袋に入れるんだ」

短筒を右手に持ったまま、左手で革袋をつかみ挿しいれた。すんなりと収まる。

「なるほど」

「短筒を懐に吞んでる連中は多いが、ごろごろして塩梅が悪いそうだ。それなら動かねえ」

「たしかに」

気を取りなおした徳が誠之進、秀峰、藤兵衛の前に湯飲みを置いていく。

そのとき入口で声がした。

「ごめんくださいまし」

目をやると大戸屋の主が立っており、その後ろに絵師河鍋狂斎と誠之進にとっては兄弟子にあたる鮫次がいた。

誠之進は袖に両腕を通し、小袖を着けた。左のわきの下が膨らんではいるが、さほど目立たない。何よりごろごろはしなかった。

誠之進は手にした白磁の盃に見入っていた。径二寸ほどの中に鮮やかに描かれているのは毘沙門天の顔だ。緑の甲冑を着こみ、盛りあがった肩と炎となった光背まで描かれている。狂斎の手になることはひと目でわかった。

盃は餞にと狂斎がくれた。毘沙門天は勝負事にご利益がある。

狂斎のとなりで鮫次がぼやきつづけていた。

「大戸屋の旦那から知らせが来て、昨日の今日で品川を発っていうじゃねえか。お師匠に話したらすぐに行こうということになって、昨夜は大戸屋さんに世話んなった。国許へ帰るんならひと言いってくれりゃいいものをよ」

「すまない。急なことだったものだから」誠之進は狂斎に目を向けた。「毘沙門天でございますね」

狂斎は何もいわず唇の端を持ちあげて笑みを見せただけだが、かまわず言葉を継いだ。

「ずいぶん昔のことになります。私は十歳の頃から駿河台の画塾に通っておりまして、塾頭が狩野派に縁のある人で、あるとき駿河台へ使いに出されました」

幕府御用の奥絵師に次ぐ家格、表絵師の筆頭狩野派の本家は駿河台にある。

「塾に通いはじめて八年ほどで私は十八になっておりました」

狂斎は黙って聞いていたが、鮫次は怪訝そうに眉根を寄せている。

「そこで軸を見せていただきました。洞郁の作だといわれまして……」

狂斎は相変わらずにやにやしている。

「息を嚥みました」

掛け軸に描かれていたのは、炎の光背を負った毘沙門天で朱色の衣と緑の甲冑が目覚めるほど鮮やかだった。そのときに洞郁作だといわれ、どれほど画才に恵まれようと短くても十二、三年の修行を必要とする狩野派において九年にして号を授けられたと教えてもらった。

「埒もねえ」

狩野洞郁陳之――のちの河鍋狂斎である。

ぼそりという狂斎に向かって盃を両手で持ち、拝んだ。

「ありがたく頂戴いたします」

「勘違いするな」

「は?」

「そりゃ、お前さんだよ」

目をしばたたいていると狂斎が言葉を継いだ。

「お前さんが腹ん中に抱えている鬼だ。鮫の奴からいろいろ聞いている。儂も察していた。お前さんの中にはたしかに恐ろしい鬼が棲みついてやがる。そいつが暴れだせば、お前さんの命を奪いかねない剣呑な奴だ。いいか、誠斎……」

誠斎は狂斎から与えられた弟子としての号だが、藤兵衛、秀峰、徳にはいったことがない。おのが画業のつたなさゆえ、狂斎の弟子を名乗るのが憚られたからだ。

「腹ん中の鬼が暴れだしそうなときは、まずはそいつに酒を満たしてぐうっとひと息に飲め。それから大きく息を吐いておのれに問え。今が死に時か、とな」

「はい」

「儂の腹ん中にも鬼がいる。画を描く鬼……、絵師の性だ。逆らいようはない。たとえ命を縮められてもな。儂はお前さんの鬼にも画を描かせたい」

狂斎が言葉を噛み、まっすぐに誠之進の目をのぞきこんでくる。やがて圧しだすようにいった。

「わかるな」

誠之進は両手で盃を捧げもったまま、深くうなずいた。

「ごめん」

橘屋の土間に声が響きわたった。全員が目を向ける。きらきらした袈裟に身を包んでいるのは法禅寺の大住職——住職は嫡男に譲り、今は大住職と称している——だった。徳が尻を浮かせようとするのを手で制して大住職が誠之進に目を向けた。

「長屋はそのままにしておくでな。必ず帰ってきなさい」

それだけいうと合掌し、一礼して、くるりと背を向けた。

二

誠之進は灰色の空を見上げて胸の内でつぶやいた。

これで夏か……。

品川を発ったのが三月、御殿山の桜はすでに散っていた。それから四月、閏四月、五月を経て、六月も十六日（一八六八年八月四日）になっている。

勿来の関の向こう側だ、たいそう寒いんでしょうといったのは藤兵衛だ。たしかに、と誠之進は思う。

だが、この年の寒さは地元の人々でさえ尋常ではないという。どんより曇った日がつづき、一日として暑いと感じる日がなかった。

領内の田んぼでは、百姓たちが暗い顔をしてあぜ道を歩いていた。いつもの年ならすっかり伸びた稲が照りつける陽の光を浴び、秋の刈り入れに向かって実を太らせている時分なのに今年は半分ほどの丈でしかないという。百姓たちは田に引き入れる水をいったん溜めて陽光で温め、稲の間を歩きまわってはこまめに虫や雑草を取るなど手間を惜しまなかったが、稲は思うように育たなかった。

三十年あまり前のことだが、天保の大飢饉がもたらした惨状は武家、百姓を問わず誰の胸にも深く刻まれている。

品川を出て、三日後、小名浜に着いた。小名浜の湊は平城下から南へ四里ほど下ったところにあり、もっとも近い。そこから城下に向かい、遠藤主膳邸を訪ねた。遠藤家は代々小姓頭を勤める家柄で亡き母の実家でもある。当主は母の兄から甥に代替わりして名を継いでいたが、今も小姓頭の要職にあり、江戸から来た誠之進の兄兵庫助が身を寄せていた。

会うなり兄に告げられた。

誠之進が発った翌日、品川宿に官軍が入った、と。

江戸には藩邸が残っており、下屋敷内にある兄の居宅では兄嫁しいが中間の治平とともに暮らしている。また、品川宿には橘屋藤兵衛や若い衆、大戸屋の主と妓たち、そのほか知り合いが大勢いるし、ほど近い三田には研ぎ師秀峰がいる。気は揉めたが、江戸の状況が逐一入ってくるわけではなかった。報せは藩邸からではなく、贔屓にしていた飛脚問屋から細々と来るに過ぎない。

兄は磐城平に来て、二代前の藩主——元安藤対馬守だが、隠居後は鶴翁と号している——の側用人となっている。江戸から磐城平へと場所は移りながら前職に復帰したようなものだ。対馬守が隠居に追いこまれ、側用人だった兄は勘定方の平役人に左遷されていた。

誠之進は遠藤家の推挙もあり、小姓組に入れられたが、あくまでも御雇であり、正式に藩士となったわけではない。品川にいた頃と同様、不安定な立場ではあったが、かえって気が楽だった。また、藩士としなかったのには、兄、そして鶴翁の思惑が働いている。隠密働きをさせるためだ。そのおかげで四ヵ月もの間、さまざまな身分を装って周辺諸藩をまわり、事情を見聞することができた。

「何だ、あれ」

となりに立つ遠藤善二郎の声で誠之進の思いは途切れた。

善二郎は遠藤主膳の次男ながら小姓組に入れられている。次男までも駆りだされているところが人手不足を如実に表している。もっとも次男ゆえの気楽さがあり、誠之進とは気が合い、行動を共にすることが多かった。

善二郎が指さしているのは沖に浮かんだ軍艦だ。そのうちの一隻から艀が下ろされている。

誠之進は善二郎とともに平潟湊の北端に突きだした小さな岬に来ていた。幅の狭い砂浜にずらりと矢来を並べ、その背後に仙台、磐城平両藩の兵がひそんでいた。だが、二町ほども並べた矢来ははったりだ。両藩の兵はあわせて二十人足らずでしかないのだ。

兵たちの後ろは急な斜面となっており、登った先には八幡(はちまん)神社がある。

平潟湊からほんのわずか北に奥州と関八州の境である勿来の関があり、そこには仙台藩兵百名ほどが布陣していた。平潟には物見としてそのうちの一部が出されているに過ぎなかった。磐城平藩も兵を配置しているものの、平潟湊の北端——今、誠之進のいる岬——から勿来の関までの狭い一画を飛び地として領しているに過ぎず、数名の藩兵を割くのが精一杯だ。そもそも兵の数が多くはない。石高も仙台藩の六十二万に対し、わずか三万でしかない。

湊の南側、沖合には三隻の軍艦が浮かんでいた。いずれも官軍の船である。

江戸市中でしきりにささやかれていた官軍が天朝の軍隊を指すことは磐城平藩に来て——江戸で生まれ育った誠之進には国許に帰ったという実感はない——から知った。しかし、腑(ふ)には落ちていない。

武家でもない天朝が軍を統べるなどいまだかつて耳にしたことはない。要は天子をたばかっている薩摩、長州、その他もろもろが官軍を自称しているに過ぎない。奥州諸藩ではよくて西軍、ともすれば奸賊(かんぞく)と呼ばれている。

官軍ならぬ奸軍——我ながら下手なシャレだと誠之進は思う。

平潟は天然の良港とはいえ、西洋式の大型軍艦が入港できるほどの深さはない。沖合に錨泊(びょうはく)し、湊との間は艀を行き交わすしかなかった。誰も動こうとせず、声すら発しないで近づいてくる艀を見守っている。辺りを見まわした誠之進は声をひそめ、善二郎にいった。

「誰も何もいわんね」

「いろいろ事情もありますれば……」

善二郎の表情は固い。

海岸に矢来を並べ、仙台、磐城平両藩の兵が固めていながら近づいてくる艀を見過ごしているのは、軍艦三隻に対しあまりに兵の数が少ないことに加え、平潟湊が置かれた複雑な事情がある。

平潟湊は江戸から奥州に向かう東回り海運の要所として仙台藩の陣屋が置かれるなどして発展した。今も商家や蔵が湊を囲んでいる。湊は南北二つに分けられ、北端の岬こそ磐城平藩領となっていたが、湊の大半は水戸藩領に属していたのである。それが二年前、親藩の一つ川越藩の所領とされた。反幕府の姿勢を強める水戸藩から取りあげるだけでなく、大きな利益を生む湊を親幕側に確保しておきたかったからにほかならない。

ところが、今年に入って川越藩が親藩など今は昔の物語とうそぶくようになってしまった。そこへ官軍の軍艦が入ってきても大藩仙台、所領とする磐城平藩とはいえ、おいそれと手を出せなくなっていた。

艀が浜に乗りあげ、羽織、袴姿の四人の武士が降りてきた。森の中から仙台藩兵が出ていく。人数は倍の八人だ。砂浜に上がってきたうち、先頭にいた一人が声をかけた。

「御免。そこもとらはいずれの御家中にござるか」

「人にものを訊ねるのならば、先に名乗るのが作法だ」兵の頭分が応じた。「無礼であろう」

「いかにも」恰幅のいい相手は鷹揚にうなずいた。「当方は日向国辺りから来た者で、拙者は高橋と申す。そちらは」

「伊達家」

やりとりを見物しながら格が違いすぎると誠之進は肚の底でつぶやいた。高橋という男は堂々としているが、対する仙台藩の兵はへどもどして、声が震えを帯びている。相手にすっかり呑まれているのだ。

日向国は薩摩の支藩である。しかも辺りから来たなどとふざけた応答をしているにもかかわらず頭分は気づいてもいない。少し離れた所に立っている誠之進にも頭分の足が小刻みに震えているのがわかった。

高橋が破顔する。

「ちょうどよかった。我々は江戸を出て、貴藩に向かう途上なのだが、ちょうどこの沖合で薪水を切らしてしまった。このまま海を漂ったのでは……」

そういってふり返り、沖に錨泊している三隻を指さした。いっしょに艀を降りたほかの三人にしても高橋同様落ちついた顔つきをしている。いずれも羽織、袴をきちんと着け、戦装束ではない。

兵に向きなおった高橋があとをつづけた。

「乗りこんでおる者ども皆の命に関わる」

「それはお困りであろう」

おいおい——誠之進は眉をひそめた——同情して、どうする。

すかさず高橋が切りこんでくる。

「ついては湊で薪水の補給をさせていただきたい。そのためだけに参ってござる。では」

高橋が歩きだそうとすると頭分が動き、前に立ちふさがった。ぐるりと取り囲む藩兵たちも一斉に身構える。さすがに鉄砲を向けようとはしなかったが、いつでも撃てるよう火縄はくすぶって煙を上げている。

「ならぬ。隊長の許可を得ぬかぎりはここを通すわけにはいかない」

「おや」高橋が首をかしげた。「ここら辺りは川越藩松平周防守(すおうのかみ)所領と承っておるが、そこもとは先ほど伊達殿御家中といわれなかったか」

正論で押してくる高橋に頭分は圧倒されていた。

「では、御免」

高橋が歩きだし、二人がつづく。一人は艀に戻り、そのまま元の軍艦に向かってしまった。

あわてたのは仙台藩兵である。高橋の後ろを追いながら声をかけた。

「しばし待たれよ。隊長の許可はすぐに取ってくるゆえ……、今しばらく……」

高橋がふり返る。しかし、足は止めない。

「待てといわれれば、待たぬでもないが、はて、どこで待てばよろしいか」

「すぐに支度をいたします」

兵の言葉遣いがていねいになった。頭分も気がついてはいないようだ。そしてそのまま浜にある仙台藩の待機所に案内してしまった。

「どうにもやり切れませんな」

すぐ後ろで善二郎がつぶやく。

「待機所とやらをのぞきに行こうか」

「いけません。勝手に動かれては私が困ります」

「私は御雇だけどね」誠之進は善二郎の顔をのぞきこんだ。「私が勝手に動くとどうしてあんたが困るんだい？」

「いや……、それは」

言葉に詰まった善二郎の顔が見る見るうちに真っ赤になった。同じ次男坊同士、気が合ったのも事実だが、善二郎が誠之進にまとわりついているのは兄の主膳に命じられ、目付の役を負っているためだろう。察しはついていたが、いっしょにいて息が詰まることもない相手だし、何より地理にうとい誠之進にとってはかっこうの道案内にもなる。

誠之進は顔を上げ、浜の待機所を見やった。

「あやつらの狙いは上陸だろう。なあ、手妻ってのを見たことがあるかい」

「手妻でございますか」

「見世物だがね、何もないところから鳩だの絹きれだのを取りだしてみせる」

「妖術を使うわけですか」

「妖術なもんか」誠之進は笑った。「見物客の前で右手をひらひらさせて目を引いている間に左手でタネを仕込むだけのことだ」

善二郎が目を見開く。

「つまり……」

やがて湊の南側の浜から何艘もの艀が軍艦に向かって漕ぎだした。仙台、平両藩の兵たちは待機所を取りまいているだけである。

浜を回って艀を出した商家に押しかけるわけにもいかない。それ以前に今から駆けだしていったとしてもとうてい間に合いそうもない。

何艘もの艀が軍艦に漕ぎ寄せられる。

「あぁっ」

善二郎が声を発した。

軍艦の一隻が動きだし、横腹を誠之進たちの陣に見せたのである。舷側の小窓からは砲口が突きだされていた。

ほどなく軍艦に横付けした艀に次々と人が乗りこんでいった。せいぜい小指の爪ほどの大きさながら誰もが鉄砲を手にしているのはわかる。十数人が乗りこんだ艀が次々と南側の浜に漕ぎ着け、砂浜はたちまちにして砂糖に群がる蟻のような黒い人影に埋めつくされていく。

誠之進は胴にさらしを巻き、その上に秀峰が餞別だとくれた革帯を着け、短筒を入れていた。腰には乕徹、国虎を差しているものの羽織、袴で草鞋履きである。とても戦装束とはいえなかった。善二郎にしても同様だ。

さらに艀が軍艦と南岸の間を往復する。

やがて待機所から高橋とほかの二人が出てきた。何もいわずすたすたと歩き去るのをただ見送るしかない。

軍艦の砲口は相変わらず誠之進たちに向けられている。

品川宿に官軍が入ってちょうどひと月後、四月十一日にはまさに天地がひっくり返るような大事件が勃発した。

江戸城が開かれ、薩長が入ったのである。

ひるがえってみれば、この年慶応四年戊辰の正月に鳥羽（とば）、伏見で幕府と薩長を中心とする奸賊の間に戦が起こり、幕府方が敗北したところから悪夢が始まった。

前年、将軍徳川慶喜は、頼りとしていた土佐山内容堂の勧めもあって大政を天朝に奉還していた。天朝並びに公家（くげ）衆には、政治、軍事、外交をさばく器量はなく、人も組織もないところからふたたび徳川を頼らざるを得ないという読みがあった。二百数十年にわたって諸藩を押さえ、武家の棟梁（とうりょう）として統治してきたのである。

しかし、思惑はことごとく覆され、薩摩、長州をはじめとする五大雄藩連合が天朝に味方し、徳川家に代わってすべてを動かしはじめた。ちなみに連合のうちには、ちゃっかり土佐藩も入っていた。裏切られたとほぞを噛（か）んでもまさしく後の祭りでしかない。

雄藩連合は、天朝を蔑（ないがし）ろにしてきた徳川家を朝敵として討伐せよとの勅命を得た。慶喜にとってはもっとも恐れていた事態である。

一橋家当主から第十五代の将軍となったが、そもそもが第九代水戸藩主斉昭（なりあき）の七男である。斉昭は尊皇攘夷（じょうい）に取り憑（つ）かれた人物であり、慶喜も大いに影響を受けていた。その自分がよりによって朝敵にされる。凄（すさ）まじいばかりの恐怖に襲われたのは想像に難くない。

鳥羽、伏見の戦いにおいて、慶喜はあっさり兵を大坂城まで退いた。それどころか大半の将兵を大坂に置き去りにして、ごく一部の側近、同盟していた会津藩主、桑名藩主などわずかな人数で軍艦に乗り込み、江戸へ逃げ帰ってしまった。

勅命を恣にできるようになった西国雄藩連合は、慶喜のみならず京都守護職として実際に天朝を蔑ろにしたとして会津藩、京においてつねに会津藩を助けた桑名藩をも朝敵とした。会津、桑名の藩主は実の兄弟でもある。

閏四月になると西国雄藩連合は、奥州討伐を決めた。実は西国雄藩とはいうものの徳川家を中心とする旧幕府に比べると兵力、資金力ははるかに劣っていた。ところが、江戸城が開かれるやいなや西国のみならず関八州一円の諸藩がことごとく天朝に帰順する旨を示した。西国雄藩連合はここにおいて旧幕府を軍事力で凌駕し、官軍と称するようになったのである。

官軍が江戸城が開かれたあとも東進をやめなかった理由こそ会津藩にある。

実は、江戸城陥落以前、正月のうちに会津藩主松平容保討伐令が出され、三月には奥羽鎮撫総督府が仙台藩青葉城のお膝元藩校養賢堂に本陣を敷いていたのである。ただし、手勢は六百名に届かなかった。

そもそも鎮撫総督府が諸藩、中でも奥州最大の仙台藩伊達家に求めていたのが会津討伐であった。奥羽の問題は奥羽諸藩の手で解決させるというのは建前に過ぎず、官軍とはいえ、幕府の軍勢に比して劣勢であるのを否めず奥羽鎮撫に兵を割けなかった事情があった。

しかし、奥州諸藩にもおいそれと会津討伐を受けいれられない事情があった。

まずは建前。

将軍慶喜が謹慎し、ひたすら恭順の姿勢を示すことで死を免れ、徳川宗家の扱いも決定してはいなかった。それなのに会津藩ばかりを過酷に責めたてるのは承服できないというわけだ。京都守護職として会津藩が打ち払ってきたのは主に長州藩であり、徳川宗家よりも厳しい処置を下すというのであれば、これはもう長州による私闘以外の何ものでもない。私闘は最大の御法度（ごはっと）とされていた。

しかも総督府下参謀（しもさんぼう）にしてもっとも過激だった世良修蔵（せらしゅうぞう）が長州藩士であったため、私闘の色がさらに濃くなった。

加えて二つ、奥州諸藩には本音の部分で不安があった。

一つは仙台、会津に次ぐ雄藩米沢藩が前年末、三田の薩摩藩邸を焼き討ちにしている件だ。会津を滅ぼせば、官軍の切っ先が米沢藩に向くことが考えられた。

そしてもう一つが冷たい夏である。これこそが奥州における戦を何としても避けたかった理由にほかならない。各藩とも自前の兵を抱えているとはいえ、戦ともなれば、兵だけでなく、兵站（へいたん）を支える人、物、金が必要になる。それでなくとも稲の生育が遅れ、飢饉への不安を募らせている百姓たちから倍加する年貢を取り立て、村々から人を出させれば、米の生産が立ちゆかなくなる。

つまり諸藩の基盤が揺らぐ事態を招く恐れがあった。

そこで仙台藩は鎮撫総督府を接待漬けにして、のらりくらりと会津討伐令を躱してきたが、激烈な参謀世良の『勅命である』の連呼に逆らいきれなくなり、ついに会津に出兵することを決めた。実はこのときすでに仙台、会津の間には連絡があり、お互いに傷を負わないよう談合が成立していたのである。所詮、鎮撫総督府の手勢は六百弱に過ぎない。

これが江戸城が開かれたことで一転してしまった。

よりによってこのとき、仙台藩がとんでもない失策をやらかす。あまりに尊大な世良——何より藩士たちを激怒させたのは、世良が仙台藩主を呼びつけ、上座から会津討伐を命じたことだ——を謀殺してしまったのだ。時期的には江戸開城の直後、江戸の情勢が逐一伝わっていなかったための行き違いだ。

さて、討伐の勅命が出されている会津藩、薩邸を焼き討ちにした米沢藩、ここに世良を殺した仙台藩が加わり、奥州諸藩は引くに引けない窮地に追いこまれ、強大な武力をもって周囲を睥睨してきた仙台藩が中心となって、ついに奥羽列藩同盟を結び、官軍と対峙することになる。

ただし、秋田の久保田藩二十六万石だけはいち早く天朝への帰順を表明しており、同盟には加わらなかった。

同盟を結んだものの奥州諸藩としてはできるだけ戦を避けたかった。そこで孫子の兵法にある、戦わずして勝つを地で行こうとしたのである。つまり奥羽諸藩、のちに北陸諸藩も加え、奥羽越列藩同盟として結束して国境を守るならば、官軍も無理には攻めてこられまいと踏んだ。

だが、この思惑も外れる。江戸、さらに関八州、甲州を掌中にした官軍は東進の勢いを微塵(みじん)も減じようとはしなかったのである。

そうした中、奥州の南端に位置する磐城三国――平、湯長谷(ゆながや)、泉(いずみ)の三藩はまっさきに官軍の攻撃を受けることが予想された。

磐城平藩においては、藩主が飛び地である美濃加茂(みのかも)にあり、いち早く天朝帰順を表していた。そのため仙台での会合から戻ってきた家老が藩主がすでに恭順の姿勢を見せている以上、平藩としては官軍と争うべきではないと主張した。しかし、前々藩主の鶴翁が激怒し、評定の席を蹴り、以降、列藩同盟の一員に加わることになった。

鶴翁の真意が奈辺にあるのか、誠之進にはうかがいようもなかったが、意地を張ったのかとは思った。

老中を罷免され、藩主としても隠居、その後永蟄居の身となったが、次の第六代藩主には四歳の嫡男信民を据え、藩の実権は手放さなかった。信民が藩主となって一年後に病死すると第七代には養子の信勇を迎えたが、十四歳と若すぎるとして変わらず実権を握りつづけ、さらには美濃加茂に飛ばしていたのである。

鶴翁とすれば、実権もない信勇が勝手に恭順の誓紙を出し、小賢しい家老が立ち回ったと映ったのかも知れない。

儂が磐城平藩だ……。

誠之進は勿来の関周辺の飛び地を守護する兵の一人として、五月以降、国境付近に来ていたのだが、六月十六日、ついに平潟湊に官軍の軍艦三隻が現れるに至ったのである。

三

平潟湊沖に浮かぶ軍艦と、南岸の浜——旅籠や商家が数軒並んでいた——との間を何艘もの艀が往復し、千人ほどが上陸した。その間に待機所を出た高橋たち三人がゆうゆうと歩いて行き、一軒の旅籠に入った。そこを本陣と定めたらしく周囲をぐるりと官軍兵が固めてしまった。

こうなっては多勢に無勢で抗する術もなく仙台藩兵の頭分が勿来の関に伝令を走らせ

た。戻ってきた伝令が本隊に合流せよという隊長令を告げ、もっけの幸いとばかりに撤退したのである。

本隊といってもせいぜい百人に過ぎない。しかも誠之進たちが勿来の関まで来たときには、隊長は湯長谷藩の陣屋に出向き、評定の真っ最中だという。

それからというもの関を守る兵たちは森の中に散らばり、南から官軍が攻めてくるか、北から増援が来て平潟湊の奪取を命じられるか、戦々恐々として待つことになった。しかし、山間はしんと静まりかえり、午をまわり、やがて夕方近くになった。

街道を北の方から二人連れがのんびり歩いてくるのが見えた。一人は武家、もう一人は中間のようだ。少なくとも敵ではなさそうだが、誰もが息を嚥んで見守った。やがて顔が見えると誠之進は肩の力を抜き、立ちあがって声をかけた。

「人見殿」

「おお」

人見勝太郎が誠之進に目を向け、にっこり笑って片手を上げると森の中へ踏みこんでくる。

「どうなされた」

「あなたがここにおられると聞きつけましてね」

そういって人見が右手に持った竹の鞭で自分の頸筋をぽんぽんと叩いた。茶の羽織に袴を着けていたが、股立ちをとっているわけでもなく、山道だというのに雪駄を突っかけている。およそ戦の真っ最中とは見えない恰好だ。

人見は誠之進より七歳若い。御家人の嫡男だが、父親が二条城詰めのため、京の生まれだ。今月の初め、誠之進は居候している遠藤邸で兄兵庫助に紹介されていた。

相変わらず鞭で頸筋を叩きながら人見がつづけた。

「評定、評定、評定でうんざりしましてね。おまけに何一つまとまらない。司殿が勿来の関にいるというので物見も兼ねてやって来たという次第です」

見かけは優男だし、言葉にはわずかに京訛りがあって声がやわらかに響く。だが、凄まじい男だった。

昨年、将軍を直接警固する遊撃隊に抜擢されたばかりだが、今年になって地元京の伏見での戦いに参じたのを皮切りに大坂から江戸へ逃げ帰った将軍慶喜に供奉し、江戸へ下った。ここで遊撃隊は二派に分かれる。あくまでも慶喜とともに恭順すべきとする者と徹底抗戦を唱える主戦派だ。人見は戦うことを選んだ。

彰義隊とともに上野の山に立てこもること一ヵ月、しかし、いざ戦が始まるとたった一日で敗れてしまった。そのとき、江戸開城と同時に幕府の軍艦が品川湊から脱走することを聞きつけた人見たち遊撃隊の生き残りは海軍副総裁榎本釜次郎に同盟して乗船を果たした。ところが、品川を出ると榎本が軍艦の一部を幕府を通じて薩長の手に渡すという。人見は猛反対し、遊撃隊のみは上総国へ上陸したいと申し出て受けいれられた。

上総国では請西藩に入り、藩主林忠崇と語らって徹底抗戦で合意、上総、安房諸藩の脱藩士を隊員に迎え入れながら駿府での挙兵を目指し、江戸湾周囲の各地で暴れまわった。ついには箱根へ打って出て関所を占領するに至っている。だが、小田原藩が官軍に恭順、周囲の藩も追随したため、やむなく熱海まで撤退し、網代においてふたたび榎本の艦隊に拾われ、北上して小名浜に到着している。そこから平藩に向かい、林忠崇とともに鶴翁に拝謁し、平藩への助力を要請され、引きうけていた。

誠之進が品川宿にいたというと懐かしそうな顔をしたが、命からがら上野を退き、江戸を発った湊だったからだ。

そして今、唇をとがらせ、街道を眺めている人見の横顔に誠之進は胸の内でつぶやいた。

評定つづきも仕方がない……。

かつて鮫次の生まれ故郷である房州を訪れた際、犬牙の地という言葉を聞いた。食いしばった犬の歯のように諸藩の所領、幕府の直轄領――いわゆる天領や、さらには大名の飛び地が入り混じっているという意味だ。

磐城平に来て、はじめて周辺の土地が房州よりさらに複雑に所領が入り組んでいることを知った。平潟湊の北側は磐城平藩の飛び地がほんのわずかあって、それより北が泉藩、湯長谷藩とつづき、ようやく磐城平藩の所領となるのだが、その間にも天領がはさまっている。平、湯長谷、泉の磐城三藩の西側になるとさらに複雑で細分された土地を実に二十近い領主が分け合っている。

所領だけでも複雑な上、東回り航路の要所である平潟湊には奥州の雄、仙台藩が陣屋を置き、江戸との交易の利を得ている。

ゆえに諸藩の兵は少ないとはいえ、一歩前へ出るだけでもおのが領主の了解を得なくてはならず、評定に参加しながら国許に伝令を走らせている始末なのだ。

さらに事態を複雑にしているのが当の人見率いる遊撃隊だ。鶴翁の懇請を受け、磐城平藩に助勢する兵は百を超える。しかし、その中味たるや房州、相州、そのほかの出身者の寄せ集めで出自不明の無宿人も少なくない。

「ドンゴリめ」

人見が吐きすて、鞭で自分の腿を打った。周辺にいる仙台藩兵たちがいっせいに人見に目を向けたのは、鞭が発した鋭い音のせいばかりではなかった。ドンと大砲が鳴れば、五里逃げるという意でドンゴリ、仙台藩兵の腰抜けぶりを揶揄している。

ドンゴリは仙台藩兵に限らんと誠之進は思う。

弱兵というだけではない。いずれの藩もそもそも戦をしたくない。それでなくても寒い春から冷たい夏へとつづく中、百姓たちは青い顔をして田んぼの間を歩いている。仙台藩六十二万石、会津藩二十万石、米沢藩十八万七千石といったところで、秋になって米が収穫できなければ収入は皆無だ。戦となれば、田畑は荒らされ、百姓が駆りだされる。

武士だなどと威張りかえってみたところで過去二百数十年にわたって戦などしたことがない上、錆びついた刀槍を引っぱり出してみても時代はすっかり洋式の武器、兵法となっている。

ふいに人見が天を見上げ、笑った。

「そういう私は京でドンとやられて、五里どころか百里、二百里と逃げまわっている」

周囲の者たちがそれとなく視線を逸らした。人見が戦から戦へ渡り歩いてきたことは衆知でもある。

翌朝払暁、湯長谷藩の陣屋から仙台、磐城平両藩の兵二百五十名が勿来の関まで進出してきて平潟湊を奪還することになった。そのため仙台藩が浜に設けた待機所へ向かうことになったのだが、官軍は夜のうちに九面――平潟湊の北側、磐城平藩の飛び地――に兵を散開させ、迎え撃つ態勢を整えていた。

彼我の間は一町（約一〇九メートル）ほどもある。鉄砲の弾は届くものの命中させられるのはせいぜいその半分の距離――しかし、官軍の兵たちはかまわず撃ちはじめた。

「腰抜けどもが」

隊列の先頭にいた仙台藩兵の一人が大声でいった。昨日、平潟湊で官軍の上陸を見過ごした頭分だ。

立ちあがり、抜刀して頭上に振りあげる。

「敵は腰抜けぞ。おれにつづけ」

誠之進のわきでかがんでいた人見が血相を変えて怒鳴る。

「いかん。躰を低くしろ」

だが、人見の声が届く前に、立ちあがった頭分が胸を撃ち抜かれ、血の霧を吹きあげながら仰向けにひっくり返った。

驚いた仙台藩兵数人が立ちあがった。

「あほぉ」

怒鳴りつけるや人見がそばにいた仙台藩兵を蹴り倒し、もう一人の胴巻きに手をかけて後ろへ引き倒しざま怒声を張る。

「躰を低くしろといってるのがわからんか。仙兵はしゃがんだまま、下がれ。平野、前へ出ろ」

「おう」

平野と呼ばれた遊撃隊員が鉄砲を持ったまま、身をかがめて前へ出る。おそらく一隊を率いているのだろう。すぐ後ろで十名の兵たちがしゃがんだままつづいている。

「構え」

人見の号令で鉄砲が並んだ。

「敵の鉄砲隊のど真ん中でええ。支度は調ったか……、撃て」

一斉に鉄砲が火を吹き、轟音(ごうおん)が空気を震わせた。南の浜で横一線に並んでいた官軍兵たちがのけぞり、後ろへ倒される。

「おお、あたった」

人見に蹴倒された仙台藩兵が喚声を上げる。人見はくだんの藩兵の横腹にふたたび蹴りを入れ、最初に撃ち倒された頭分を顎で指した。

「ぼやっとするな。そいつを引きずって、お前も下がらんか」

あわてて起きあがろうとした藩兵の尻を蹴る。藩兵は顔から地面に突っ込んだ。

「頭を下げてろ、アホ」

数人の藩兵が、倒れてかっと目を見開いたまま、身じろぎもしない頭分の腕を取り、ずるずると引っぱっていった。胴巻きの胸には赤黒い血のしみが広がり、真ん中あたりがぬらぬらと光っていた。

遊撃隊員たちの斉射が二度、三度とつづき、そのたび官軍兵たちが倒れた。その間に仙台藩兵たちは森の中まで下がっていた。

「あかん、山砲や」

官軍に目を向けた人見が声を張りあげた。砲という言葉に誠之進は官軍兵たちの後方に目を向けた。車のついた台車が引っぱってこられるのが見えた。

「平野、いけるか」

「お任せあれ」

片膝をついた平野が鉄砲を水平に構えた。瞬時、周囲の音が消えたように誠之進には感じられた。

平野の鉄砲が火を吹き、台車のそばで棒を振り、指揮していた男の首が後ろへのけぞったかと思うと仰向けに倒れこんでいく。台車を引っぱっていた兵たちがそろって頭を低くした。

後方を見やり、仙台藩兵がことごとく森の中に入ったのを確かめた人見は遊撃隊員たちに命じた。

「我らも退くぞ」

「おお」

平野たち十人の遊撃隊員たちが前に出たときと同様、躰を低くしたまま下がっていく。

人見が誠之進に目を向けた。

「去の」

うなずいた誠之進は人見につづいて後退しはじめた。すぐ後ろに善二郎が従っている。顔は血の気が引いて白っぽくなっていたが、目は落ちついている。

さらに二門、三門と引きだされてきた敵の砲が発射され、勿来の関を離れようとする誠之進や遊撃隊の面々へと撃ちかけてきたが、何とか海岸伝いに退却できた。

足を止めた人見が周囲を見まわし、呆れたように吐きすてる。

「誰もおらん。ドンゴリもまんざら冗談やなさそうや」

血の気が上ると京訛りが強くなるらしい。

手のひらに載せた二つの弾丸を誠之進は転がしていた。一つは多少ひしゃげてはいたが、ほぼ球形で、白い火薬の燃えかすが付着している。もう一つはずんぐりしたどんぐりの実に似た形をしていた。球形が旧式のゲベール銃、どんぐりの方が新式のミニエー銃の弾だと人見が教えてくれた。

人見が手を伸ばし、ミニエー銃の弾をつまみ上げ、底の部分を見せた。

「ほんの少しへこんでいるのがわかりますか」

「ああ」

「ここで爆発した火薬の力を受けます。そうするとへこんだ部分の縁が膨らんで銃身の内側にぴたりと張りつくんです」

「そんなに火薬の力ってのは強いのかい」

うなずいた人見が話をつづける。

「そりゃ、凄(すご)いもんです。で、銃身にぴたりと張りついてその力を逃がさない。ミニエー銃の銃身の内側にはらせんになった溝が切ってありましてね。膨らんだ縁が押しつけられたまま、前に進んで銃口から飛びだす」

人見が探るように誠之進を見つめてきた。首をかしげた。

すぼまった弾頭をつまんだ人見がひょいとひねってみせる。

「こんな風に回転するんです」

「そうすると遠くへ飛ぶようになるのか」

「実のところ、飛ぶ距離はどちらもあまり変わりません。でも、ミニエーの方はまっすぐ飛ばせる。まん丸だとどこに飛んでいくかわかりません。狙ったものに命中させるならせいぜい十間（二十メートル弱）がいいところで、それ以上離れれば、上に逸れるか、右に行くか、弾に訊(き)いて……、いや、訊いてみたところで弾にもわからんでしょう」

人見が手のひらの弾丸を転がす。

「仙兵の鉄砲はよくてゲベール銃……、火縄がついてるのだってごろごろしてました。何年藩庫で眠っていたものか。弾がまっすぐに飛ぶ鉄砲と、どこに飛んでいくかわからん鉄砲とでは喧嘩(けんか)にはならんでしょう」

目を上げた人見が少し離れたところで車座になっている遊撃隊員たちを見た。中心には平野がいる。

「遠くの敵を撃つならやっぱり技量がものをいいますがね」

敵が台車に載せた砲を引きだしてきたとき、人見は平野に射撃を命じた。じっと狙いをつけた平野は見事に指揮官の頭を射貫いてみせた。二町（約二百十八メートル）ほど離れていたと人見がさらりという。

「腹でいいといえば、平野なら四町先の敵にあてます」

四町先にいる人に鉄砲の弾であれ、矢であれ、命中させるのは至難、にわかには信じがたかったが、実際、誠之進は平野が敵の頭を撃ち抜くのを目の当たりにしている。

「しかし、砲が出てきたんじゃダメだ」

人見の表情が曇った。一度は指揮官を斃したものの、すぐに代わりが来ただけでなく、二門、三門と引きだされてきて、誠之進たちはさんざんに撃ちまくられた。

「馬がなくても兵だけで引っ張れる小さな砲ですが、それでも弾は一貫目はあって、中に火薬を詰めてあります。どーんで飛んできて、地面に落ちると爆発する。破片が……」

「わかるよ」

口を挟むと人見が目を向けてきた。

「すぐ目の前にあった木の幹に突き刺さるのを見た。二、三寸はありそうな破片だったが、尖(とが)っててね。半分ほども埋まった」

誠之進は首をすくめ、わざとらしく胴震いしてみせた。

「ぞっとしたね」

「鉄砲の弾より厄介でしょう」

人見があとを引き継いだ。

後退を余儀なくされた遊撃隊、仙台、磐城平両藩兵は泉藩領の南、植田村(うえだむら)の山間部で山林に分け入り、身を潜めていた。幸いにも官軍の追撃はなかったが、兵たちは意気消沈しており、後方からの来援もなかった。

さらに三日が過ぎ、物見を出して平潟湊に陣を据えた官軍には新たに五百もの増援がやって来たことをつかんだ。

さらなる退却はどうにも避けられそうにない。

四

勝敗の分かれ目は、六月二十五日だったと誠之進は思った。

六月十六日、平潟湊に三隻の軍艦が現れ、千に及ぶ兵を上陸させた。仙台、磐城平両藩は湊に兵を出していたが、その数は二十ほどに過ぎず、官軍が上陸し、本陣を張るのを指をくわえて見ているよりほかなかった。

翌払暁、人見勝太郎を隊長とする遊撃隊、仙台藩兵が合流し、平潟湊の奪還を試みたが、九面方面から浜に出ようとする寸前、官軍と遭遇していきなり戦が始まった。

誠之進は仙台藩兵と官軍兵が持っている鉄砲の差を人見に教えられた。鉄砲だけでなく、官軍側は山砲まで備えており、軍勢も奥羽同盟軍の五倍あった。さらに三日後、官軍側には五百の増援があり、総勢千五百を超えたところで山側にある勿来の関と浜通りの二手に分かれて進軍を開始したのである。同盟軍は鮫川を挟んで抵抗したが、衆寡敵せずで後退に次ぐ後退を強いられた。

磐城三藩の一つ、泉藩のほぼ真ん中に位置する新田山は守るに易く、攻めるに難い要害といわれた。街道が狭隘（きょうあい）な谷の底にあり、同盟軍はここを足がかりとして官軍を食い止めた。官軍は多勢をもって押しよせてくるため、どうしても街道を進まなければならない。同盟軍は谷の急斜面に身を隠し、次々狙い撃ちにできたのである。ここでも誠之進は遊撃隊の鉄砲名人、平野の胸のすく腕前を目の当たりにしている。一日のうちで平野が撃ち斃した敵兵は十や二十ではきかなかった。

そして六月も二十五日となった。

味方優勢の報せを受け、何としても官軍を撃退しようと増派された仙台藩兵が大挙して浜通りを南下してきた。惚れ惚れするような隊伍を組み、陸続とやってくる味方の姿は壮観の一語に尽き、新田山に立てこもる将兵の士気を大いに高めた。

そのとき、沖に三隻の軍艦が現れた。平潟湊に来航したのと同じ船なのか誠之進にはわかりかねたが、少なくとも味方ではない。反撃しようにも同盟軍にはろくな砲もない。三隻の敵艦は浜ぎりぎりに迫り、増援部隊を思いのままに叩いた。まさしく連べ打ちに艦載砲が吠えた。多数の戦傷者を出した仙台藩は空しく兵を引き上げるしかなかった。

同じ頃、新田山に別の報せが届いた。

棚倉城、落ちる……。

棚倉藩は平潟湊の西にあり、水戸領と国境を接している。東の浜側にならぶ磐城三藩とともに奥州と関東の境を固めていた。棚倉城が落ちれば、奥州同盟軍は東から横腹を突かれてしまう。

江戸城が開かれたあと、官軍の一部隊――その名も東征軍と改められた――はなおも東への進撃をつづけた。東征大総督府麾下の東山道部隊は閏四月、五月と板橋、八王子、宇都宮を次々に攻略、五月には奥州道の玄関口、白河の関を落とした。

一ヵ月後の六月二十三日には、東征大総督府の本陣が白河におかれ、軍議の結果、翌二十四日に棚倉城攻撃が決まったのである。同日、白河を出発した薩摩、長州、土佐、忍、大垣の五藩連合軍――兵八百、六門の砲を曳いた部隊はその日の午後には棚倉城攻撃を開始、戦闘は深夜に及んだものの日付が変わる頃には陥落させたのである。

仙台藩が派遣した増援部隊が目の前で壊滅し、さらに棚倉城が落ちたと知らされた新田山にこもる同盟軍の落胆は大きかった。

棚倉城がたった一日で陥落したのは、棚倉藩が同盟軍の一員として磐城方面に兵を差しだし、城を守る兵が三百に過ぎなかったからだといわれる。しかし、遊撃隊長人見の見解は違った。

平潟湊での突然の遭遇戦以来、行をともにしていた誠之進は人見の愚痴をたびたび聞かされていた。仙台藩兵に戦意が見られず、戦いぶりにまるで覇気が感じられないこと、泉、棚倉の両藩に二心があるのではないかと疑っていること……。

二心とは、仙台藩の恫喝(どうかつ)によって同盟を結び、従いながらも、天朝に帰順し、官軍に恭順の姿勢を見せたいとしているということだ。

藩論が二分されているのは泉、棚倉にかぎらず奥羽の盟主とされる仙台藩にしてからが官軍への対抗派と帰順派がせめぎ合っている。磐城平藩も美濃にいる藩主は天朝への帰順を表明しながら鶴翁が蹴飛ばしている。もっと平和な時代であれば、いずれの藩も家中に血で血を洗う権力争いが起こっていただろう。しかし、今は身内で争っている余裕などなかった。

士気が低下しつつも新田山の同盟軍はよく戦った。しかし、二十八日になって沖合の軍艦が凄まじい艦砲射撃を行い、それに呼応して陸では官軍兵が大規模な一斉攻撃を仕掛けてきたのに抗しきれず、ついに撤退せざるを得なくなった。

新田山を脱した誠之進は善二郎やほかの平藩兵とともに二日がかりで城下に入り、遠藤主膳邸――善二郎の実家へとたどり着いた。誰もが半月に及ぶ戦闘の連続で心身ともに疲弊しきっており、もはや歩くことすらおぼつかなくなっていた。

遠藤邸で供された温かな食事と風呂が何よりもありがたかった。

ようやく人心地がついたところへ兄が城から戻り、兄にあてがわれている部屋で久しぶりに水入らずの対面となった。酒肴(しゅこう)が運ばれてくる。徳利(とっくり)に手を伸ばそうとすると兄が制した。

「まずは儂から」

徳利を取りあげた兄が差しかけてくる。誠之進は受け、ひと息に飲みほした。空っぽの胃に酒がすべり落ち、腹の底にぽっと火が灯(とも)ったように感じられた。返盃(へんぱい)し、今度は誠之進の方から差しかけた。

盃を持つ兄をしみじみと見た。

やつれられた……。

もともと細身ではあったが、しばらく顔を合わせないうちに頬がげっそりと殺(そ)げ、目の下にはどす黒いくまが張りついている。

何度か盃をやり取りしたあと、兄がぼそぼそといった。

「人見勝太郎に会わせたろう」

「はい」

「奴は請西藩主とともに離れていった。どうやら中村へ向かったらしい」

相馬中村藩は磐城平藩の北、海岸沿いにある。

兄が探るように誠之進を見た。

「あまり驚かんな」

「いずれ我らを見限るものと思っていました」

それから誠之進は先月の半ば、平潟湊に敵艦が出現してからの出来事を問わず語りに話した。人見が常々口にしていた不平も包みかくさなかった。

話を聞いた兄がうなずく。

「立場が違えば、見方も違う。その人見だがな……」

兄が目を上げ、誠之進を見る。

「いずれ会津に入るつもりらしい。会津に味方せねば義が立たぬと申しておったそうだ。しかし、本当のところはどうか」

「本当のところ？」

「遊撃隊と申しても京で結成されながら隊員どもは諸国からの寄せ集めだ。大樹公に供奉して江戸へ下ったものの、肝心の大樹公がひたすら恭順じゃ話にならんと奸賊相手にひと合戦やった。だが、勝てなかった。江戸を脱出して房州に向かったときには、同志はせいぜい三十人ほどだったらしい。それが請西藩で藩主と意気投合して、関八州を暴れて回るようになり、一時は兵も三百を数えるまでになったらしいが、歴戦で消耗して小名浜に着いたときには百ほどでしかなかった。それでも大殿が引見されて、加勢を頼んだ」

大殿は鶴翁を指す。先々代藩主で隠居の身であれば、老公と呼ばれるところだが、家中では大殿で通っていた。

「逃げの名人だといっておる輩もいるようだ」

「人見殿が、ですか」

「そう」兄がうなずいた。「上野、房州、相州と生きのびたのは、ひとえに逃げるのがうまかったからだ、と」

兄はそれ以上いわなかったが、今回の離脱もまた逃げの名人の本領発揮かも知れない。竹の鞭を振りまわしていた人見の面差しを思いうかべつつ、真実の姿はどうなのだろうと誠之進は思った。

「去る者は追わずだ。仕方あるまい」

ふっと息を吐いた兄が言葉を継いだ。

「新田山を落とされれば、泉藩ももたない。さっさと奸賊を受けいれた。人見の見立てもまんざら間違ってはいないのかも知れない。その翌日だがな、湯長谷藩の陣屋も落ちた」

誠之進は目を見開いた。泉藩、湯長谷藩ともに城を持たず陣屋があるのみでしかない。守りが堅固とはいえず、守備兵の数も限られている。押しよせてくる官軍を前にひとたまりもなく降参しただろう。

「それでは……」

低い声でいう誠之進に兄がうなずく。

「奴らが城下まで迫っておる」

誠之進は奥歯を嚙みしめ、唸(うな)った。兄がにやりとする。

「一度は撃退したがな」

「どうやって？」

「西からだ。棚倉が落ちたことは？」

「聞いております」

「棚倉を攻めた連中が三春(みはる)街道に入りこんできたんだが、何とか枡形門(ますがたもん)で食い止めて追いはらった」

枡形門は城下の西を守っている。城から見ても目と鼻の先だ。

「いつのことでございますか」

「一昨日、新田山が取られた日だ」兄の表情が渋くなる。「追いはらったはいいが、帰り道に湯長谷陣屋を襲ったわけだ。行きがけならぬ帰りがけの駄賃だ」

ついに官軍は磐城平藩領に迫ってきた。

深夜、兄のところに使いが来た。これから登城するという。

「ご苦労に存じます」

辞儀をする誠之進に向かって兄が小さく首を振る。

「寝ぼけたことをいうな。お前もいっしょだ」

寝ぼけたくもなる――誠之進は肚の底で毒づきながらも兄に従い、だらだらつづく坂を登っていった。疲れきっていた。風呂でさっぱりして、酒まで飲んでいる。手も足もだるく、とにかく眠くてしようがなかった。何度もあくびを嚙み殺しつつ、黙って兄についていくしかなかった。

坂を登りきった先の右が六間門(ろっけんもん)で、上には櫓(やぐら)が設けられていた。

「案外立派なもんだ」

思わずつぶやいた。兄がふり返り、きっと睨みつけた。

「駄洒落(だじゃれ)か」

「いえ……、何しろお城は初めてなもので」

門のわきに設けられた通用口を入ると小姓が二人待っていた。中年ともう一人は若い。中年の小姓が兄と礼を交わしたあと、先に立って歩きだす。物珍しさからつい辺りを見まわしてしまいそうになるのをこらえ、先を歩く兄の足下を注視していた。

やや西に傾く月が存外明るい。

「こちらでございます」

案内されたのは庭の池に面して建てられた庵である。にじり口があるところを見ると茶室になっているようだった。小姓が静かにいう。

「佩刀をお預かりいたします」

兄と誠之進は従い、下げ緒を解いて大小刀ともに若い方の小姓に渡した。中年の小姓がにじり口を開け、声をかける。

「参りました」

中からくぐもった返事が聞こえ、わきに避けた小姓がにじり口を手で示す。一礼した兄が草履を脱ぎ、四つん這いになってにじり口を入る。つづこうとしたが、兄がひれ伏してしまったので尻が邪魔になった。

「兵庫助、ここは茶室だ。無粋な真似をいたすな。そちがそんなところでかしこまっておると司が入れぬではないか」

鶴翁だとわかったとたん、眠気が吹き飛ぶ。わきによけた兄のあとから茶室に入ると尻の後ろで静かに戸が閉まった。

釜のわきに絽の羽織に小袖というくだけた恰好の鶴翁がいて、二人の先客と向かいあっている。一人はくたびれた麻の裃を着けた壮年の男、もう一人は総髪で儒者の風があった。

とりあえず兄のわきでひれ伏す。

「司までもか。茶室と申したであろう。まあ、ここはちゃんとした茶室で厠ではないがな」

兄がさらに深く頭を下げたが、誠之進は思わず吹きだしてしまった。江戸の下屋敷にいた頃、鶴翁は永蟄居の処分を受け、昼夜を問わず自室で謹慎していなければならなかった。部屋を出ることが許されるのは風呂と厠だけである。下屋敷内に設けられた鶴翁の隠居所には厠が二つあり、南の厠と称する茶室が設けられていた。

藩主が幼かったため、実質的に藩政を切り回していたのは鶴翁だが、用人以外との面会は禁止されていた。そこで茶室を厠と称した。また、茶室に入れば、身分の上下はなく、主と客の別があるのみという大原則に従うこととなり、話がしやすい。実質的に鶴翁の執務室となっていた。二人の先客はぽかんとしている。鶴翁のいう厠の意味がわからないのだろう。

恐縮しながら兄が儒者風の男に辞儀をし、となりに座る。兄の横でにじり口にもっとも近い席であるため、誠之進は気楽だった。

鶴翁が儒者風の男に目を向ける。

「真木、そちの考えは今も変わらぬか」

真木という名に聞き覚えがあった。藩内の儒者だが、軍事掛に抜擢され、奥羽列藩同盟が結ばれる直前、仙台に派遣された。

「御意」

「薩長は関ヶ原以来、二百数十年の恨みを晴らすべく天下をうかがっていたのだぞ」

「恐れながら申しあげます。その薩長が今や畏れ多くも天子様をいただき、錦の御旗を翻して官軍を称しております。諸国は天子様のご威光にひれ伏し、官軍に従って東進をつづけておりますが、わが手勢はわずかに三百、同盟軍の助勢はあるやに聞こえましても、その勢もどこまであてになりますやら。それに信勇公におかれましても……」

「信勇のことはよい」鶴翁がさえぎる。「だが、そちが申しておることは伊達が世良を斬る前のことであろう」

伊達は仙台藩、世良は奥羽鎮撫総督下参謀を勤めていた。傲岸不遜の振る舞いが仙台藩士たちの逆鱗に触れ、ついに斬り殺されてしまった。江戸城が開かれた直後の事件ではあったが、仙台藩には開城が伝わっていなかった。

「恐れながら……」

　真木がいいかけると鶴翁がうるさそうに手を振った。

「恐れながらは要らぬ。ここは茶室だ」

「はっ」一礼した真木がつづける。「伊達御家中におかれましてはそうした事情もございましょうが、わが藩を取りまく情勢に何ら変わりはございません。むしろ悪くなっておると申してもよろしゅうございましょう」

「ふむ」顎を撫でた鶴翁がくたびれた袢姿の男に目を向けた。「上坂、情勢は悪いか」

「はっ」

　上坂といえば、筆頭家老だ。磐城平藩の軍を指揮している。

「今月半ば、平潟に上陸いたしました奸賊は数にものをいわせ、攻め立てております。すでに棚倉、泉、湯長谷が落ち、わが門前にまで迫っておりますが、一昨日の合戦では鎧袖一触、打ち払いましてございます。真木殿がいわれる通り、我が方の手勢は三百に過ぎませぬが、伊達様御家中より多勢の援軍が送られ、何より上杉様御家中の兵は新式の鉄砲を備えた精鋭中の精鋭なれば……」

　米沢藩上杉家からは最強といわれる鉄砲隊が送りこまれていた。

「奸賊を打ち払えると申すか」

「今、上杉様家来は薬王寺台に陣を張っております。我が方も大砲、鉄砲を並べておりますので、長橋門(ながはしもん)にて殲滅(せんめつ)してご覧にいれまする」

「頼りにしてるぞ」

それからしばらくの間、磐城平城をめぐる敵の情勢、京、江戸をはじめ、奥羽諸藩の動きについて上坂、真木が主に話をした。上坂が景気のいいことをいうが、鶴翁どころか上坂自身、どこまで信じているのか怪しげに見えた。真木にいたっては、味方の不利を次々にあげつらっていく。

しかし、最後に鶴翁がことここにいたっては城を守るのみと締めると二人は両手をつき、深々と頭を下げた。

上坂、真木の二人が辞去したあと、鶴翁が兄と誠之進を誘った。

「庭に出よう」

庵を出た三人は月光を浴びながら池のほとりを歩きだした。鶴翁が空を見上げ、ぽつんとつぶやいた。

「月は江戸と同じなのであろうな」

三人はしばらくの間、黙って歩きつづけた。

五

　磐城平城が築城されたのは、慶長二十年（一六一五）になる。もともとは地方豪族岩城氏が支配していたのだが、関ヶ原の戦いにおいて西軍に味方したため、敗戦後に追放され、徳川譜代の鳥居氏が入った。このとき岩城の名が忌まれ、磐城とされた。以来、内藤、井上、安藤と領主は変わったが、いずれも譜代大名が置かれ、北の仙台藩伊達家に対する守りとされた。

　伊達家に対する守りは、城の造りにも現れている。二の丸、三の丸は北側にあり、本丸はその南に位置していた。城内でもっとも高い建物——三階櫓は南端にあって、わずかながら堀に突きでていた。

　城壁の南西、指呼の距離に小高い丘があり、薬王寺がある。城から見れば、いざというときには南を守る出丸ともなったが、徳川家による泰平の時代には、街道は小名浜、平潟へ通じ、江戸と緊密に結ばれていた。

　六月半ば、官軍は平潟に上陸し、半月後には小名浜を手に入れ、今や敵の軍勢は南からひたひたと押しよせ、対抗する磐城平藩と奥羽同盟軍は薬王寺台に鉄砲、砲を配置し、目と鼻の先にある長橋門の警固にあたっていた。

　夜闇が徐々に薄れ、藍色にそまった城下が目の前に広がってくる。誠之進は、鶴翁の命によって兄とともに三階櫓の最上階に入っていた。南から押しよせてくる軍勢の間にひしめく旗指物が望見できるようになってきた。

昨夜、池のほとりを歩きながら鶴翁が静かにいった。

『上坂は奸賊が行きがけの駄賃に湯長谷を落としたようなことをいっておったが、奴らの狙いは最初から湯長谷陥落にあったろう』

兄と誠之進は黙って聞いていた。

泉藩、湯長谷藩の藩主はいずれも仙台藩に保護されていたが、ていのいい人質に過ぎない。もちろん天朝に恭順するのを防ぐためにほかならない。しかし、両藩ともに今や敵の手に落ちている。

足を止めた鶴翁が二人をふり返った。

『信勇が恭順の誓紙を奸賊に差しだしている。それでいて予は伊達に同盟した。なぜか』

問いかけながらも答えを待たず言葉を継いだ。

『五月末のことだ。予は宮様に謁見を賜った』

宮様こと、輪王寺宮(りんのうじのみや)は五月十五日、上野の山の戦で彰義隊を中心とする幕府軍が敗退した際、市中を逃げまわったあと、二十五日になって品川から幕府の軍艦で脱出し、二十八日に平潟湊に来ている。翌日には平城下に入り、鶴翁が飯野(いいの)八幡神社に命じて宿を用意させ、そこで謁見していた。

『粗衣(そい)に身をやつしておられてのう』

蠟色真岡木綿の単衣に黒の麻衣を重ねただけで、その上にかけた白銀の袈裟がかろうじて威厳を保っていたという。

『上野の山の戦でお味方が敗れ、宮様も命からがらお逃げあそばされた。たいそうお疲れのご様子でな』

このとき鶴翁は武器、衣服のほか、七百両を献上している。

磐城平城下で一夜休んだあと、輪王寺宮一行は商人風に服装を改め、三春、猪苗代などを経て、六月六日会津で藩主松平容保、二十日には米沢藩に入って藩主上杉茂憲がそれぞれ謁見を賜っている。

その後、白石藩を経て仙台に入るようだが、と鶴翁はいった。

白石藩は米沢藩の東で、険しい山々を越えた先にある。仙台藩の支藩であり、そこから十里ほどで仙台藩領となる。

ふたたび鶴翁が歩きだした。

『真木が申しておった通り此度の戦は薩長が積年の恨みを晴らし、天下に号令をかけるために始めた。しかし、今では薩長奸賊は天子様を拝し奉り、勅命を奉戴しておる。それでも会津に味方するのは、予の私戦に他ならぬとまで真木はいいよった』

誠之進は儒者風の真木を思いうかべ、胃の腑がきゅっとすぼまるのを感じた。ところが、鶴翁は月を見上げ、からから笑う。

『たしかにあやつのいう通りだ。慶喜めが恭順して許されるのなら、会津だけがなぜ討たれなくてはならない。道理が通らぬ。予の義が立たぬ。それに予は宮様にお約束申しあげた。どこまでもお仕えする、と』

ゆるゆると歩を進めながら鶴翁は独り言のようにつづけた。

『薩摩の裏には異国が……、イギリスがおる。予がまだ幕閣におった頃、イギリスの者どもともやりあった。清国に戦争を吹っかけ、国を奪ったのもイギリスだ。あれほど腹黒い狸はおらん。何もかもあやつらの思い通りにさせてはいかん』

ふたたび足を止めた鶴翁が松の木を見上げた。

『義が立たぬだけではない。清国の二の舞になってはならん。それはおそらく江戸のみならず薩摩、長州にも通ずるだろう』

鶴翁のつぶやきが誠之進の胸に深く刻まれた。

「おお、来たぞ」

望遠鏡を東に向けていた兵が声を上げ、誠之進の思いは断ち切られた。近くにいたほかの兵たちも一斉に東を見る。

「見えた、見えた」

「旗印は丸に十文字……、奴らに違いない」

薩摩藩だ。

となりで兄が大きくため息を吐いた。ふり返ると、騒いでいる兵たちに注がれている兄の視線が厳しい。

「いかがなされました」

誠之進は圧し殺した声で訊いた。

「二日前だ」

三階櫓には兵たちがひしめいている。兄もまた低い声で話した。

浜伝いに南下し、泉藩の奪還を目指した仙台藩兵の一隊があり、そこには磐城平藩の砲二門と兵も従っていた。水田が広がる中を急いでいたせいで、兵たちの姿は遠くからも丸見えだったに違いない。あと一歩で泉藩領に入るというところで、目と鼻の先に盛りあがった小さな山に身を潜めていた薩摩藩兵に襲われた。凄まじい鉄砲の勢いに押され、退却を余儀なくされた。

磐城平城周辺の地形は一風変わっている。城そのものは小高い山の上にあったが、周辺の平坦な土地には饅頭(まんじゆう)のような形をした小山がそれこそぼこぼこと突きだしている。それほど大きくはなく、一つひとつが古墳ほどでしかない。地質がまた特異だった。いずれも樹木、下草に覆われているが、中味は岩だ。ところどころ切りたった崖が露出している。そうした小山が見渡すかぎり数十、いや、数百とあった。仙台兵を襲った薩摩兵たちが隠れていたのも田んぼの中に突きだした小山の一つであった。

すでに小名浜は官軍の手に落ちていたが、海岸沿いに一里半ほど北東へ行ったところにある中之作湊には仙台藩の軍艦二隻が入っていた。ただし中之作湊は浅く、沖に浮かぶ軍艦までは艀を使うしかなかった。まずは怪我人を乗せた艀を浜から押しだし、次いで残りの兵が乗りこんで軍艦に向かった。

薩摩藩兵たちがやって来たのはその直後で何とか逃げ切ったかに思われた。だが、あいにくの満ち潮で艀は敵兵がずらりと並んで鉄砲を構える浜に押し戻され、三十名を超える仙台、磐城平両藩の兵はことごとく撃ち殺されてしまった。

誠之進は兄とともに窓辺に寄った。

城の南を流れる新川には長橋がかかっているに過ぎない。名前の通り長大な橋で、南から渡って来て、城下への入口が門になっている。南から城に入るには長橋門をくぐる以外にないため、南と西から押しよせる軍勢は自然と橋のたもとで集まる恰好となり、川の向こう岸には敵兵がひしめいていた。

ほどなく薬王寺台に据えられた六門の砲が次々に咆吼する。砲は輪王寺台を囲む木々に隠されていた。だが、発射すれば、位置は露見する。敵にすれば、大砲に狙われているのがわかっても後から軍勢が押しよせるので最前線は退くに退けなかった。

薬王寺台陣地からはまず敵の野砲を狙った。人混みで立ち往生しているところを吹き飛ばしたのである。面白いように命中し、向こう岸に着弾するたび、朱色の炎とともに敵兵、砲、丸に十文字を描いた旗指物が宙を舞い、三階櫓には喚声があがった。

薬王寺台から長橋の向こう側まで一町半ほどでしかない。砲だけでなく、鉄砲隊にとっても至近だ。木立の間から撃ちかけるたび、面白いように敵兵が倒れていった。

「さすがは上杉御家中、最新式の鉄砲だけによくあたる」

しきりに感心している藩兵に誠之進が顔を向けた。

「ミニエー銃でござるか」

「いやいや」藩兵が相好を崩し、顔の前で手を振った。「ミニエーなんぞ古い古い。米沢のはモトゴメのスナイドルにござるよ」

モトゴメとは何かと思ったが、ひっきりなしに砲声が起こり、おちおち話もしていられない。ようやく官軍側も山砲を城に向け、発射したが、猛攻を受けている合間のことで十分に狙いをつけられない上、散発にならざるを得ない。

圧倒的に磐城平藩と同盟軍に有利なまま、戦いはつづいた。

望遠鏡を目にあて、官軍の後方を見ていた兵の一人が声を上げる。

「ありゃ、何だ？　旗指物にしてはたいそう立派だが」

ほかの兵たちも望遠鏡を目にあてる。

「どれだ？」

「あいつらの後ろの方……、何だかきらきら光ってるのがあるだろ」

「ああ、わかった、あれだろ。錦みたいな……、白地に金色の丸だ」

「おお、それそれ。どこの家中のものか知らんが、大袈裟なもんだ」

　四尺を超える長大な鉄砲を垂直に立てた誠之進は、紙にくるんだ火薬を銃口に入れ、槊杖(さくじょう)で奥まで押しこんだ。それから椎(しい)の実の形をした弾丸を、底が下向きになるよう銃口にはめて指を放した。銃口よりわずかに小さな弾丸はすとんと落ちる。ふたたび槊杖で押しこみ、壁に立てかけた。

「お急ぎください」

　銃眼に取りついた善二郎が急(せ)かす。

「すまぬ」

　誠之進は弾丸を装塡したばかりの鉄砲を差しだし、善二郎が撃ち終えた空の一挺(ちょう)を受けとりながら小さく頭を下げる。

「慣れぬもので」

「皆、そうです。私も慣れない頃は師範代によく怒鳴られました」

　ぼんやり見物している余裕はなかった。誠之進は渡された鉄砲を立てると火薬の包みを銃口に入れ、槊杖を取った。鉄砲の撃ち方を習ったものの一向にあたらず、弾薬を込める作業にも手間取った。使い物にならないと鉄砲組の頭にいわれ、善二郎の手伝いを命じられていた。あまり上手ではないという善二郎だが、誠之進よりは幾分ましだった。激しい雨が降っているので火薬の包みを濡らさないように気をつけなくてはならなかった。

七月一日の長橋門を挟んでの攻防は、磐城平城および同盟軍側の圧倒的な勝利に終わったが、退却していく官軍が追撃を恐れ、新川の南岸に広がる街並みに火を放ち、たちまち燃え広がった。夕闇迫る中、赤々と燃える炎と天にも届きそうな黒煙に誠之進の心中は複雑だった。

業火の下では町民、百姓が逃げ惑い、家屋と家財を失い、焼け死んでいる。戦のさなかに何を考えているのかとおのれを叱ってはみるものの、苦しむ人々の姿が次々浮かび、消え去ることはなかった。

鶴翁はイギリスの姑息さをあげつらい、かの国の思惑通りにしてはならないという思いはかつての幕閣にあり、薩摩、長州そのほか諸藩にも通じるといった。開国開港を迫るだけでなく、それぞれの占領をたくらんでいる欧米列強を想定するならば、奥羽列藩と薩摩、長州の争いであっても身内の戦、早い話が共食いでしかない。争い、傷つけ合い、血を流すほどに異人どもにつけいる隙を与えてしまう。

長橋門での戦に敗れた官軍は、三日から十日の間に鳥取の第一陣、岡山、郡山、薩摩、鳥取の第二陣といった具合に援兵を平潟、小名浜に上陸させ、平城を囲む兵の数は倍増、ついに三千に達した。一方、平城の城兵二百、仙台藩兵五百、中村藩兵二百は増えなかった。むしろ日々の小競り合いで漸減を余儀なくされている。

官軍の目的は、あくまでも奥州最大の仙台藩攻略にあった。仙台に進軍するには、平城は後顧の憂いでしかない。七月十二日までに兵力を整えた官軍はふたたび平城への攻撃を決めた。

彼我の兵力の差にくわえ、磐城平城の守備側にはいくつか不安材料があった。

一つは磐城平藩の西方に位置する三春藩、守山(もりやま)藩において棚倉城が落ちた直後から降伏の道を模索している動きが見られていた。しかし、東を磐城平、北を仙台、西を会津に囲まれた二つの小藩は、奥羽同盟からの離脱もままならず、また官軍に攻めこまれればひとたまりもないのは明らかだ。そこで官軍に密使を送り、同盟に対して面従腹背である旨を必死に訴えているようなのだ。

もう一つ、米沢藩の動きも不穏といえた。官軍が増強をつづける中、七月十日に五百の鉄砲隊がやって来たものの磐城平城には入ろうとせず、翌十一日には薬王寺台に布陣していた鉄砲隊も引きあげ、ともに北に位置する湊、四倉まで後退してしまった。

砲声が聞こえてくれれば、いつでも加勢にはせ参じるというのが新たに赴任した鉄砲隊長の言い分である。

そして七月十三日の夜が明けた。磐城平城を中心とする一帯は、朝から激しい雷雨に見舞われていた。

早朝、沼ノ内（ぬまのうち）——磐城平城から見て南東の海岸に位置する——を進発した薩摩藩兵の一団が城の東を目指し、小名浜からはもう一つの薩摩藩兵隊のほか大村、鳥取両藩の兵が従って城の南、長橋門を目指し、湯長谷を出た佐土原（さどわら）、岡山藩兵、鳥取藩別働隊が城の西へ向かった。

北をわざと開けているのは、磐城平城の殲滅が目的ではなく、あくまでも仙台藩を攻めるための足がかりとするためであり、籠城され、いたずらに戦が長引くのを避けるためであった。

この日、平潟湊を守備していた笠間（かさま）藩兵も動いた。笠間藩は磐城平城の北東に飛び地を有しており、奥羽列藩同盟が結ばれてからは実質的に占領されていた。その飛び地を奪還しようというのである。磐城平城の東、南、西を官軍が固めるどさくさに紛れ、笠間藩兵が飛び地に入った。いよいよ戦が始まり、砲声は四倉まで下がっていた米沢藩鉄砲隊の耳にも届く。進発した米沢藩は途中で笠間藩と遭遇、そのまま戦になってしまった。

結局、米沢藩は十三日の磐城平城攻防戦に参加していない。

目の前に銃尾が突きだされる。新たに弾を込めた鉄砲を善二郎に渡し、空の鉄砲を受けとった。鉄砲を銃眼から突きだし、撃鉄を起こした善二郎が雷管を差す。誠之進は火薬入れの箱を開け、一包をつかみ出した。

一日の攻防戦とは何もかも違っていた。まず敵が東、南、西の三方から押しよせている。磐城平城内では本丸の南側に建つ三階櫓、八つ棟櫓のまわりに砲を並べ、城壁の銃眼に鉄砲隊を配していたが、とても防ぎきれるものではなかった。城内にいるのは八百弱、そのうち仙台藩兵が手にしているのは古ぼけた火縄銃なので雨の中では火縄、火皿ともに湿気(しけ)って発射すらおぼつかない。一方、敵は三方に千人ずつ配置し、撃ちこんでくる。

すでに薬王寺台は長橋門を破った官軍の手に落ち、こもっていた兵が城内に逃げ帰っている。かつて門を破るとなれば、数十人がかりで大きな丸太を打ちつけ、閂(かんぬき)をへし折ったと聞いたが、今は大砲でふっ飛ばすだけ、実に簡単だ。薬王寺台は高所から撃ちおろす分有利なのだが、いまや米沢藩の鉄砲隊がいない。あっという間に攻め落とされてしまった。

「どれが大砲だか、馬だかわかりゃしない」

善二郎が吐きすて、それでも鉄砲を撃った。

雷雨が守備側に災いしていた。豪雨のせいで、つい目と鼻の先まで来ているはずの敵の姿がはっきりと見えないのだ。

二人は鉄砲を交換した。

直後、背後で立てつづけに爆発が起こった。敵の砲弾が落下し、一度に破裂したに違いない。首をすくめた誠之進のかたわらをうなりとともに破片が飛んでいく。目を上げると善二郎が地面に伏せていた。

早朝から敵の猛攻を受け、どれほどの時間が経ったか、もはやわからなくなっていた。胃の腑は空っぽだったが、兵糧を使っている余裕などない。誠之進と善二郎は本丸の北側、櫛形門のわきに配置されていた。眼下にある六間門には中村藩兵が張りつき、懸命に応戦している。門は破られずに守っていたが、西から攻めてきた敵軍は八幡神社の両側に迫っている。

「危ないところでございました」

善二郎が上体を起こす。

「おい」

背後から声をかけられ、誠之進はふり返った。砲煙と土ぼこりで顔を真っ黒にした兄が駆けよってくる。立ちあがろうとした誠之進を制し、兄が膝をついた。耳元に口を寄せてささやく。

「大殿は視察に出られた」

あらかじめ打ち合わせができていた。万が一、いずれかの城門が破られれば、大殿こと鶴翁は幕府直轄部隊の生き残りとともに唯一残されている北へ脱出することになっている。

誠之進は思わず訊ねた。

「いずれが……」

鶴翁が城を出たということは、城を守る門のうち、一つ、もしくはそれ以上が破られたことを意味する。

「よりによって不明門(あかずのもん)だ」

兄が顔を歪(ゆが)めて吐きすてる。その間にも敵の砲弾が次々着弾し、地面が震えた。兄が顔を上げる。

「善二郎殿」

善二郎がしゃがんだまま兄に向きを変え、うなずく。

兄と誠之進は鶴翁から命令を受けていた。鶴翁がしたためた密書をもって、会津へ走れ、と。会津までの道のりはほとんど官軍によって封鎖されている。そのため少しは山道を知っている善二郎をつけられていた。

三人が二の丸に向かおうとしたとき、砲煙が雨に払われた。

誠之進は足を止め、倒れている男をまじまじと見つめた。

城内で見かけた男が両手を投げだし、仰向けになっている。両足は太腿辺りで引きちぎられ、両目をかっと見開いていた。

兄が袖を引く。

「行くぞ」

うなずいた誠之進は兄につづこうとした。そのとき、右手で喚声が上がり、怒号が交錯した。目をやると黒い筒袖姿の一団が駆けこんできていた。手に手に鉄砲を持っている。数挺が火を吹いた。

迫りくる弾丸のうなりを聞いた誠之進はとっさに身を翻した。直後、目の前をうなりが通りすぎていく。

はっとして左を見る。

兄が倒れていた。

「兄上」

駆けより、膝をついた。兄は懐から折りたたんだ紙を取りだした。それこそが鶴翁に託された密書なのだ。

「これを……」

兄の最期の言葉になった。

第二話　覚悟

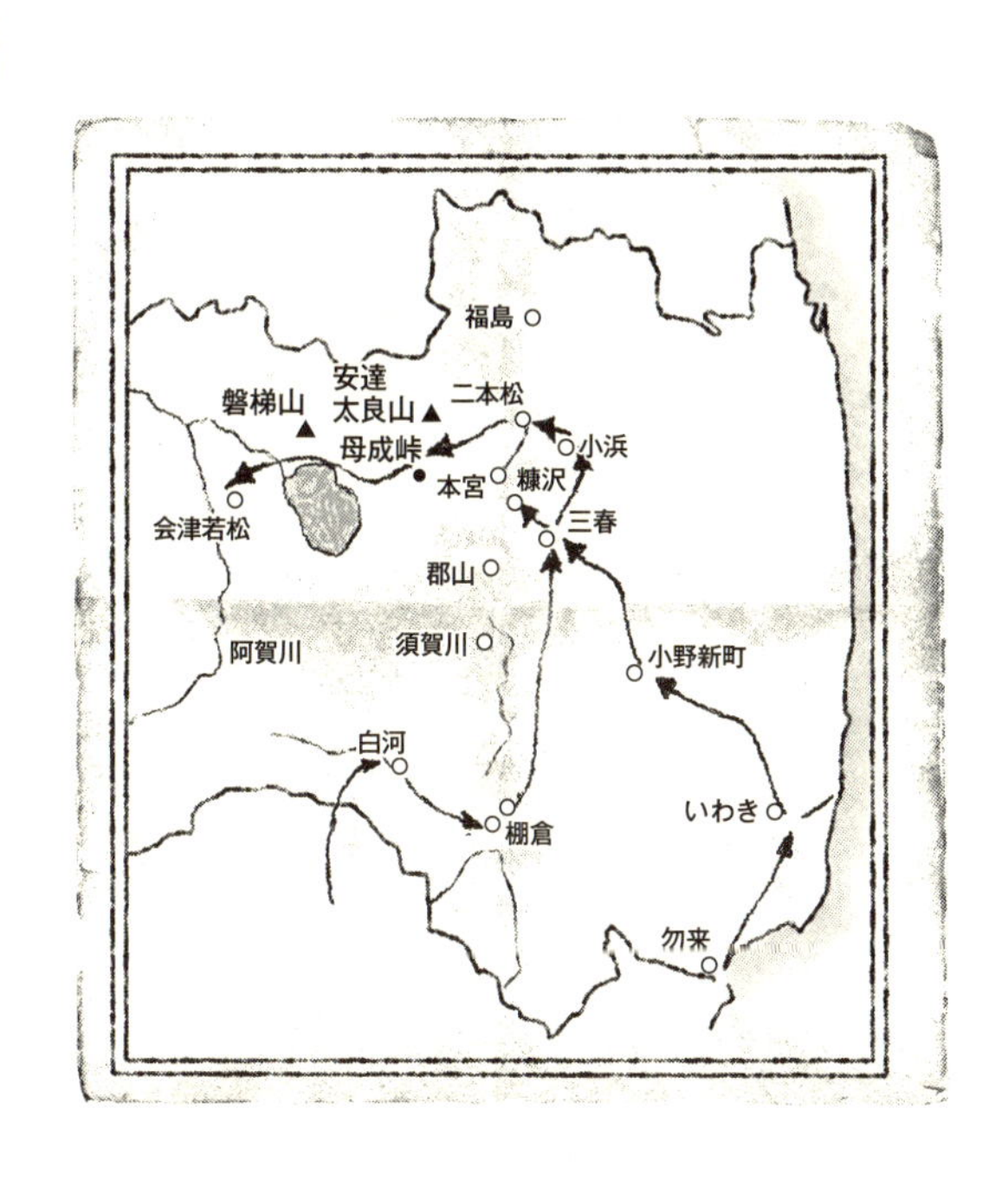

一

一段高いところに端座した父を、誠之進は片膝をついて見上げていた。

江戸の東、横川に磐城平藩は下屋敷を持っていた。父の隠居所は下屋敷の一隅にあり、訪ねると玄関ではなく、庭へ通されることがよくあった。剣術の稽古をするといって、父が庭で待ち受けていた。

一つ、揉んでやろうというのが父の言いぐさだ。

庭に膝をつき、縁側に座っている父を見上げているのに似ているような気もしたが、周囲は真っ暗で、どこにいるのかはっきりとはわからなかった。一つだけわかっているのは夢を見ているということだ。

父は二年も前に卒中で亡くなっている。

『竹丸』

周りに身内しかいないとき、父は誠之進の幼名を呼んだ。

『なぜ、避けた？』

たたみかけてくる。

『うしろに千代の奴がいることはわかっておったはずだ』

千代松が兄の幼名である。

父の声も顔つきも穏やかで責めている様子はなかったが、臓腑を抉られたような気がして思わずうつむいた。

あのときのことをいわれている……。

城内に何発もの砲弾が撃ちこまれ、舞いあがった土ぼこりを割って兄が駆けよってきた。鶴翁が城を出たと告げに来たのだ。それは城門が破られ、官軍の侵入を許したことに他ならなかった。

誠之進は本丸の北側に遠藤善二郎とともにいて、弾込めの手伝いをしていた。それまでにも何度か鉄砲の稽古をしていたが、ちっともうまくならなかった。それでもっぱら撃つのは善二郎、誠之進はわきでせっせと火薬と弾を込めていたのだ。

かつて父に唯心一刀流の手ほどきを受けたのも辛気くさく退屈なだけの漢籍の素読から逃げだすためで、剣術とてそれほど好きではなかったのだが、何百年も前に死んだ孔子がのたまったことをありがたがるよりはるかにマシだったからに過ぎない。

『竹丸』

思いがふわふわ流れているのを見透かされたのだろう。父がふたたび声をかけてくる。

相変わらず責めるような響きはない。

『なぜだと訊いておるだけだ。後ろに千代松がおることはわかっていただろう』

駆けよってきた兄に誠之進は、どの門が破られたのかと訊ね、兄が不明門と答えた。

その直後、喚声とともにばらばらと官軍兵が城内に駆けこんできたかと思うと激しく降りつづく雨をものともせず、鉄砲を乱射した。

そのうちの一挺が自分に向けられ、銃口に閃く炎が見え、唸りがまっすぐ近づいてくるのをはっきり感じた。

とっさに躱した。

何も考えてはいなかった。躰が動いただけだ。しかし、右から左へ鼻先をかすめるように唸りが動いていったとき、取り返しのつかないことをしたと悟った。唸りが伸びていった先には兄がいたのだ。

『死ぬのを恐れたか、竹丸』

目を上げた。

父の表情は穏やかだったが、口元に笑みはない。

『お前に覚悟はないか』

答えようがなかった。誠之進の陰になっていた兄には銃火は見えず、身に迫る唸りも聞こえなかったに違いない。

私は……、私は……。

言葉を発しようにも上下の唇がくっついて離れなかった。私は、といったあとにどうつづけてよいか見当がつかなかった。

弾丸は兄の胸板をぶち抜いた。兄は甲冑どころか胴巻き、鉢金(はちがね)すら着けず、いつも通りの羽織、袴姿だった。それが仰向けにどうと倒れ、泥まみれになった。駆けより、抱きおこした。不思議と顔はきれいなままだった。

その頬にわずかばかりの泥がはね、ついていた。拭き取ろうとした刹那、兄が目を開いた。

夢かうつつかわからない……、いや、まだ夢のつづきにいる。

兄の眸(め)が深い藍色であるのに初めて気がついた。物心ついたときには、そばにいた。兄はいつも誠之進の前を歩いていた。だから背を見ていることが多かった。思えば、兄の目をまっすぐにのぞきこんだことすらなかった。

眸が動き、誠之進を見返す。

申し訳ございませんでしたといおうとしたが、相変わらず唇の上下は貼りつき、開くことすらできない。

『良い。行け』

兄が穏やかにいう。

行けといいながら凄まじい速さで遠ざかっていったのは兄、そして父の方だった。どこへ行かれるのですかと訊ねようとしたとき、周囲が真っ暗になり、懐かしい二人の姿は闇に呑まれていった……。

誠之進は目を開いた。

「司殿」

声をかけられ、目のみ右へ動かす。善二郎が両手をつき、赤く濁った目を見開いて身を乗りだしている。

「申し訳ございません」

善二郎がひたいをこすりつけんばかりに頭を下げる。何を、といいかけ、躰を起こそうとしたとき、右足に激痛が走った。

「動いちゃならねえ」

善二郎の後ろに座っていた男がのんびりした声でいった。縞(しま)模様の木綿の単衣を着ているが、垢(あか)と脂がこびりついて真っ黒になっており、模様をはっきり見分けることができなかった。

「足、折れとりゃせんが、ひどく挫いております」

男が鼻の穴に小指をつっこみ、ほじりながらいう。頭を下げたまま、善二郎がもう一度いった。

「申し訳ございません」

善二郎の後ろでは男が相変わらず鼻をほじっている。誠之進は何とか声を圧しだした。

「山の中を歩いていたはずだが、何があったんだ？」

「実は……」

善二郎が顔を伏せたまま、ぼそぼそと話しはじめた。

常陸国から平潟湊、勿来の関を経て磐城、相馬から仙台に至る道筋を浜通りといい、五街道の一つ、奥州道中の行き詰まり白河の関より北へ向かい、郡山、二本松、白石を通ってやはり仙台に至る道筋を中通りといった。

浜通りと中通りの間は峻険な阿武隈の山々が隔てていた。

中通りからさらに険しい山々の連なりを西へ越えると北が米沢、南に会津が開けている。浜通り、中通り、会津から米沢へと南北の行き来は易く、山越えとなる東西は難かった。

磐城平城の三の丸から、唯一官軍に閉ざされていない真北へ出た誠之進と善二郎は阿武隈の山中に入り、山道をひたすら西に向かって歩いた。上っては下り、下ってはまた上るのをくり返したが、道の両側はぎりぎりまで木々、そして斜面が迫っており、視界は一向に開けず、どれほど歩いたのか、自分がどこにいるのか、誠之進にはさっぱり見当もつかなかった。

とにかく三日三晩、ほぼ休みなく歩き通した。

食い物は城を出るときに持って来た荷に入れた干飯（ほしいい）を川の水につけて戻し、何とかしのいできたが、三日目の夜にはなくなってしまった。そして五日目の朝、ふいに目の前が開け、北の方に曲がりくねった大河を遠望することができた。食い物もなく、躰はくたくた、精根尽き果てた誠之進には、あとは下る一方という景色がどれほどありがたかったか……。

それで気持ちが緩んだ。善二郎が鋭く発した警告をはるか高いところに聞いた。

切りたった崖から落ちたのである。そこから先は憶（おぼ）えておらず、目を開いたときには藁（わら）を敷いた上に寝かされていた。

善二郎の後ろにいた男がぼそりといった。

「お武家様は運のええお人だ」

ぎょっとしたように善二郎が顔を上げ、あわてていった。

「こちらはゲンゾウといって、杣人をしておるそうです。司殿が落ちたすぐ先にこの炭焼き小屋がありまして……、私一人ではどうしようもなかったところをお助けいただきました」

誠之進は右足に響かないようそっと首を持ちあげた。

「かたじけない。しかし、運がいいとは思えないが」

「お武家様が落ちなさったのは、ヤマドリ越といいましてな」

「ヤマドリ？」

「ヤマドリくらいしか上れん。鹿でも猪でも足を滑らせれば、落ちてくる。おれの仲間もずいぶんと落ちました。死んだのもいれば、それきり二度と立てんようになったのもおる。お武家様は大丈夫、来年の春になれば、前と同じように歩けなさるでしょう」

「来年、春か」誠之進は苦笑した。「ずいぶん先だ」

「どうせ雪が降れば、どこへも行けなくなる」

どこへも行けないような雪といわれても誠之進にはぴんと来なかったが、奥州の山深い地ゆえなのだろう。

あらためてゲンゾウを見た。無造作に束ねた髪は油っ気がなく、鬢がほつれていた。日に焼けた顔には無精髭がまだらに生えていた。三十か、もう少し若いのかも知れない。

「杣人をなさっておいでとか」

杣が山に木を植え、育てる生業（なりわい）であることくらいは誠之進も聞いてはいたが、今まで出会ったことはなかった。

ゲンゾウがつまらなそうに答えた。

「木こり、炭焼き、マタギ、ふもとで少しばかり畑もやっております」

誠之進は善二郎に目をやった。善二郎が小さく首を振る。自分たちが何者であるかは話していないという意味だろう。ふたたびゲンゾウを見た。

「私は司と申す。助けていただいて、お礼を申しあげる」

「何、お武家様の信心のおかげでしょう。おれは食い物を支度します。山ん中で、ろくなものもございませんが……」

ゲンゾウが小屋を出て行くや善二郎がふたたび両手をついた。

「本当に申し訳ございません。私がついておりながら……」

「いや、私が間抜けだっただけだ。ゲンゾウの話では、私は崖の上で足を踏み外したようだね」

「木が張りだしておりました。司殿は前に出ようとなされて、足を踏みだされたのですが、木が折れまして……、声をかけたときにはすでに落ちておられて」

善二郎の声を頭上に聞いたのを思いだした。

「山、また山だった。いい加減うんざりしているところに大きな川が見えて、あとは下るばっかりだと思ったらつい嬉しくなって……」誠之進は眉根を寄せた。「いずれにせよ間抜けな話だ」

　目を上げ、善二郎を見やる。

「ここら辺りは？」

「丹羽家の所領にまでは来たようです。司殿が息を吹きかえされる前にゲンゾウから聞いただけでございますが」

　丹羽家所領——二本松藩領にまではやって来たようだ。

「我々のことは話してないのか」

「はい。ここら辺りがどのような状況なのかわかりませんので。ゲンゾウが支度してくれる食事をいただいたら、ふもとまで降りて探ってこようと思っております」

　誠之進は視線を下げた。善二郎は小袖に羽織、袴を着けている。大小刀はかたわらに置いてあった。

「わかっております。ゲンゾウに何か着物を借りて、百姓体になります。司殿には、いましばらくこちらでお待ちいただかなくてはなりませんが」

　誠之進は足元に目をやった。右足には添え木がしてあり、さらしが何重にも巻かれていた。

「これじゃ、動きたくとも動けないね。これは善二郎殿がしてくれたのか」

「ゲンゾウがやってくれました。木や崖から落ちて手足を折る者は少なくないようでございます」

「なるほど」

ほどなくゲンゾウが戻ってきて、飯の支度ができたといった。団子汁でやたら塩気がきつかったが、四日ぶりに口にする温かな食事は何よりありがたかった。

食べ終えると服装を変えた善二郎が小屋を出て行った。


誠之進は目を瞠った。山肌に生える木々の間を黒っぽいものが駆けぬけている。山肌とはいえ、あまりに急峻で壁のようにそそり立っている。下草がところどころ剝げ、岩が剝きだしになっていた。

「見えましたか」

かたわらに立つゲンゾウが訊く。

「ええ。ネズミにしては大きいように思うが」

「ネズミ……」

くり返したゲンゾウが呆れたように笑った。

誠之進は頭を掻いた。

「江戸の生まれ、育ちでね。これまで犬か猫、ネズミくらいしか見たことがない。一度天竺から来た象の見世が浅草に立って、見に行かないかと誘われたが、ばたばたしているうちに行けず終いになった」

「象でございますか。それは惜しいことをしましたな。おれは一生見ることがないでしょうが、話には聞いています。さて、さっきのあれがヤマドリでございますよ」

「鳥か……、なるほど」

木々をすれすれで躱し、間を抜けて、急斜面を上っていく、速さは尋常ではなかった。

「鳥なら雀か鴉くらいのもんだ。あんな風に飛んでいるのを見たことがない。よくぶつからないものだ。鳥ならば、梢の上にぽんと出てしまえば、もっと楽に飛べるだろうに」

「森からぽんと飛びだせば、トンビや鷹に襲われます。ああして木の間をすり抜けて飛べるものだけが生き残る」

うなずいた誠之進はゲンゾウに顔を向けた。

「ここが？」

「あんな風にヤマドリにしか上れません」

「それでヤマドリ越か」

うなずいたゲンゾウがすぐ目の前にある巨石を指さした。

「あのわきで司様はのびていらっしゃいました」

「あれにぶつかったんじゃ命はなかったな」

右足を挫いていたほか、全身に打ち身があった。ゲンゾウ手製の湿布が効き、腫れは引いていた。足を踏んばると気が遠くなりそうなほど強い痛みが走ったが、杖（つえ）を頼りにすれば歩けるほどには回復している。

善二郎が出ていって、三日が経っていた。

ゲンゾウに向きなおった誠之進は小さく一礼した。

「あらためて礼を申す。ゲンゾウ殿にはすっかり世話になった」

「よしてください」ゲンゾウが顔の前で手を振った。「殿なんて付けられると背中が痒（かゆ）くなります。司様はお武家だ、遠藤様のようにゲンゾウと呼んでくださればええ」

「それじゃ、ゲンさんと呼ばせてもらおう。私は司誠之進と申す。今はこんなかたっ苦しい形（なり）をしているが、浪人だよ。品川宿で絵師をしていた」

品川宿と口にしたとたん、居並ぶ旅籠と軒に並ぶ紅灯、東海道を行き交う人々、そして懐かしい顔がいくつも浮かんだ。

ゲンゾウが首をかしげる。

「絵師？」

「ああ、画を描いてた」

「そんなんで飯（まま）が食えなさるか」

「いや」誠之進はふっと苦笑した。「なかなか。あっちこっちで手伝いをして、小遣い銭を稼いでいた」

ヤマドリ越の手前に狭い山道があり、そこにゲンゾウの炭焼き小屋があった。小屋は全部で三棟あった。誠之進が気を失っているのを見た善二郎が駆けこんだのも無理はない。

小屋の間に細長い石が立てられていた。文字が刻みつけてあった。誠之進は杖を使い、のろのろと近づいた。

源蔵之墓と彫られている。

「これは？」

「親父(おやじ)の墓です。山で死にましたので、ここに埋めました。親父が死んで、こんどはおれが源蔵になった」

「そうか」

杖をわきに挟んだ誠之進は合掌し、目をつむった。

二

善二郎が源蔵の小屋に戻ったのは、出て行ってから六日目の午過(ひるす)ぎだった。

「一面焼け野原にございました」

磐城平城下が、である。すっかりやつれた顔を伏せた善二郎が悔しそうに吐きすて、口元を歪める。

城といっても天守はなく、本丸御殿と、その南に並んでいた三階櫓、八つ棟櫓はことごとく焼け落ち、炭になった残骸を晒していたという。城下は、とくに南側がひどく、長橋門辺りまでは丸焼けで、焼け跡には熱で崩れた土壁や煤けた白壁だけになった蔵がところどころに残っているに過ぎなかった。

城下の様子を子細に語る善二郎が一息入れたところで、誠之進は割りこんだ。

「主膳殿はご無事か」

「はい」善二郎がさらに深く頭を垂れた。「拝領した屋敷は焼かれておりましたが、兄も、父も、兄の家族も無事にございました」

「それだけは何よりだった」

「恐れ入ります」

善二郎が城下に戻ったのは、小姓頭を勤める兄主膳や隠居した父、家族の消息を知るために違いなかった。誠之進にしたところで、兄が生きていれば、まずは安否を確かめに走ったただろう。

善二郎がつづける。

平城下に暮らしたのは三月ばかりに過ぎなかったが、それでも何度か行き来した小路が焼け落ち、磐城平に来てひと月ほどした頃、寒い春に遅れて満開となった桜も黒焦げになったと聞けば、空しさに胸を塞がれる。武家屋敷も町人街も灰燼に帰したらしい。

善二郎の話が途切れたところで、誠之進は唇を嘗め、言葉を圧しだした。もっとも気になっていた点だし、それだけに善二郎としても口にするのが憚られているに違いなかった。

「大殿におかれては、その後、いかがなされておいでか、聞くことはできたか」

「兄が申しますには……」

官軍に攻めこまれた七月十三日、不明門が破られる寸前に城を出た大殿——鶴翁は、その日のうちに城から十里ほど北へ行った天領の河内村にたどり着いた。城を出るとき、鶴翁に従った幕府の純義隊が導いたのであろう。

城が落ちたのは、翌十四日未明である。

床の一点を取り憑かれたような目で見つめ、善二郎が言葉を継いだ。

「ご家老におかれましては、城を枕に討ち死にすることこそ本望との仰せだったそうでございますが……」

誠之進は目を細めた。鶴翁の茶室でたった一度だけ会ったことのある家老上坂の面差しが脳裏を過っていったためだ。鶴翁の御前だというのに麻裃は皺だらけで、小袖、袴にしても質素であった。一方、古武士然とした面魂や筋目の通った言動には質実剛健な人柄がうかがえた。

「不明門が破られてから何度も奸賊どもが押しよせてきたそうですが、そのたび、押しかえしたようです。しかしながら多勢に無勢、徐々に押され、本丸に迫られたとき、ご家老は相馬将監殿を呼ばれ、後事を託そうとされたようです。そのときご自身は自刃して果てる覚悟といわれたそうです」

相馬将監は、磐城平藩の北、仙台藩との間に位置する中村藩から磐城平城守護の命を受け、一軍を率いて入城していた武将だ。

「相馬殿は断られたそうです。ご家老が城を枕に討ち死にされるといわれるなら自分もお供仕ると。我もまた藩主より命に替えても平城を守護せよと命じられて来た身なれば、城を焼かれ、一身に責を引きうけられるご家老を見捨てて引き下がるわけにはまいらぬと仰せられて」

誠之進には思いだされる光景があった。善二郎とともに本丸の西側で鉄砲を撃っていたときだ。眼下には六間門があり、そこを守備していたのが中村藩兵であった。兵たちの士気は高く、くり返し襲ってくる敵の波をがんとして跳ね返していた。

屈強な兵を目の当たりにすれば、将がどのような人物か察せられる。

「その上で将監殿がいわれたそうです。大殿には幕府の兵が従っているばかりで、しかも寡兵、いかにお心細い思いをされておられるか。腹はいつでも切れる。ここは生き恥を晒してでも大殿を追い、どこまでもお守りするのがご家老のお役目ではございませんか、と」

　結局、家老上坂は相馬の言を容れ、未明に城に火を放ち、鶴翁のあとを追った。

　そうした状況を調べあげ、ふたたび城下を出た善二郎は、今度は山中には入らず、磐城平から三春へつづく街道をたどりつつ官軍の動きを探ってきたという。

「平と三春のちょうど真ん中辺り、小野というところに古い城山がございまして、奸賊どもはその手前まで押しだしております。実は……」

　善二郎が商家の屋号を口にした。磐城平藩の御用を勤めているだけでなく、三春、二本松、さらには米沢諸藩の用も足しているという。

　二本松藩から見て、三春藩は南に隣接し、米沢藩は諸藩の飛び地が入り混じった地域を挟んで北西に位置する。三つの藩に共通するのは、いずれも領内に湊を持たない、いわゆる海無し藩という点だ。善二郎が立ち寄った商家が三藩の用を足しているのは、小名浜、平潟にほかならない。

「その店でとんでもない話を耳にしまして、それで真偽のほどをこの目で確かめようとあえて街道を参ったのでございます。小野の城山辺りどころか、奸賊どもの物見は秋田御家中の領内にも頻々と出入りしているようにございました」

秋田御家中は三春藩を指す。

「秋田御家中におかれましては、物見を見過ごしておられるのではなく、むしろ進んで引き入れられているご様子です」

「どうして」

「内々によしみを通じようというお考えとか……、実は秋田家は、その名が示す通り、そもそもが今の佐竹御家中の所領を支配しておられました」

佐竹御家中は秋田藩二十五万石である。佐竹氏はもともと常磐国一帯五十四万石の大々名であったが、関ヶ原の戦いで挙動が不審であるとされ、出羽国秋田へ転封となった。石高だけみれば、半分以下である。また、もともと国学が盛んであり、天朝崇拝の意識が強かった。

さらに三春藩の秋田氏となると天朝崇拝については本家本元という意識が強いらしい。家老秋田主税が大原重徳——文久二年（一八六二）、千の藩兵をともなった薩摩の島津久光とともに江戸へくだり、将軍家茂に対し、上座から攘夷の勅書を渡した人物——を歌道の師と仰ぎ、何度も京に通っていた。

善二郎が目をすぼめた。

「秋田御家中が奸賊どもによしみを通じようとしているだけでなく、佐竹御家中にも同じような動きが見られるようでございます」

誠之進は絶句した。

奥羽列藩同盟において、秋田藩は仙台藩に次ぐ大藩というだけでなく、位置が問題だった。もし、秋田藩が寝返ることになれば、会津、庄内の両藩は南から迫る官軍だけでなく、北の秋田藩にも対応しなくてはならなくなり、兵力を南北に二分せざるを得なくなる。

白河の関を破られた奥羽同盟軍は北へ退き、須賀川に大軍勢を集結させていた。しかし、ここに来て棚倉城を落とされたことが響いてくる。磐城平藩の西方にある棚倉城を手中にしたことで官軍は西からも平城を攻められるようになったが、同時に棚倉城を足がかりにまっすぐ北上すれば、須賀川を迂回して三春藩領にたどり着ける。

善二郎が聞いてきた通り、三春藩が官軍と通じれば、磐城平を出て東から来る軍勢と棚倉を出て南から来る軍勢とが三春で合流、西の会津へ攻めかかれる。

「今、丹羽御家中は須賀川に軍勢を出していて、城はほとんど空だそうですが、奸賊どもの狙いが会津なれば、三春から西へ向かいましょう」

「それでは丹羽殿家中は……」

「とりあえずは無事でしょう。警戒は必要でしょうが」

それが善二郎だけでなく、二本松藩中枢の見立てでもあるようだった。

翌朝早く……。

手のひらに置いた二朱金を源蔵がじっと見つめている。たった今、握らせたものだ。向かいあって立つ誠之進は小さく頭を下げた。

「すっかり世話になった礼として十分とはいえないが、今はそれしか持ち合わせがない。それに剝きだしの無粋を重ねて詫(わ)びる」

二朱は一両の八分の一になる。品川宿であれば、旅籠に泊まって食売女(めしうりおんな)を相手に酒を飲み、一夜をともにして、心づくしの朝餉(あさげ)をしたためたのち、快く送りだしてくれる。登楼(あが)ったことはないものの、それくらいは誠之進も知っていた。

しかし、二本松藩領の山中で二朱にどれほどの値(あたい)があるのか見当もつかなかった。

源蔵が目を上げ、誠之進を見る。

「ひと冬山にこもって、炭を焼いて、ようやくこれくらいになります。こんなにはいただけません」

源蔵が二朱金を持った手をつきだしてきたが、誠之進は首を振った。

「受けとってくれ。世話になった」

「そうですか」源蔵が握った手を懐に入れ、次いで誠之進をじろじろ見た。「その恰好で行かれますか」

かなりくたびれているが、羽織、袴姿だった。源蔵がかたわらに立ち、百姓体のまま、両刀をくるんだ菰（こも）を抱えている善二郎に目を向けた。

「遠藤様はいいが、誠さんの恰好で山を歩いたんじゃ、人目に立ってしようがない」

善二郎がぎょっとしたように目を剝いた。源蔵が誠さんと呼びかけるのを聞いたのは初めてだからだろう。

「そうだな。何かうまい方法があるかい」

「こちらへ」

源蔵に案内され、炭焼き小屋に入った。壁際に背負子（しょいこ）が五つほど並べてあった。そのうちの一つには俵を四つ載せ、縄で縛ってあった。

「そろそろふもとに運ばにゃならんかった。ちょうど良かった。おれが使うのは一つだけですから空のを一つずつお持ちください」

それだけいうと源蔵が炭焼き小屋を出て行った。善二郎が近づいてくる。

「先ほど、誠さんと呼ばれてましたが」

「誠之進だからね」

「しかし……」

「私も源さんと呼んでるよ。母屋の裏に墓石があるのを見たかい」

「ええ。源蔵之墓と刻まれておりましたが……」善二郎が目を見開く。「それでは」

「父親だそうだ。亡くなったあと、源蔵の名を継いだ」

柳行李を二つ重ねて抱えた源蔵が戻ってくる。一つひとつを誠之進と善二郎の前に置いた。

「行李に刀は入りません。遠藤様のように菰にでもくるんで背負子に縛りつけておくより仕方ないでしょう。それと野良着も持って来ました」

「何から何までかたじけない」

誠之進と善二郎はいったん住処にしている小屋に戻り、それぞれの荷と、誠之進は大小刀を持って炭焼き小屋に戻った。柳行李の蓋を開けると麻の袋が入っている。誠之進は目を上げ、源蔵を見た。

「干飯にございますよ。鉄砲撃ちに山へ入ったときには、何日もここへ戻れないこともありますんで」

誠之進はもう一度礼をいい、早速支度にかかった。脱いだ着物と城から持ちだした荷を柳行李に入れ、菰をもらって帍徹と国虎をひとまとめにする。どちらの鞘も傷だらけになっていた。そのうちのいくつかは新しく、ヤマドリ越を落ちたときについたもののようだ。ふと思った。

もう何日も抜いてないな……。

磐城平城にいる間は日に一度手入れをしていたが、平潟湊に出かけてからは手入れをする暇はなかった。また刀を抜くような相手にも会っておらず、革製の柄袋を被せたままにしている。鉄砲を撃ち合う戦に刀の出番はなかった。

背負子は頑丈そうな木製で、縦にした柳行李を載せ、わきに大小刀をくるんだ菰を縛りつけた。幅広に編んだ縄の帯に両腕を通し、背負う。

その間に源蔵が俵四つを縛りつけた背負子を引きずって外に出した。背負うと俵の天辺は源蔵の頭をはるかに越えている。見上げた誠之進は思わずつぶやいた。

「大したもんだ」

「何、柄ばっかり大袈裟で。炭だから見かけほど重くありません」

では、といって源蔵が歩きだす。

小屋の前を出て、ほどなく下りにかかった。ヤマドリ越ほどではないにしろ、かなり急で、ごつごつした岩が剝きだしになっており、草木は申し訳程度にちょろちょろ生えているに過ぎない。

源蔵がふり返った。

「おれが踏んでいく岩を見て、同じ岩を、同じように踏んできてください。ちょっとわかりづらいけど、これでも道がついてます」

「あいわかった」

誠之進はうなずいて答えたものの、源蔵を真似て下りていくのは骨が折れた。背よりも高く積んだ炭俵を背負っているというのに源蔵はひょいひょいと下っていく。後ろについた誠之進は源蔵の足下をしっかり見て、同じ岩に足を置くことに心をくだいた。後ろからついてくる善二郎が見ているのは、誠之進の足下なのだ。

　単衣木綿の野良着を帯がわりの荒縄で縛り、股引を穿いて尻っぱしょりをしていた。足は草鞋で固めている。杖がなくても歩けるようにはなっていたが、急な下りで力がかかると時おり鋭い痛みが走る。たちまち全身が脂汗に濡れた。

　羽織、袴に大小刀を差して山中を歩けば、たしかに人目に立つ。それ以前にとても源蔵について山を下ることはできなかっただろう。今さらながらヤマドリ越から落ちたことを思い、ぞっとした。

　下って、少し平らになったかと思うとまた急な下りになる。岩から岩へ飛びうつるように歩く源蔵に疲れの色はなかったが、誠之進は息が上がってくるのを感じた。

　やがて幅の狭い川の縁に出たところで源蔵が足を止めた。

「ひと息入れましょう」

「ああ」

　それだけ答えるのが精一杯だ。善二郎は両膝に手を置き、あえいでいる。源蔵が川を指さした。

「川から岩が飛びだしているのがわかりますか」

　川面から岩が二つ、顔をのぞかせている。表面は黒く濡れていた。岸から手前の岩、岩と岩との間、先の岩から向こう岸までいずれも半間ほど離れている。

「濡れた岩は滑りますんで気をつけてくださいい」

そういうと源蔵が無造作に踏みだし、手前の岩を踏み、二つ目の岩へと渡った。誠之進は背筋を伸ばし、臍下丹田に気を集中した。

足を踏みだし、手前の岩を踏む。楽に届いたと思った刹那、草鞋が滑り、思わず声を漏らした。

「おっ」

二つ目の岩から向こう岸に移ろうとしていた源蔵がふり返ってにやりとする。

「お気をつけなさって」

「あいわかった」

誠之進はあらためて草鞋の裏全体を岩肌に張りつけるようにして、残した足で岩を蹴り、二つ目の岩を踏む。両手を広げ、ぐらぐらする上体の揺れを抑え、二つ目の岩から向こう岸へと渡りきった。それだけで背中一面に汗をかいた。

源蔵がこともなげにいう。

「この先にもっと大きな川があります」

少々憎らしい。

さらに下りつづけ、目の前が開けたところで源蔵が手で示した。先ほどの川とは比べものにならない大きな川が蛇行している。おそらくヤマドリ越から転げおちる原因となったのと同じ川なのであろう。山中にしては幅が広く、水の量も多い。

「左にある馬の蹄(ひづめ)みたいになっているところがわかりますか」

源蔵が指ししめす先を見て、誠之進はうなずいた。

「ああ」

「あの手前に先ほどのように岩が出ています。さっきよりは大きな岩で上が平たくなってますから足を置きやすいですが、全部で七つあります」

「七つか」

誠之進はため息を嚥みこんだ。

源蔵が眉尻を下げた。

「申し訳ないですが、おれはここから川下の方へ向かわなくちゃなりません」

何度も頭を下げる源蔵の肩に誠之進は手を置いた。

「源さん、かたじけない。頭を上げてくれ。川は見えてる。もう迷うことはない。本当に世話になった」

「いえ、とんでもない」

恐縮する源蔵と別れ、誠之進と善二郎は眼下の川に向かって歩きだした。まだかなり下りなくてはならなかったが、川との間に木々はなく、つねに見えているので心配はない。もっとも木が生えていないということは、剝きだしの崖ということでもある。

相変わらずごつごつした岩の道を二人は慎重に歩きつづけた。道幅が狭いので先を誠之進、後ろに善二郎と縦になるしかない。

しばらく進んだところで、後ろにいる善二郎が悲鳴を上げる。ふり返った誠之進はさっと身をかがめた。

槍の穂先が突きだされている。

陽の光を受けてぎらぎらしている穂先の向こうで両手をばたばた動かしていた善二郎の姿が消えた。

今度は善二郎が崖を落ちていき、わずかに間があって、水音が聞こえた。

三

背筋を伸ばし、端座した老人——千葉興風（こうふう）がすらりと鞘徹を抜き、目の前に立てた。唇には懐紙を挟んでいる。白く長い眉毛の下の目を細めた。

「ほう」

成田静翁（せいおう）が嘆息を漏らす。

「まさに眼福（がんぷく）でございますな」

東川冬水がつぶやくようにいい、角田遊酔が何度もうなずく。興風邸の応接間に集まった四人ともにかなりの年寄りに見えた。

おかしなことになったもんだ――誠之進は肚の底でつぶやく。

大きな川を見ながら切りたった崖の上を歩いていた善二郎にいきなり槍を突きかけたのは東川だ。すかさず後ろへ跳び、穂先を躱した善二郎だったが、跳んだ先に地面がなかった。

直後、誠之進の前に興風が突如現れ、背後から槍を小脇にかいこんだ成田と角田が駆けつけてきた。四人の老人はいずれも×――二本松藩丹羽家の旗印――を金漆で大書した胴に草摺を身につけていた。

崖の上から川をのぞきこんだ東川が叫んだ。

溺れてるぞ――。

皆があわてて崖を下り、流されつつあった善二郎を途中でつかまえ、何とか岸に引っぱりあげた。奇しくも源蔵が渡河できると教えてくれた場所で、善二郎は露頭していた七つの岩の一つに引っかかったのである。

誠之進はとりあえず善二郎を助けてもらった礼を述べたあと、四人の古式ゆかしい胴、草摺姿を見て、きちんと磐城平藩安藤鶴翁が家来、司誠之進と遠藤善二郎、ゆえあって身なりを変え、会津中将様を訪ねる途上と告げた。誠之進は浪々の身、臨時雇いに過ぎなかったが、善二郎についてはまんざら嘘でもない。主膳弟として藩士に取り立てられている。

次いで興風、東川、成田、角田の順で名乗った。いずれも二本松藩丹羽家中の者といったが、すでに四人ともに隠居の身であることは興風邸に来てから聞かされた。岸に引き上げられ、仰向けに寝かされた善二郎の左足がおかしな角度に曲がっており、ひどく苦しがっていたため、挨拶もそこそこに興風邸に担ぎこむことにしたのである。

鶴翁家来、つまりは武家であることを手っ取り早く証すため、誠之進は背負子に縛りつけてあった大小刀の菰を外して披露することにした。一応の身支度を調えたものの月代は伸び放題、無精髭がまだらに伸びている。

品川宿にいた頃には、月代こそ伸ばしたままにしておいたが、髭は髪結い床に行き、日に一度、二日に一度はきれいにあたってもらっていた。武家においては汚らしいままに髭を放っておくことは御法度だが、そもそも江戸市中においては武士も町人、職人も髭の手入れをしないのは野暮といわれた。

絵師を名乗るのに技量足らずで、少しばかり後ろめたさを抱く誠之進ではあったが、粋を気取らないまでも野暮とはいわれたくない心根はあった。いかにも浪人然と無精髭面をしているのは本意ではなかったが、おかげで源蔵のくれた野良着はよく似合った。

両刀を披露したとき、拝見したいといいだしたのは興風である。応接間に通されることになり、その間に医者を呼ぶという。

ここは二本松藩領長折村と興風がいった。小さな集落で、城の東二里半ほどのところにある。

乕徹を立てたまま、興風が目顔で訊ねてきた。誠之進は小さくうなずき、答えた。

「長曽禰興里の作……、と聞いております」

「おお」

嘆声を漏らしたのはまたしても成田だった。誠之進の横顔をのぞきこんでくる。

「乕徹でございますな」

「おそらく」

頼りない返事をすると成田が怪訝そうに眉を寄せたので仕方なく言葉を継いだ。

「父からそのようにいわれております」

中子にちゃんと銘が切られており、三田の研ぎ師秀峰も本物だと認めていた。誠之進とて偽物と疑っているわけではなかったが、老人たちのあまりに開けっぴろげな感嘆が少しばかりこそばゆかった。

老人たちの間に乕徹が回った。まずは興風から成田へ、互いに両手で捧げもつようにしている。成田は作法通り懐紙をくわえてから受けとった。成田から東川、角田と回ったあと、ふたたび興風のところに戻り、鞘に収めた興風が誠之進に返した。

「小刀（しょうとう）も拝見できましょうか」

興風がていねいにいう。誠之進は帋徹を置き、国虎を取って興風に差しだした。ふたたび懐紙をくわえた興風が両手で受けとる。抜き放ち、目の前に立てるとふたたび老人たちが嘆声を漏らし、帋徹と同じことがくり返された。

のんびりしたものだと誠之進は思わずにいられなかった。

磐城平城が落ちたのは十日前、善二郎が探ってきたところでは官軍は隣接する三春藩に差しかかっている。それどころか三春藩、さらに奥羽列藩の雄、秋田藩までが官軍に内通している節があるという。それでいて興風邸では刀談義なのだ。

東川、成田、角田の三人が辞したあと、一人の少年がやって来て中庭に面した廊下に正座し、両手をついた。

「お話しのところ、恐れ入ります」

興風が顔を向ける。少年は頭を下げたままいった。

「和倉（わくら）先生が遠藤殿の治療を終わられたそうでございます」

「そうか」興風がうなずいた。「先生のご都合がよろしければ、こちらにご案内してくれ。それと茶を持って来て欲しい。ちと咽（のど）が渇いたでな」

「かしこまりました」

「それと和倉先生には……」

「御酒でございますね。心得ております」

「うむ」

興風の口元に穏やかな笑みが浮かんだ。少年が下がったところで訊ねた。

「ご子息ですか」

「いやいや」興風が顔の前で手を振る。「孫の友四郎にございます。あれの父親が私の嫡男で今は当家の主、精一郎と申します。定府供番をいたしておりますが、今は須賀川に行っておりまして」

善二郎が探ってきた中に須賀川に奥羽同盟の大軍団が置かれているというくだりがあった。二本松藩からも兵を出しており、千葉精一郎はその一員なのだろう。

「お孫さんはお一人で？」

「いえ、あれの上にもう一人おります。友二郎と申しますが、今は鉄砲隊におりまして城に詰めております」

「それはご立派なことで。友四郎殿もしっかりなさっておいでのようですが、まだずいぶんとお若い……」

「若いというより幼いといった方があたっておりましょう。友四郎は十三、友二郎は十四にございます」

「十四で鉄砲隊におられますか」

「丹羽家中には入れ年の習いがございましてな」

入れ年とは、二歳までなら年齢を引きあげ、諸任務に就けるようにした二本松藩独自の制度で、昔からある風習であり、ひと足早く大人の世界を経験させるのが目的だったが、戦時となった今は実質的な意味を持ってきた。

やがて廊下に足音が響いたかと思うと太った、禿頭(とくとう)の中年男が入ってきた。肌寒さすら感じる気候だというのに顔は紅潮し、汗に濡れている。

「御免」

そういって応接間に入ってくるとどっかと座りこんだ。誠之進が目礼し、禿頭の男が鷹揚にうなずいた。

興風が声をかける。

「して遠藤殿の具合は？」

和倉という医者のようだ。

「ぽっきり折れてますな。ありゃ、しばらく動かせませんぞ。熱も出てきましたので、熱冷ましを服(の)ませはしましたが」

友四郎が盆を捧げもってやって来た。湯飲みが二つ、それと徳利に大ぶりな猪口(ちょこ)が載せてあった。

「来た来た」

ぎゅっと目尻を下げた和倉が応接間に入ってきた友四郎が座るやいなや徳利に手を伸ばした。苦笑した興風だったが、ふと思いついたように誠之進に目を向けた。

「ろくに見物するものもない田舎ではございますが、村でも見物されてはいかがでございますか。明後日には祭りがございまして、多少はにぎやかです」

「そうそう」早くも手酌で二杯目を注ぎながら和倉が尻馬に乗る。「遠藤殿は今しばらく人事不省ですからな」

ぎょっとして和倉に目をやった。和倉が二杯目を呷り、空いた猪口を自分の前に置いて徳利を取る。

「ご心配にはおよびません。熱冷ましを服用させると眠くなります。何より今は安静が一番の薬でしてな。何しろ折れた骨が鋭い刃物のようになってふくらはぎの内側で肉をずたずたにしております。しかし、ご安心あれ。この和倉藤庵、しっかり骨をはめて晒しでがっちり巻きましたでな。来春、雪が解ける頃にはこれまでと変わりなく歩けましょう」

雪が解ける頃……、どこかで聞いた台詞だと誠之進は思った。

興風が友四郎に目をやる。

「支度をしなさい。司殿をご案内して」

「かしこまりました」

　手をついた友四郎が一礼し、応接間を出て行く。和倉は手酌でぐいぐい飲(や)っており、誠之進はせっかく出していただいたからと茶をすすった。

　出がけに剃刀(かみそり)を借り、井戸端でとりあえずむさ苦しい無精髭をあたり、髷を調えた。袴は着けず、気楽な恰好で腰の後ろにキセル筒を挟んだ。久しぶりに品川宿にいた頃を思いだす。できれば大小刀も置いていきたかったが、友四郎が袴を着け、小刀だけとはいえ腰に差している以上、少しは武家らしい恰好で付き合わなくてはならない。

　興風邸は小高い丘の上にあった。下りたところに百姓家があり、家の前にいた中年の女が友四郎にていねいに辞儀をし、ついでに誠之進にも頭を下げた。目礼を返し、誠之進と友四郎は川沿いのゆるやかな道を下った。

「先ほどの人は？」

「おさきと申します。五平(ごへい)の女房で、夫婦であの家に住んでおります」

　邸(やしき)のある小高い丘と周囲の畑が千葉精一郎の領地で邸は興風の隠居所だという。

「なるほど、それでか」

「どうかされましたか」

「実は私の亡父も兄に家督を譲って隠居所を拝領していたんだ。興風殿の邸のたたずまいが何となく父の隠居所を思いださせてね」

「お国は磐城平と承りましたが……」いいかけた友四郎がはっとしたように頭を下げた。

「申し訳ございません」

城が落ちたことを知っているのだろう。

「お心遣い痛み入る……、といいたいところだが、父は江戸勤番でね。私も江戸の生まれ育ちで国許といわれてもついこの間入ったばかりなんだ」

それからしばらく二人は黙って歩いた。友四郎がちらちらと誠之進の腰辺りを見ているのに気がついていた。

ふとイタズラ心がわき、キセル筒を抜いて友四郎の前に差しだした。筒には革のタバコ入れがついている。

「なかなかなもんだろう」

「ご立派でございます」

「ほら」

キセル筒を渡す。手に取った友四郎が目を見開く。

「重い」

「蛇が鎌首を持ちあげているだろう。そこに小指をかけて蓋を抜くんだ」

鋼の無垢棒（むくぼう）に銀を巻きつけ、蛇をかたどった彫金を施してある。キセル筒としてはインチキである。

「失礼します」

キセル筒の胴を左手で持ち、蓋に右手を掛けた友四郎が抜こうとする。抜けるわけがない。友四郎は足を止め、さらに力を込めた。唇を結び、鼻の穴を膨らませる。たちまち顔が真っ赤になった。

「すまん」誠之進は詫びた。「そいつは抜けない。インチキなんだ。鋼の周りに銀を張って蛇を彫りこんである。私の知り合いの息子が作ってくれた」

怪訝そうな顔をして見上げる友四郎の鼻の頭に小さな汗の粒が生じている。

「いろいろ使い道があってね。街中を歩いていて、からまれたときには、そいつで火の粉を払う」

友四郎が返してきたキセル筒を受け取り、腰の後ろに戻すとふたたび歩きだした。

「江戸は物騒だと聞きましたが」

「私がいたのは品川宿という繁華なところだが、それだけにいろいろな輩が出入りしていた。そうだな。たしかにここ何年かは不逞の輩がさまざまに入りこんできて、友四郎殿がいわれるように物騒になってきた。しかし、おいそれと抜くわけにはいかんだろ」

ふだんは腰に差してもいないし、とはいえない。

「たいそうご立派な刀だと祖父から聞きました」

「伝家の宝刀って奴だ。実のところ私には不相応だよ」

ふいに真剣な目をして友四郎が誠之進を見つめた。

「人を斬られたことがございますか」

十三歳と興風はいったが、そこには武士(もののふ)の面構えがあった。

誠之進は小さくうなずいた。

「ある」

ごくりと友四郎が唾を嚥む。

誠之進は目を上げ、ゆるやかに下りつづける道の先を見た。

「お屋敷は御城下におありか」

「はい。父が継いでおります」

「友四郎殿は、どうして興風殿の隠居所に？」

「父にいわれました。祖父のそばから離れるな、と」

「お父上は須賀川にご出陣と承ったが、それでは、お屋敷には兄上だけが？」

「はい。中間がおりますゆえ不便はございませんが、今は屋敷ではなく、おそらくお城に泊まりこみでございましょう」

「鉄砲組におられるとか」

「はい」友四郎が胸を張る。「私も来年になりましたら兄と同じ鉄砲組に入ります」

「母上はご心配であろうな」

「母は私が二つのときに病で亡くなりました。兄弟も全部で四人いたと聞いていますが、一番上と三番目はどちらも死産でございました」

「不躾(ぶしつけ)なことを訊ねた。知らぬこととはいえ、無礼を申した。詫びをいう」

「いえ」

次いで定府供番という父精一郎の役目について訊いた。藩主の身辺を護(まも)るのが役目で藩士のうちでも腕の立つ者が選ばれるという。興風も同じ役に就いていて、いずれは兄が鉄砲組から転じることになるらしい。

「私は剣術の方があまり得手ではなくて……」

友四郎が頬を染め、うつむいた。技量だけではないだろうと誠之進は思った。役職は嫡男が継ぐ習いだ。

ふと不憫(ふびん)になった。冷や飯食いの次男はうだつの上がらないまま、一生を終えるのが定めだ。誠之進は好きな画の道を歩かせてもらえた。だが、友四郎は……。

武家の習いとはいえ、理不尽極まりない。いまだかつてそのように思ったことがなかった。それが友四郎を見ているといかにも間尺に合わない気がするのが自分でも不思議だった。

やがて右手に小さな山が見えてきて、こんもりした森の向こうから威勢のいい鉦(かね)、太鼓の音、歯切れのいい笛の音が聞こえてくる。血がわきたつような調べだ。

誠之進は音のする方に顔を向けた。

「出陣の合図か」

官軍が迫り来たのかと思ったのだ。

「いえ」友四郎が笑みを浮かべて首を振る。「獅子舞（ししまい）にございます。明後日のお祭りに向けて稽古しているのでございますよ。のぞいていかれますか」

「そうだね」

こちらでございますと友四郎が手で示した先に石段があった。

「けっこう急だね」

「やめておかれますか」

「まさか。せっかくここまで来たんだ。参拝して、獅子舞の稽古を見物していくさ」

並んで上りはじめたのだが、途中、鳥居をくぐったところで誠之進はおやと思った。心なし友四郎の足が速くなっているように感じたからだ。

石段を上りきると、短い参道の入口に石灯籠（いしどうろう）があった。背に弘化二乙巳（きのとみ）年と刻まれ、二十三年前に建立されたとわかった。境内は隅々まで手入れが行き届いていて、周辺の人々の信心ぶりがうかがえた。

囃子（はやし）は小体（こてい）な社（やしろ）の後ろから聞こえていた。とりあえず社の前に立ち、作法通りに参る。手を下ろすや友四郎がいった。

「こちらにございます」

先に立って社のわきを進んだ。あとにつづいた誠之進だったが、社を回りこんだところで思わず足を止めた。

見事な杉の巨木が社のすぐ後ろにそびえている。幹が四本に分かれ、首がぎしぎし音を立てそうなほどに高い。

梢の先の空が高く、秋になったことを思いださせた。

「これが御神木なのか」

訊こうとして友四郎に目を向けたが、一人ですたすたと先へ行っていた。

何をそんなに急いでいるのか……。

誠之進は苦笑して友四郎を追った。

四

江戸にいた頃、正月になるとどこからともなく現れ、軒先に見かける獅子舞とずいぶん様子が違っていた。

まず獅子が三匹いる。江戸で見る獅子舞は、演者が背を丸め、獅子頭を顔の前に持ってきて緑の布を被るのだが、ここでは握り拳ほどの大きさの獅子頭を頭の上に載せ、頭から延びる紐を顎の下で結んでいた。腹にはでんでん太鼓をくくりつけ、両手に持ったばちで叩いては掛け声を発して舞っている。野良着のままなのは、稽古ゆえかも知れない。

囃子に乗って膝を上げたり、足を踏みだしたりする三匹の獅子は、輪になって回ったかと思うと中央に寄り、また広がって回りだした。獅子とは別にもう一人、尖らせた口をひん曲げたひょっとこ面をつけた男が混じっていた。細竹を手にして振っている姿はまるで鞭で獅子たちを操っているようにも見える。

細竹の鞭を見て、遊撃隊長の人見を思いだす。磐城平城が攻めこまれる前に姿を消し、今となってはどこにいるかまるでわからない。

三匹の獅子とひょっとこの後ろには、茣蓙(ござ)が敷かれ、五人の男が並んでいた。三人が太鼓、二人が鉦を叩いている。そして茣蓙のわきには白い着物姿の女が立ち、篠笛(しのぶえ)を吹いていた。

女の立ち姿が美しかった。髷を結わず、まっすぐな髪を垂らし、後ろでゆるく一つに結んでいるだけだ。篠笛につけた唇の紅が際立っているのは、細面が抜けるように白いためだろう。

鉦、太鼓が激しく打ち鳴らされているにもかかわらず涼しげな笛の音がはっきり聞こえた。まるで騒々しい中をしなやかに通りぬけてくるようだ。

ぼうっと女に見とれていたことに気づいた誠之進は目を伏せた。頬がかすかに熱い。

あわててとなりの友四郎を盗み見た。間の抜けた顔を見られたような気がして、さすがに羞恥をおぼえたからだ。

　だが、友四郎は誠之進などそこにいないかのように三匹の獅子が舞うのを見つめている。いや、視線の先には笛を吹いている女があった。少年らしい一途な眼差しにははっとさせられる。

　舞いの周囲には見物人がいた。それほど数は多くない。二、三人ずつかたまって眺めている。年寄り、子供、女ばかりだった。刀を差してふんぞり返っているのは誠之進と友四郎だけである。

　獅子舞の後ろには、杉の巨木があった。一つの大きな根から伸びる四本の幹はまっすぐ天に向かって伸び、左右に張りだした枝も長い。やはり見事としかいいようがなかった。その下で獅子たちが舞い、美女が笛を吹く姿は夢幻の景色のように思われた。

　囃子が終わったところで誠之進と友四郎は見交わし、何もいわずに境内を出た。石段を下り、来た道に戻ったところで友四郎が訊いてきた。

「ほかにご覧になりたいものがございますか」

「いや」誠之進は首を振った。「何しろこちらへ来たのは初めてだから何も知らない。ほかに見せたいものはあるかい」

「ございません」

「それでは、ゆるゆる戻ることにしよう。ひょっとしたら遠藤が目を覚ましているかも知れない」

　来たときと同じように神社のある森を一回りして下り、興風邸に向かって歩きだした。来るときにはゆるやかな下りだったが、上るとなると案外きつい。

「獅子舞に衣装はあるのかい」

　誠之進はとりあえず訊いた。何かに思いをとらわれていたのか、友四郎は目をしばたたき、それから誠之進を見上げた。

「今、何と……」

「衣装だ。舞っていた獅子たちやひょっとこ、お囃子の者たちも野良着のようだったが」

「祭りの日にはちゃんと晴れ着を着ます」

「皆、百姓のようだね」

「そうです」友四郎が目を伏せた。「武士で祭りを見に来るのは子供くらいにございます」

　丸い頰越しに尖らせている唇が見えた。

　興風邸に戻ったが、善二郎は眠ったままだった。大したおもてなしはできないがと前置きした上で今しばらくはごゆるりと逗留(とうりゅう)されたいと興風がいってくれた。誠之進はありがたく受けると答え、一礼した。

『たいへん、たいへん』

長屋の障子戸を開け、大声でわめき立てるきわの白い顔が闇の中にぼうっと浮かびあがるのを見たものの誠之進は横着を決めこみ、夜具にくるまったまま首だけ持ちあげた。

『どうした？』

『蛸が暴れてる。身の丈六尺の茹で蛸が大戸屋の前で暴れてるんだ。旦那さんがすぐに来て欲しいって』

『やれやれ』

ぶつくさいいながら夜具を出て、雪駄をつっかけた誠之進の手を握ったきわが引っぱる。あくびをしながら路地を小走りに抜けていくとき、いつも同じことを思った。

どうして女の手は冷たいのか——。

そこで夢から覚めたが、目を開いた誠之進は暗い天井をぼんやり見ていた。天井を覆う闇をいくら凝視してもきわの顔がふたたび浮かんでくることはなかった。たった今、きわに握られていた右手を鼻先にかざす。夢の中でもきわの手はひんやりしていた。

身の丈六尺の大蛸とは鮫次である。酒乱の気があり、一升五合を過ごす辺りから得体の知れないもう一人の鮫次が現れるといういささか厄介な酒だ。茹で蛸ときわがいうのは、酒に酔った鮫次が禿頭のてっぺんまで真っ赤になっているからだ。大汗をかき、ひぃ、ひぃはあ荒い息を吐いていると茹で上がり寸前の蛸というのがぴったり来る。

久しぶりにきわの夢を見た理由はわかっていた。昨日、神社の境内で篠笛を吹く娘を見たからだ。必ずしも面差しはきわに似ていなかった。しかし、涼やかな目元とすんなり通った鼻筋、何より凛とした気配がきわを思いださせた。

きわではなく、もう少し長じて、小鷸の源氏名で客を取るようになってからか、と思いなおす。きわから小鷸となり、梅毒に二度罹って死んだ。

「きわでいいじゃないか」

叩きつけるようにいい、夜具をはねのけた。

興風邸の勝手口を出た誠之進は井戸端で顔を洗い、大きく伸びをした。夜はまだ明けきっておらず、うす暗い中にもやだけが白い。少し歩いてみる気になったのにとくに理由はない。邸を囲む雑木林を抜け、丘を下りた。

百姓家の前に小柄な男が藁束を広げている。誠之進を見つけた男が手を止め、腰をかがめて辞儀をした。

誠之進は手を上げげた。

「五平だね」

「へい」

五平が近寄ってきて、ふたたびていねいに頭を下げた。

「千葉殿のところに昨日から世話になっている司と申す者だ」

「おっ母(かあ)から聞きました」

興風によれば、五平が領地に五軒入っている小作人のまとめ役――五人組の頭であり、田んぼの割り振りや田植えや刈り取りの指示、年貢の徴収を行っているだけでなく、女房のさきが興風と友四郎の食事や洗濯、掃除などの世話一切をしているという。丸顔で顎が小さい。

「司様は磐城からおいでになったとうけたまわりましたが」

「ああ」

「大変な目に遭われたそうで……」口にしてから五平があわてて頭を下げる。「ご無礼申しました」

「いや、無礼はない。その通りだ。西国の連中が攻めてきてね。戦になった。私は命からがら逃げてきた」

「実はお教え願いたいことがございまして」

腰をかがめたまま、上目遣いで探るような目を向けている五平に向かってうなずいた。眉間には深いしわが刻まれ、いかにも気鬱そうな顔だ。

「何だ？」

「その西国の奴ばらのことにございます。彼奴(あやつ)らは会津の殿様を攻めに来たので、ここらには来ないとか」

「それは……」

わからんといいかけ、言葉を嚥んだ。善二郎にしろ、二本松藩にしろ、官軍は三春から西へ向かうと見ている。敵の動静など読めるわけがないと誠之進は思うが、不安そうにしている五平に告げたところでしようがない。

「たぶん……、そうだろうな」

「良かった」

五平が心底ほっとしたような笑顔を見せる。誠之進は二度、三度とうなずいた。

「戦になれば、田畑を荒らされるものな」

「いやぁ」五平は背後に広がる田をふり返り、すぐに誠之進に向きなおった。「ご覧の通り稲刈りは終わっております。あとは雪が降るだけでございます」

「ほう」

誠之進は五平の目をのぞきこんだ。五平がよけいなことをいったといわんばかりの顔つきになり、襟元を掻きあわせた。

「戦をひどく心配しているように見えたが、何か気になることでもあるのか」

「あ……、いえ……」

へどもどしつつも五平の眉間にはまたしても深いしわが刻まれた。よほど気になることがあるように見える。

「私が聞いたところで何の助けにもならないが、よかったら話してくれないか」

「へえ」

しばらくの間、顔を伏せていた五平だったが、やがて意を決したように目を上げ、まっすぐに誠之進を見返した。

「友四郎様のことにございます。実は……」

母親に早くに死なれたこともあって、不憫に思った興風が幼い頃から領地に連れてきては気晴らしをさせていたという。子ができなかったこともあって、五平夫婦は友四郎を可愛（かわい）がり、よく面倒を見たらしい。

「まだお小さいときにはうちのようなあばら屋にお泊まりいただいたこともございました」

五平の顔から笑みが消えた。

「戦ともなれば、友四郎様も……」

「おいおい」誠之進は手を振った。「たしか友四郎殿は十三のはず、入れ年という制があるとは聞いたが、まさか戦に駆りだされることはあるまい」

しかし、五平は厳しい顔つきを崩そうともせずに言いつのった。

「ご無礼ながら申しあげさせていただきます。丹羽の殿様のご家来衆におかれてはほんのお小さい頃から武人の習いを身につけておられます」

「武人の習い……、潔くあれということか」

「私どものような百姓を守れということにございます。友四郎様はお小さいときから私とおっ母を守るのだとおっしゃっておられました。あれはまだ友四郎様が四つか五つの頃でございました」

冬が近い頃、山から里へ下りてきた熊が五平夫婦の前に現れたという。はぐれ者の雄だったと五平は付けくわえた。

そのとき、そばにいた友四郎が五平夫婦の前に出ると熊との間に立ちはだかった。

「じっと睨みつけられまして、それから帰れと一喝されました。どれほどの間睨みあっておいでだったか、私とおっ母は抱きあってただ震えているだけで……、でも、熊も友四郎様の眼力に恐れをなしたのでございましょう。そのまま山へと帰っていきました」

その夜、友四郎は高熱を発し、一晩中唸っていたらしい。やはり怖くはあったようだ。

「あのご気性にございますから戦ともなれば、絶対に退かれないと……」

「大丈夫、戦にはならない。私が請け合う」

口先だけで軽々しくいったところで何の慰めになるものかと思いつつ、五平が明るい笑みを取りもどしたことに救われた気がした。

誠之進は言葉を継いだ。

「ところで一つ訊ねたいんだが」

「何でございましょう」五平の表情がふたたび曇る。「何にも知らない百姓でございますが」

「昨日、友四郎殿に案内してもらって獅子舞の稽古を見物に行ったんだが、笛を吹いていたのが女人であった」

「ああ」たちまちほっとしたような顔になった五平がいう。「クニ様にございますな。お社のご神職の娘さんですよ」

「まだ若そうだが、笛の名手だ」

「そりゃ、もう」

五平がいくぶん胸をそらせ、鼻の穴を膨らませる。

「近隣でも評判でございますよ」

「美人だ」

「天女だといわれております」

天女と聞いたとたん、誠之進の脳裏に一枚の画が浮かんだ。宙を舞いつつ笛を吹く天女の姿だ。

邸に戻った誠之進は興風に筆と紙を、と願いでた。興風が命じて、さっそく友四郎が部屋へ運んできてくれた。

五平が天女と口にするのを耳にした刹那、一幅の画が浮かび、たちまち全身を満たすように感じた。描けるでもなく、描きたいでもない。ただ画が見えた。

あてがわれた一室の窓際に毛氈を敷き、しわが残らないようていねいに紙を広げて四隅に文鎮を置いていった。

筆は興風が使っているもので、どれでもどうぞといわれた。遠慮せず太さをいろいろ取り混ぜ、五本を選んだ。あわせて墨と硯を借り、そのほか友四郎に頼んで五平の家から、欠けて今は使っていない皿を三枚持ってきてもらった。

水差しに井戸水を汲んできてかたわらに置くと誠之進は墨を擦りはじめた。一心不乱に手を動かし、墨池が満ちるまでつづけた。つづいて右に五本の筆、三枚の皿を並べ、皿の内一枚に水を満たした。

呼吸を整えたところで懐に手を入れ、袱紗の包みを取りだす。左の手のひらに包みを載せ、ゆっくりと開いた。

盃の底で毘沙門天が誠之進を見ている。目を細め、見つめ返しているうちに狂斎の姿が浮かんでくる。

縁側の向こうの庭ではニワトリが歩き、植え込みの下には猫がうずくまっていた。猫は一匹ではない。あと二匹。こちらは背中合わせになって縁側で惰眠をむさぼっている。かつて神田明神下にあった狂斎邸の画室から見えた景色だ。

背を丸めて絹布の上にかがみこんだ師は、十文字にした筆を持ち、一本を横ぐわえにしていた。

しなやかに手が動いていた。筆が走るごとに現れる線に誠之進は我を忘れ、見入っていた。

やがて師の姿が脳裏から消え、天女の画が浮かんでくる。目は毘沙門天に据えたままだが、誠之進が見ているのは天女の画だった。

しばらくの間、身じろぎもせず、ゆっくりと息を吸い、吐くのをくり返した。

瞑目(めいもく)する。

ふっと息を吐いた誠之進は盃を元のように丁寧に袱紗で包み、懐の奥深くに差しいれた。

筆の一本を取り、墨池にわずかに浸すと水を入れた皿へ移した。最初は薄墨で探りを入れるつもりだった。

興風がくれた紙は二尺と三尺ほどの長方形をしている。それを横置きにしている。まず頭を描き、首、肩、篠笛の位置を決め、腕、胴、両足と描いていった。顔に十文字を入れ、目、鼻、口に見当をつけ、右から左へ流れる長い髪を描く。

薄墨の線を重ねながら骨格を探り、少しずつ肉付けをしていく。篠笛に添えられた細い指の形を探った。唇の前に来る左手、笛の中ほどを持つ右手、右の小指は伸ばしている。なだらかな線で肩を描き、笛を持つ両手とつないでいく。下げた左肘の先に乳房、細い腰にへそを描き入れ、豊かな腰、すんなり伸びた細い足へとつづく。

最初は両足ともに伸ばしているように描いた。宙を舞う姿にしたかった。だが、間抜けに浮かんでいるだけにしか見えなかった。それで左膝を曲げて腹の前に引きあげ、右足は真下よりわずかに右へ伸ばすように描き改める。

髪も左から右へと流す。

裸の天女が宙を舞っている姿が現れたあと、羽衣を重ねていく。左右の腕にまとわりつく袖、足にからむ裾、いずれも風をはらみ、優美に波打っている。

一度も手を止めることなく、何度も何度も探りをいれながら薄墨の線を重ねていく。顔を描くときには、背を丸めて紙の上にかがみ込み、鼻先を寄せ、筆を使った。

幾重にも引いた線の中に徐々に天女が浮かびあがってくる。時おり躰を起こしては全体を眺めわたし、顔、足、ひるがえる羽衣の裾に手を加えていった。目は半眼とし、眸(ひとみ)は下方を見下ろしている。

昨日、神社で笛を吹いていた神職の娘を描こうとしていたのだが、きわに似てきたような気もする。

筆をおき、目を細めて下絵を見る。

躊躇はなかった。墨がすっかり乾いたところでもう一枚の紙をぴたりと重ね、手のひらでそっとなぞってから四隅に文鎮を置く。

細い筆を手にして墨池につけ、ついで陸でよぶんを落とす。

画にかがみ込むと左の目頭に筆を持っていった。穂先が紙に触れる寸前、脳裏にあらわれたのは父だった。隠居所の庭で木剣を持ち、相対している父だ。

真っ向から撃ちこんでくる。

誠之進も木剣を振りあげ、踏みこみつつ父の太刀筋に合わせて撃ちこむ。

切り落とし。

一刀流の真髄とされる技だ。父の剣に追いすがり、追いこしていくおのが切っ先を誠之進は瞬ぎもせずに見つめている。

木剣の撃ち込みと第一筆が重なった。

五

何とも居心地が悪く、誠之進はずっと尻をもじもじ動かしていた。

応接間には、昨日の朝と同じく東川、成田、角田の三人が来ており、興風と四人で囲むように座っている。誠之進は少し離れ、うつむいたまま、鼻を引っぱっていた。

　何ともおかしなことになった……。

　床の間には、立派に表装された天女の画が掛かっていた。描き上がったときには午を回っていたが、誠之進は飯どころか厠に立つこともなく、描きつづけていた。興風に声をかけられたのは、筆をおいた直後だ。ひょっとしたら何度も様子を見にきていたのかも知れなかったが、まるで気づかなかった。

　ひと目見るなり興風がお譲りいただけないかといった。あわてたのは誠之進の方だ。品川宿に住まう絵師、師匠は河鍋狂斎と称してはいたが、絵師としてはたまに浮世絵の下絵を描くくらいのもので画で飯を食えたことはない。山中であった杣人の源蔵に食えるかと訊かれた折りも苦笑いするしかなかった。

　一度だけ大戸屋で板頭を張っていた汀に頼まれ、描いたことがある。贔屓にしてくれた隠居が汀の画を望んでいるという。再三断った。師の狂斎に話をつなぐとまでいったが、汀がどうしても承知しなかった。

　何とか描いた。隠居が所望したのは汀の画だったのだろうが、描きあがったのは白い鴉だ。

　謝礼は十両、断りつづけるうちに二十両にまで吊りあがった。もったいぶったわけではない。大金に値する画が描けるとは思えなかったからだ。白い鴉を描いたのも衝動に駆られてのことだ。結局、金は受けとっていない。

白い鴉の画は汀の前で描いた。

いや、もう一度あったと思いなおす。鮫次とともに萩(はぎ)へ行ったときだ。武家や商家の隠居が集まった宴席でのことだ。酒を呷り、勢いで描いた。そのときは巨大な波に翻弄される五百石船を即席で描いた。江戸から大坂へ出るまでの間に嵐に遭い、天地がひっくり返るかというような大波に翻弄されたのが忘れられなかったからだ。

そのときも金はもらっていない。

興風に所望されて、断り切れなかったのも昨日から世話になっているためだ。礼代わりにもなるまいと思ったが、どうしてもといわれると否(いや)といえなかった。

夕方、応接間に呼ばれた誠之進は天女の画が表装されて床の間に掛けられ、東川たちが囲んでいるのに仰天した次第なのだ。

「風が吹いているのを感じますな。その風の中を天女が舞っておる」

東川が感嘆したようにいう。

「いかにも」

興風が顎を引くようにしてうなずく。

「ほの暗い中で見ると、まさに幽玄」

成田の嘆声にまたしても興風がうなずく。誠之進としては身の置き場がなく、できれば、応接間から逃げだしたかった。

ふと師の狂斎なら、こういうときにどのような顔をするだろうと思った。狂斎にしても生まれついて狂斎ではなかったはずで、初めてのときは……。

そこまで思いかけ、肚の底で否定した。九歳で狩野派の画塾に入り、どれほど才に恵まれた者でも十数年の修行を必要とし、いくら修行を積んでもものにならない者も多い中、九年で洞郁の号をもらい、修行を終えている。

生まれついての天才絵師、河鍋狂斎であったわけだ。

比べる相手が悪いともう一人の自分がいい、誠之進はうなずいた。

「何とも美しい……」つぶやいた角田が誠之進をふり返る。「つかぬことを申しあげて、ひょっとしたら無礼になるやも知れないが、私が存じおる神職の娘にどこか似ているような気がするのだが」

東川、成田の二人も誠之進に目を向ける。

「実は昨日の午下がり、友四郎殿に案内してもらって獅子舞の稽古を見物してまいりました」

「ああ、なるほど」得心がいったというように角田が何度もうなずく。「そこで笛を吹くクニ女を見られたか」

東川がうなずきながらいう。

「なるほど絵心をくすぐられたのでございますな」

「クニ女ならまさしく天女だ」

成田が同意する。

誠之進は顔の前で手を振った。

「天女と申したのは、五平さんでございまして」

「五平とな」興風が目を見開く。「うちの五平でござるか」

「はい」

一瞬、宙に目をやった誠之進だが、すぐに話しはじめた。

「何とも不思議な感じでございました。江戸にいるときには絵師なんぞと申しておりましたが、実のところ、まったく食えません。それでもずっと描いてはおりました」

胸底がちくちくする。

狂斎が手本にくれた円ひとつ満足に写せないくせに、ともう一人の自分がつぶやいたからだ。

「それが五平さんが天女と口にしたときにこの画が見えまして」

興風が身を乗りだす。

「画が見えたといわれるか」

「さようでございます。天女を描こうとしたわけでも、ましてクニさんを描こうなどとも思いませんでしたが、この……」

床の間にかかり、行灯（あんどん）の光を受けている画に目をやった。

「画が見えたのでございます。私はそれをなぞっただけで」

興風が唸り、腕を組んだ。首をかしげている。誠之進は声をかけた。

「いかがなされました」

「儂は下手の横好きで短歌（うた）を少々やります」

興風という雅号は、古（いにしえ）の歌人藤原興風（ふじわらのおきかぜ）にあやかったという。古今集にも選ばれた三十六歌仙の一人である。

「詠もうとして詠むとろくなものにならない……、それは儂がたぶんにへぼであるせいには違いあるまいが、それでも年に一度か二度、歌が目の前に浮かんでくることがある。短冊に書いた文字となって」

似ていると誠之進は思った。

そのとき、後ろから声がかかった。

「御酒のお支度が調いましてございます」

ふり返ると膳部が四つ置かれ、その向こうで正座した友四郎が深く辞儀をしていた。

誠之進は目を細め、友四郎を見やった。天女の画を見た興風がすぐに友四郎を呼び、見せた。まるで自分が描いたように自慢する興風の声がまるで耳に入らないかのように固い表情で画を見つめていた。

　神社の境内でクニを見つめていたときと同じ目だった。

　薄く開いたまぶたの下で眸が動き、仰向けに寝たまま、善二郎が誠之進を見た。もともと痩せた男だったが、頬がげっそりと殺げている。

「何か食ったか」

　誠之進は声をかけた。

「重湯をいただきました」

「それはよかった。今は養生に専心して、傷を癒やすことだ」

「不覚でございました」

　善二郎の目尻から一粒の涙がこぼれ落ちる。

「ここはどこでございますか」

「千葉興風殿の邸だ。邸といっても領地に建てられた隠居所だが」

「隠居……」善二郎が乾いた唇を嘗め、言葉を圧しだした。「何があったのでございましょう」

　小さくうなずいた誠之進は一昨日の朝からの出来事を話しはじめた。源蔵と分かれ、川を渡るべく瀬を目指していたとき、いきなり槍で突きかけられ、飛びすさった善二郎が崖から落ちた。

「レイスイ隊だそうだ」

「レイスイ?」善二郎が首をかしげる。「はて……」

昨夜、酒を酌み交わしている最中に東川がいいだし、冷たい水と書いて冷水隊だと教えてくれた。

『年寄りの冷や水隊という意味ですよ』

丸顔の角田が混ぜ返し、くっくっくと笑った。

東川、成田、角田はいずれも七十に近く、興風にいたっては今年七十二になるという。二本松城から東へ二里半ほど離れた長折、小浜近辺には藩の守備兵は配置されていない。すでに隠居の身である興風たちは自発的に隊を組織し、警固にあたっていた。

一昨日も領内を巡回していたのだが、誠之進と善二郎はたまたま出くわしたのだった。槍を突きだしたのは東川だった。脅かすつもりだったらしいが、善二郎があわててしまった。

二本松藩も官軍の動向に注目しているものの領内に侵入されることはあまり警戒していない。まして三春藩との国境(くにざかい)から北へ二里ほども入ったところにある長折、小浜近辺にまで敵が来るとは考えてもいなかった。ゆえに守備兵を置いていなかった。

『しかし、常在戦場が武人の習いにござれば』

興風がいい、ほかの三人もうなずいた。もっとも大砲、鉄砲が武器の主流となっている時代に冷水隊の面々が携えているのは刀槍のみであり、一昨日、誠之進たちと会ったときにも先祖伝来の具足に身を固めていた。

「……というわけだ」

「そうですか」

目を閉じた善二郎が小声でまいったなとつぶやく。ふたたび目を開け、まじまじと誠之進を見た。

「その恰好はいかがなされたのですか。これから御城下にでも参られるのでしょうか」

「ああ」誠之進は鼻を引っぱった。「ちょっと訳ありでね。城下ではなく、近くの神社に行ってくるだけだ。午には戻る」

誠之進はきちんと月代を剃り、髷を調えていた。ふだんから興風の身なりを手がけている五平の女房がしてくれた。黒羽織には丸にぶっ違いの鷹の羽を描いた、津坂家の定紋が入っている。袴を着け、かたわらには鬲徹と国虎が置いてあった。

「とにかく養生専一に」

そういって誠之進は善二郎のそばから離れた。玄関を出て、両刀を腰に差し、下げ緒をしっかりと結ぶ。

明るい陽射しの中に友四郎が立っていた。

「お待たせした」

「いえ」

　二人は連れだって歩きだした。

　秋祭りの当日であった。友四郎が祭りを見に行く武家などいないといったので一計を案じることにした。他藩から来た武家が地元の祭りを珍しがり、祖父に命じられて案内をする形にしたのである。神社からの帰り道、唇を尖らせていた友四郎の横顔を見れば、祭りを見に行きたいのは察せられる。

　見たいのは祭りではなく……。

　一昨日と同じように緩やかな坂を下りながら誠之進は友四郎に声をかけた。

「天女の画だが、私は友四郎殿にこそ見てもらいたかった」

「さようでございますか」

　顔をあげようともせず友四郎が素っ気なく答える。誠之進はかまわずつづけた。

「父は江戸詰めの勤番をしてた。だから磐城の、平のといってもこの歳になるまで国許に来たことはなかったんだ。それが……、まあ、いろいろあって来たわけなんだが、私はお気楽な次男坊ゆえ江戸では好きなことをやっていた」

　友四郎が顔を上げ、誠之進をうかがう。

「画を描きたかった。幸い父が許してくれて画の修行ができた。絵師としては大したことはない」

　友四郎に目を向け、にやりとして見せる。

「それでも師匠は立派な方だ。河鍋狂斎といってね」

　友四郎が大きく目を見開く。

「河鍋狂斎でございますか」そういってからあわてて詫びた。「お師匠を呼び捨てにして申し訳ございません」

「いや、いいよ。狂斎師を知っておられるのか」

　江戸市中では人気絵師で通っているが、まさかこれほどの田舎に来てまで狂斎を知っている人物――それもまだ子供だ――に出会おうとは夢にも思わなかった。あらためて狂斎の知名度に圧倒される。

「二年ほど前にございます。祖父が信州に参りました。実は亡くなった祖母は信州の出で、そのときが七回忌でございました。祖父は今でも足腰はしっかりしておりますが、さすがに古希ともなれば、思うところがあったのでございましょう。それで出かけたのですが、そのとき戸隠(とがくし)神社に詣でまして、中社の天井にそれは見事な龍が描かれているのを見たという話をしております。その龍を描かれたのが狂斎先生と聞いております」

「へえ、そんなことがあったのか」

　深山の風景を描くため、信州に出かけたという話は聞いていた。もう四年も前になる。

だが、神社の天井画を描いたことは知らなかった。

「ご存じなかったのですか」

友四郎が怪訝そうな顔つきになる。狂斎の名を騙ったように映ったのかも知れない。

「いや……、聞いたような気もするが、何しろ師はお忙しい方で旅の話をゆっくりしている暇もなくて……」

背中に汗が浮かぶ。言いつくろうつもりもなかったが、言葉を継いだ。

「自分でいうのも何だが、あの天女はよく描けていると思った」

「びっくりいたしました」

「それで案内していただいたお礼に友四郎殿に受けとってもらえないかと考えていた。興風殿にあれほど気に入っていただけるとは考えてもいなかった」

「えんへいでんでございますか、私に」

「何といわれた？」

「えんへいでん。蘭語で贈り物という意にございます」

自慢げな顔つきになって友四郎がいう。

「友四郎殿は蘭語をよくされるか」

「いえ。少々かじっているだけでございます。お医者の和倉先生でございますが、ああ見えてなかなか勉強熱心なお方で蘭学だけでなく、イギリスやプロシアの言葉も学んでおいでなんです」

「ああ見えて、ねえ」

一昨日、善二郎の治療を終えて応接間にやって来た和倉を興風が酒でもてなした。明るいうちだというのに手酌でぐいぐいやって、たちまち顔を真っ赤にしていた。

「なるほど」

やがて囃子が聞こえてくる。一昨日よりさらに勇壮に響いていた。


窮屈な恰好をしてきた甲斐はあった。本殿前に並べられた床几に村の重役とともに座り、目の前で三匹の獅子が舞うのを見られたことだ。床几の列の端には、派手な拵えの脇指を差した和倉がいて巫女の酌を受けている。巫女が注ぐ以上、酒ではなく御神酒なのだろうが、酔っ払うのは同じだ。汗に光る禿頭がてっぺんまで真っ赤になっているところは鮫次を思いださせた。

獅子たちは顔を黒い布で覆い、揃いの黒っぽい衣装を着けている。それが祭り本番の衣装なのだろう。ひょっとこも縞の着物を尻っ端折りしているが、野良着よりは上等そうだ。

太鼓は二列で十人、鉦も五人に増えていたが、篠笛を吹いているのは神職の娘だというクニ一人だ。

一昨日の稽古のときに見ていてよかったと誠之進は思った。鉦、太鼓が倍になってもしなやかに鳴りひびく笛の音に変わりはなかったが、衣装がまるで違う。翼を広げて飛ぶ鶴が織りこまれた白い舞衣(まいぎぬ)に緋色(ひいろ)の袴、きっちりと化粧をしたクニの姿はまさに天女そのもので境内をびっしり埋める見物人たちの目を一身に集めている。

いや――和倉をちらりと見て、誠之進は苦笑する――あの御仁だけは花より団子のクチらしい。

三頭の獅子が声をそろえ、合いの手を入れる。ばちを持った両手を大きく振り、腹にくくりつけた太鼓を打ち、囃子にあわせて舞い、回り、輪の真ん中に集まっては広がるのをくり返している。その間をひょうげた仕種(しぐさ)で動きまわるひょっとこが見物人たちの笑いを誘っていた。

となりの床几に座り、背を伸ばしている友四郎はいささか緊張気味だが、思いつめたような眼差しはひたとクニに据えられていた。

ふと誠之進は顔を上げ、本殿をふり返った。

青天の霹靂(へきれき)か……。

胸の内に黒い雲が広がるのを感じる。

いや、砲声のようだ……。

第三話　矜　恃

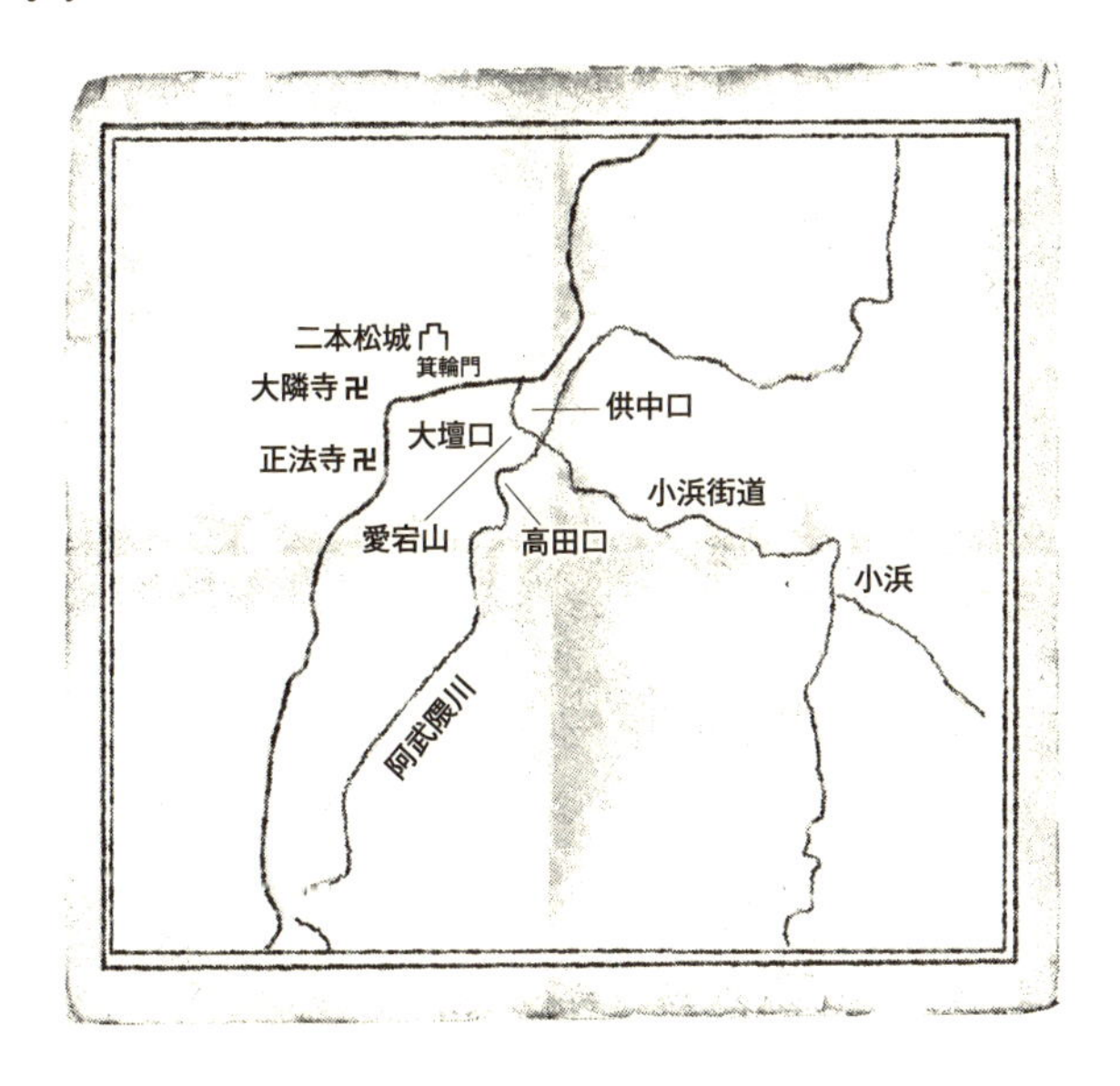

一

「そおっとだ、いいか、そおっとだぞ」

五平が低く声をかけ、善二郎を寝かせた戸板の四隅を持った百姓たちがゆっくりと藁の上に下ろした。それでも脂汗に顔を光らせた善二郎がうめき声を漏らす。五平が今にも泣きだしそうな顔になる。

五平をはじめ百姓たちは興風の領地で小作をしている。誰もが祭りに行っていたようだが、せっかくの晴れ着が汗まみれになり、くしゃくしゃになっている。神社から興風邸まで駆けとおしてきたせいだ。

三匹の獅子が舞い、激しく鉦、太鼓、涼やかな笛の囃子がつづくなか、誠之進が耳にしたのは砲声に違いなかった。ほどなく囃子がやみ、何人かが砲声が聞こえた南の方をうかがった。すぐに煙だといって騒ぎはじめた。床几から立ちあがった誠之進は人垣を分けて前に進み、南を見やった。

ずいぶん離れているように見えたが、立ちのぼっているのは黒煙だ。そしてふたたび雷鳴のような音が聞こえた。

それもたてつづけに……。

誠之進は友四郎とともに興風邸に向かって駆けだし、あとに五平ほか数人の百姓がついてきた。それが小作人たちである。邸の門前では、すでに胴、草摺に身を固め、短槍をかいこんだ興風が待ちかまえていて、すぐに善二郎を運びだすよう命じた。邸には小作人の女房たちが来て、外した戸や障子を運びだしていた。

善二郎を夜具ごと戸板に乗せ、邸から運びだしたところで誠之進は興風に呼びとめられた。五平の家では厩(うまや)に寝かせるようにいわれた。馬は夏に死んだばかりで厩はそのままになっており、いざとなれば藁をかぶせて善二郎を隠せるという。

わかったなというように興風は誠之進の目をまっすぐに見た。

足を折っている以上、戦になったとしても連れていくわけにはいかず、今のままでは動かすことも難しかった。

厩は土間の奥にあった。善二郎のわきに片膝をついた誠之進はかたわらに両刀を置いた。善二郎がうっすらと目を開ける。

「肝心なときに申し訳ございません」

まだ何も話してはいないが、邸内の様子から官軍が攻めてきたことを悟ったに違いない。善二郎がかたわらの両刀に手を載せた。

「いざというときは……」

「あわてるな」

誠之進は静かに切りだした。善二郎の目が動く。

「奸賊どもは仇に他ならん。せめて一人、二人は道連れにしてくれ」

「しかと」

「それまでは五平夫婦のいうことを聞いて、ここでじっとしていることだ」

鼻を動かし、苦笑いを浮かべた善二郎がいう。

「臭いな」

「馬の小便だ。炭小屋でないだけましだろ。炭小屋なら引きだされて首を落とされるところだ」

「そりゃ、芝居の話でしょ」

誠之進は五平にあとを頼み、ふたたび丘を駆けあがって邸に戻った。

興風だけでなく、いつもの顔ぶれがそろっている。東川、成田、角田ともに古びた具足を身につけ、両刀を腰に差して槍を手にしている。東川の槍を見て、あれが善二郎の鼻先に突きだされたのかと思った。三人に会釈をして、誠之進は興風の前に立った。

「五平殿に頼んでまいりました」

「五平とさきがちゃんと面倒を見てくれましょう」

「何から何までお世話になって……」

頭を下げかけた誠之進を興風が制した。

「いやいや過分な礼をいただいております」

「はて……」

首をかしげる誠之進に興風がにやりと笑いかける。

「天女図はわが家の家宝でございます」

「あ、いや……」

「そして守り神になりましょう。家宝とは申してもあれだけは友二郎ではなく、友四郎に遺しましょう。そうでないと恨まれそうだ」

興風がまたしても笑みを浮かべ、三人の老人たちも低く笑った。友四郎が神社の娘クニに執心していることは皆承知しているようだ。

「ご覧の通り……」

興風が邸をふり返る。すでに戸も障子も外され、玄関先からでも裏の庭を見通すことができた。中に誰もいないことを示すための措置だ。

「開けはなっております。奸賊ばらがやって来て、持っていきたいものがあれば勝手にすればいい。しかし、隠居所ゆえ何にもございませんがな。腹立ちまぎれに火を放つかも知れませんが、それも勝手。回りには何もござらぬ。丸焼けになって終いでしょう」

二度と戻る気はないという覚悟の表れでもある。

興風がふたたび誠之進に目を向けた。

「家宝だけは五平に大事に守るよう申し聞かせてありますのでご安心ください。おや……」

興風が誠之進の肩越しに門を見やる。誠之進も後ろを見た。当の五平が男を一人ともなって駆けこんできた。男には見覚えがあった。やはり小作人の一人で、神社で五平が和倉を連れてくるよう命じていた。和倉の姿がいつの間にか神社の境内から消えていたのである。

「一大事でございます」

五平がいう。

「何があった？」

興風が訊きかえすと五平は連れてきた男をふり返った。だが、男は膝に手を置き、肩を激しく上下させている。神社から駆けてきたに違いない。

代わりに五平が告げた。

「和倉先生が撃たれたそうにございます」

「何と……」

　ようやく顔を上げた男がいうには、砲声が聞こえ、はるか南で煙が立ちのぼっていると騒ぎが起こったとき、和倉はいち早く神社を抜け、裏山に走ったとのことだった。そこから二本松城下へ出て、奸賊来るると注進に及ぼうとしたらしい。

ところが、裏山につづく道で官軍の物見に出くわした。相手は二、三人だったが、いずれも鉄砲を持っていた。

　男が顎の先にしたたった汗を袖で拭い、言葉を継ぐ。

「和倉先生をその者どもが止めまして、押し問答になったのでございます。先生は急病人が出たので急いでいるだけだと申されましたが、連中は聞く耳を持たず、そのうち先生が一人の男の胸を突いて怒鳴りつけたのでございます。わきまえよ、と。そうしたら別の奴が鉄砲を構えたかと思うといきなりずどんと……」

　一通り話を聞き終えた興風が誠之進に目を向ける。

「和倉殿は医者ではございますが、殿様から名字帯刀を許されております。おそらく忠義を果たすため、単身城に向かおうとしたのでございましょう」

　まことに見上げた忠義者といいたいところだが、酒の勢いも多分にあったのだろう。巫女に酌をさせ、ずいぶん御神酒を呷っていた。禿頭の天辺まで真っ赤になっているのを見ている。

　興風がふたたび男を見る。

「それで和倉殿を撃った者どもは？」

「逃げましてございます。獅子舞の囃子を聞いて、御家中の軍勢が襲ってくると申している者がありました」

　勘違いも甚だしい。二本松藩では、官軍は三春から西進し、まっすぐ会津を攻めるものと見ていた。そもそも長折、小浜近辺には守備兵すら置いていない。

「お待たせいたしました」

　邸から飛びだしてきて、声をかけた友四郎の恰好を見て、誠之進は目を剝いた。

　黒の裁着袴（たつつけばかま）に緋色の羽織を着て、足元はしっかりと草鞋で固めている。刀は腰ではなく、下げ緒を用いて背中に負っている。右肩から突きだしている柄の長さを見て合点がいった。いつも腰に差している小刀ではなく、定寸の大刀なのだ。鉄板を縫いつけた鉢巻きを締めている。

「何とご立派なお姿か」

　かたわらにいた五平が震え声でいった。誠之進は五平をまじまじと見つめた。戦になれば、友四郎が出陣すると心配していたのは五平自身ではなかったのか。

　五平が誠之進を見返す。

「あの戎衣は精一郎様がお若い頃に着ていたものでございます。おっ母が友四郎様に合わせて仕立て直したもので」

精一郎が友四郎の父、興風の嫡男である。それにしても友四郎はまだ十三ではないかと思ったが、五平が先を制するように口を開いた。

「ご立派だとは思われませんか」

五平の両目には涙がたまっている。溢れそうになるのを必死にこらえている様子だ。誠之進は目を逸らした。

玄関脇では、五平の女房さきが両手で顔を覆い、肩を震わせていた。

二本松藩——何という家風か。

武士も百姓もない。老いも若きも、男も女も、すべて戦人であった。


邸を出て、丘を下りた興風たちは神社とは逆——北に向かって歩きだしたかと思うとすぐ左に折れ、街道に入った。

誠之進は並んで歩いている興風に訊ねた。

「敵は南から攻めてきているのではありませんか」

「私の隠居所も神社も丘の上にありましょう」

「ええ」

「この辺りは丘ばかりにございます。そして丘の間はどこも入り組んでおり、盆地で行き止まりになる。奸賊どもが大勢で押しよせてきても丘を縫って進むうちに散り散りにならざるを得ません。そして盆地で立ち往生すれば、まわりをぐるり取り囲む丘の上から一斉に射かけられる。少人数に分かれたところを周りから斉射されれば、全滅です。多勢に無勢で立ち向かうには、敵を小分けにして各個殲滅が唯一の戦法にございましょう」

「ならば、なおいっそう村の入口で撃退した方がよろしいじゃありませんか」

「できません」興風が断ち切るようにいい、次いで誠之進を見て小さく一礼した。「ご無礼申しあげた」

「いえ」

「兵が足りません。長折や小浜に鉄砲組を配するどころか、城内にも二百と残っているか……」

誠之進は目を剝いた。いっしょに歩いている友四郎はもちろん、あとの三老人にしても興風にとっては身内のようなものだろう。しかし、誠之進は違う。いわば赤の他人に城兵の数を漏らしたのが信じられなかった。

誠之進の顔つきを見て、興風が愉快そうに笑った。

「驚いておられますな」

「私のような余所者にあまりにあけすけにいわれたもので……、私がすでに城なき安藤家中の者だからでしょうか」

「いえ、司殿ならばこそにございます」興風が自分の目の下に指を当てた。「これでも少々人を見ます。何よりおのれの眼力を信じておりますでな」

二本松藩の主力部隊は須賀川に遠征しており、城を守れるのは年寄りと子供しかいないと興風がつづけた。

それにしても速歩だった。興風はじめ四人とも白髪頭の老人たちだというのに胴、草摺に籠手、すね当てをつけ、鉄陣笠を被って腰に両刀、肩に短槍をかついでいる。一方、誠之進は両刀のみだ。それでいて並んで歩くのに多少難儀を感じるほど速かった。

ちらりと後ろについている友四郎をふり返った。汗まみれの顔を伏せ、懸命についてきている。時おり刀をずり上げるのは、背丈に比べて長すぎる大刀の鞘が地を摺りそうになるからだ。

どのように抜くつもりかと思わずにいられなかった。

興風たちが身につけている具足は、陣笠こそ鉄製だが、胴は横長の分厚い革を紐でつないだ、いわゆる革胴だ。籠手、すね当てにしても細長く、薄い鉄板を縫いこんであるだけである。刀ならば、何とか受け止められようが、鉄砲相手にどれほど抗せられるか……。

鼻をつまみ、誠之進はおのが腰の両刀を見下ろした。

おれも変わらんか。

爯徹は二百年ほど前に作刀されたもので国虎も同じ頃の作だ。爯徹の方は安藤家が磐城平に移封された頃、御先祖が藩主から賜ったと聞かされている。宝暦年間のことで百年以上も前だ。

品川を出て、磐城平にやって来た。平潟湊を皮切りに幾度か戦場を踏んできたが、ついに刀を抜くことはなかった。そもそも敵に刀が届くところまで間合いを詰めたことすらない。まずは大砲が撃ちかけられ、次が鉄砲だ。彼我の間には一町、二町の距離があり、もはや間合いなどとは呼べない。

顔を上げた誠之進はまっすぐに興風を見た。

「実は私と遠藤は藩命によって会津を目指しておりました」

「やはり」

まるで驚いた様子もなく興風がうなずいた。

「百姓のなりをされてましたが、まるでらしくない。それにいくら菰で巻かれようと刀は匂います」

「恐れ入りました」

「存じあげなかったとは申せ、さような大事をなされているところをまことにご無礼いたした。まずはお訊ね申しあげるべきでございました」

「いや、あれは遠藤が……」

いきなり鼻先に抜き身の槍をくり出されれば、驚きもするし、まずは跳ぶ。跳んだ先に地面がなかっただけのことだ。

「慌て者ということでございます。それより私どもの方がすっかりお世話になってしまって。五平さんにまで難儀をおかけしております」

「そのことでしたらお気になさらず……」興風の顔つきが引き締まる。「城下へつきましたら、さっそく友四郎に案内させましょう。友二郎……、あれの兄が城にこもっております。城を抜け、西にある母成峠（ぼなりとうげ）を越えれば、会津中将様のご領地でございます。城には峠までの様子を存じておる者もありましょう。友二郎にしかとつなぎをさせます」

「かたじけない」

「礼には及びません。我らにできるのは、せいぜい峠までの様子をお知らせするくらい、その先のことは……」

医者の和倉が官軍の物見と遭遇し、射殺されている。どこまで敵が入りこんでいるか、そもそも城を脱出できるのかもわからない。

誠之進はうなずいた。

「心得ております」

「万が一のときは、ご自身で血路を開いていただくことにもなろうが、司殿であれば大丈夫でござろう」

にやりとして興風が付けくわえる。

「画道以上の芸当をお持ちのようだ」

つい先ほど目の下に指をあてた興風が脳裏を過っていく。

「よろしくお願いします」

誠之進は一礼したが、足を止めることはなかった。

興風邸から城下までは二里弱だという。途中川べりに出て、大半は平坦な道のりだったが、一行は歩を緩めることなく一気に踏破した。城下の手前で幅の広い川——善二郎とともに瀬を渡ろうとした川である——で舟に乗り、向こう岸に渡った。

やがて城門が見えてきて、周辺に兵たちが屯（たむろ）しているのがわかった。興風が手を伸ばした。

「竹田門にござる。我らの部署でございますよ」

「冷水隊のね」

わきから角田が混ぜっ返す。

近づくにつれ、城門の前にいるのは十数名、いずれも興風たちと似たような具足姿で誰もが年寄りだった。

　足を止めた興風が友四郎に目を向けた。

「お前はひとまず友二郎のところへ司殿をご案内してまいれ」

「かしこまりました」

　答える友四郎を見て、誠之進は胸の内でつぶやいた。

　いい顔をしている……。

　眉はきりりとして、澄んだ眸に緊張と覚悟の色を浮かべている。どこにも怯懦はなかった。

「司殿は会津へ行かれる。儂からだといえば、あとは友二郎がよしなに取りはからうであろう」

「はい」

「ご案内を終えたらお前は竹田門まで戻ってきなさい」

「はい」

　門まで行き、興風たちが屯していた老兵たちと挨拶を交わす。興風は二言三言かけただけで誠之進と友四郎をともない、門に近づいた。番兵に事情を話し、城内に入る許しを得てくれた。

　誠之進は興風と向きあった。ひょんなことから出会い、ほんの三日ばかりの交流ではあったが、興風とは実に深く交わった。付き合いは時の長さではないとしみじみ思う。

　興風が会釈する。

「ご無事で」

「ご武運を」

　二人とも二度と会うことがないとわかっていた。少なくとも誠之進は会津に行けば、二度と二本松領に戻らないだろう。

　門から武家屋敷が建ちならぶ郭内に入った。右にこんもりとした森に包まれた小高い山が見える。

「お城にございます」

　友四郎が得意気にいったとき、背後から声をかけられた。

「司様ではございませんか」

　足を止め、誠之進はふり返った。

二

「おおっ」

　ふり返った誠之進は思わず声を上げた。そこに立っていたのは、杣人の源蔵だ。ヤマドリ越を落ちたところを救ってくれたときとは違い、今は黒の筒袖と揃いの裁着袴姿で鉄陣笠を被り、鉄砲を斜めに背負っている。

まずはかたわらで怪訝そうな顔をしている友四郎に説明した。

「源蔵殿といわれて、興風殿にお会いする前……」

一通り話しおえると友四郎が眉根を寄せる。

「遠藤殿の前に司殿が崖をすべり落ちていたのでございますか」

「慣れぬ山道ゆえ……、いや、面目ない。私の方は遠藤と違って何ということもなく足を踏み外した。たまたま落ちたところが幸いにも源蔵殿の住まいの真裏で、そのご縁で助けていただいた。杣人をされておられる」

「山の民ですか。でも、あの装束はわが家中の鉄砲組のものにございますが」

「源蔵殿はマタギもされておられる」

「ああ、それで」

得心がいったように友四郎がうなずいた。誠之進は源蔵に目を向けた。

「それにしても奇遇だ。今は城を守られているのか」

「はあ、せいさ……、司様と……」

誠之進は手を振って源蔵を制した。

「誠さんで結構。私もいつも通り源さんと呼ばせてもらう」

源蔵がいかにも嬉しそうに相好を崩した。

「実は誠さんとお別れして、里まで炭を運びましたところ、城兵に参じるよう布令が出ておりました。おれも少しばかり鉄砲を撃ちます。微力でもお役に立てていただければとはせ参じました」

「ご殊勝な心がけにございます」

友四郎がきっぱりといい、誠之進は目を剝いたが、源蔵はいたって生真面目な顔つきで丁寧に一礼した。

「おれのような者に過分のお言葉。まことにありがたく存じます」

ここでもまた二本松藩の風を見せられた。

二人のやり取りに少々肝を抜かれつつも誠之進は友四郎を紹介した。それこそ源蔵と別れた直後、川べりに下りようとして崖から落ちたというと源蔵が眉を曇らせた。

「遠藤様がお怪我をされましたか」

「足を折ってね。落ちたときに岩に足をぶつけたようだ」

「それは難儀でございましたな」

「世話をしてくれる人がいる。遠藤も何とか養生できるだろう。ところで、源さんはお城にいるのかい」

「供中口に里の連中といっしょに配置されております。おれは隊長に命じられて、箕輪御門(わごもん)の屯所まで使いに参った帰りにございました」

　ふと源蔵の目が鋭くなった。

「奴ばらは長折あたりまで参ったのでございますか」

　隠し立てすることはない。誠之進はうなずいた。源蔵の表情がますます厳しくなる。

「街道を来るならおれらが何としても食い止めます」

　言い切る源蔵を友四郎が惚れ惚れとした顔つきで眺めている。

「ご武運を」

　そういって源蔵と別れたが、竹田門で興風にも同じことをいった。所詮、この戦は他人ごとなのだとほろ苦く思う。

　気を取りなおし、友四郎に目を向けた。

「さきほど源蔵殿がいっていた供中口というのは？」

「ここより東に半里ほど行ったところにある渡しでございます。川に橋はかかっておりません。奸賊が渡河しようとすれば、周囲の舟を掻き集めなくてはならないでしょう。そうしている間にわが家中の鉄砲が奴ばらを斃(たお)します」

　友四郎が嬉しそうにいった。

　両側に武家屋敷が建ちならぶ小路を抜けた先で道が二股に分かれていた。友四郎が誠之進を見上げる。

「まっすぐに参れば、箕輪御門にございますが、その前にちょっと寄りたいところがあります。お許しいただけますか」

「もちろん」

二人は右に逸れ、坂を上った。やがて道の右側に巨石が見えてくる。友四郎の背丈より高い。正面に来ると文字が刻まれているのがわかった。何かの碑らしい。厳かな顔つきで碑文を読んだ友四郎が深々と一礼する。

爾俸爾禄
民膏民脂
下民易虐
上天難欺

誠之進は唸った。大意は、武士の俸禄とは、民の汗であり、脂なのだとし、民は虐げやすいが、天を欺くことはできないということになろう。誠之進は友四郎を見やった。

「これは?」

「豁如(かつじょ)公様が定められた家訓にございます」

二本松藩第五代藩主、丹羽高寛(たかひろ)は隠居後、豁如と号した。碑文は儒学者をしていた家臣の諫言を容れたものと伝わっている。

いくぶん胸を反らし、友四郎が言い切る。

「丹羽家家来なれば、登城の際には必ず立ちどまり一読するよういわれております」

誠之進はもう一度碑文を見た。ふいに五平の面差しが蘇った。丹羽家家中にあっては幼い頃から身につけている武人の習いがあるといっていた。誠之進が問いかえすと答えたものだ。

『私どものような百姓を守れということにございます。友四郎様はお小さいときから私とおっ母を守るのだとおっしゃっておられました』

友四郎を我が子のように愛で、戦が起こることを心底心配しながら、いざ出陣となれば、さきが手縫いで仕立て直した戎衣を支度し、立派なお姿になられてと涙を浮かべて見送った。つい先ほども源蔵がまだ子供こどもした友四郎に声をかけられ、感激したのを目の当たりにしたばかりだ。

巨石に刻まれているのは、単なる題目ではなく、二本松藩士の血肉となっている。

友四郎が山を指さした。

「あちらがお城にございます」

かなり急峻な山を思わせる。その頂に本丸があるのだと友四郎が教えてくれた。そこからいったん引き返し、箕輪門に着いた。門は閉ざされていたが、わきの通用口は開かれており、羽織、袴に両刀を差した藩士たちが出入りしていた。羽織の下に胴を着けていたが、いずれも革胴のようだ。軽いが、鉄砲の前には無力だろう。中には籠手、すね当てまで着けている者もいた。一見ものものしく、いかにも合戦に備えているようだが、興風たちの出で立ち同様、先祖伝来であろう。革胴と同じく鉄砲の前にどれほど役に立つだろうかと思った。

友四郎は番小屋に入っていき、誠之進は辺りを見まわした。武家屋敷が並んでいたが、どの家も固く門を閉ざし、まるでひとけがなかった。

ふたたび門に目を向けた。番小屋にいる中間をのぞけば、出入りしている武士たちはいずれも若かった。城を守っているのは年寄りと子供ばかりと興風がいっていたのを思いだす。やがて友四郎が出てきた。いっしょに出てきた武士を見て、誠之進は目を瞠った。がっちりとした体格の中年男なのだ。

誠之進の前まで来た友四郎が男を紹介する。

「ちょうど二階堂（にかいどう）先生がおられました。これから兄のいる陣へ戻られるそうで、ご案内くださるそうです」

「恐れ入ります」誠之進は二階堂に向きなおり、丁寧に辞儀をした。「磐城平安藤家家来、司誠之進と申します」

「丹羽家家中二階堂衛守（えもり）でございます」

「お手数をかけますが、よろしくお願いします」

「何の……、ついでと申しては失礼だが、ちょうど陣へ戻る途中にございますれば」

ではといって先に歩きだした二階堂のあとに誠之進と友四郎は従った。


切り株に腰を下ろした男の周りを二十四、五人の少年兵が囲んでいた。

箕輪門を出発して南に向かって歩いた。半里ほどだったろう。ずっと下りで、たどり着いたのは、丘の上の杉木立に設けられた陣だ。木々の間に丸太を渡し、二枚重ねにした畳とともに縄でがっちりと固定されている。車座は陣立ての内側にある。

陣を張った丘の周囲は一面雑木林で南には街道が延びていた。いたって簡素ながら街道をやって来る敵を撃退するためにはかっこうの位置に違いない。陣中には台車に載せた大砲が一門、畳の胸壁には二十数挺の鉄砲が立てかけてあった。

車座の端、少し離れて友四郎がかしこまっていた。すぐ前に兄友二郎が座っている。兄弟はきりりとした太い眉と澄みきった眸がよく似ていた。もっとも切り株に座った男に向けられている少年兵の眸はいずれも澄んでいる。

脳裏を興風の声が過っていく。

『若いというより幼いといった方があたっておりましょう。友四郎は十三、友二郎は十四にございます』

二階堂が切り株に座っている男のところへ行こうとしたとき、誠之進は自分の用は急ぎではないので話が終わるまで待つと伝えた。

秋の日は西に傾き、山の端があかね色の空に浮かびあがっているが、すぐに暗くなるだろう。

二階堂が近づいてきた。

「お待たせせして申し訳ございません」

「いえ、どうぞお気遣いなく。戦の前の忙しいときに私の方から勝手に押しかけたのですから。用といっても、それほど急ぎというわけではありませんし」

脳裏にぽかっと浮かんだ兄の厳しい顔を押しやり、車座を見やった。

「それにしても、皆さん、ずいぶんとお若い」

「たしかに仰せの通りです」

「貴殿が最年長とお見受けするが、この一隊を率いておられるのでしょうか」

「いえ。座の真ん中に座っておられるのが隊長です。私は単に爺ぃですよ。中年ですからな」

中年――天保丙申の生まれで三十三になるということだろう。箕輪門の前で見かけたときから中年男と見ていたが、自分と同い歳と知って誠之進は少しばかり落ちつかない気分になった。しかし、世間から見れば、自分も立派な中年男だろうし、車座になっている少年兵たちにすれば、二階堂がいうように爺ぃに違いない。

二階堂が手を上げ、眼下の街道を指した。

「奥州道中にござる。おそらく敵は大軍でしょう。街道を押しだしてくるより仕方ない」

二本松城に向かっている間、興風が地勢について話していた。それこそ星の数ほど丘があり、間道が複雑に入り組んでいて、行き止まりとなる小さな盆地が多い。どれほど大人数で押しかけてこようと細かく分断され、各個撃破される恐れがある。

二階堂が手を上げた。

「街道わきに丘がありましょう」

雑木林が盛りあがっているのを認め、誠之進はうなずいた。半里ほど先だ。

「ここらでは尼子台（あまこだい）と呼んでおりまして守備隊が配置されております。あそこがわが陣営ではもっとも南の守備となります。つまり奸賊が攻めてくれば、真っ先に戦う。尼子台の手前が正法寺町（しょうほうじまち）で、そしてここが第二陣、大壇口（おおだんぐち）といいます」

二ヵ所の陣立ての間のこぢんまりとした集落が正法寺町なのだろう。二階堂が誠之進に探るような目を向けてくる。

「ところで貴藩を襲ってきた奴ばらですが、やはり大軍で来ましたか」

「大勢でした」誠之進はうなずいた。「十日ほど前に城は落ちましたが、私はそのとき城中におりました」

「何と……」

二階堂が絶句し、目を見開く。

誠之進は六月以降、平潟湊から勿来、磐城平城が落ちるまで自分が見てきたことを話した。二階堂は黙りこんだまま聞いている。

「実は私は江戸勤番の家に生まれました。父が江戸詰めで殿の御側御用を務めておりました。その後、父は隠居して兄が役目を継ぎました。その殿も隠居されて大殿となり、兄はいったんお役御免になったのですが、大殿が国許に帰られる際に召されて江戸からやって来たのでございます。私はついでというか、おまけで」

「そうでございましたか」

「城が落ちる直前、兄は大殿の命を受け、会津に参ることになりました。私は兄に供をするようといわれまして」

「兄上はもう会津に向かわれたのですか」

「亡くなりました。城が攻め落とされたとき、撃たれて」

「ご愁傷様にございます」間髪容れずに二階堂がいい、一礼した。「それでは今は司殿が兄上の代わりに……、ご無礼、差し出がましいことを申しました」

「いえ、お気遣いなく。たしかに兄から言付かりましたが、とくに急げとはいわれませんでした。兄が生きていたとしても周囲の情勢を見極めながら慎重に進んだことでございましょう。一寸先は闇、何が起こるかわかりません」

「そうですなぁ」

嘆息混じりに二階堂がつぶやき、車座にいる友二郎、友四郎兄弟を見やった。

「当家も二度敗(やぶ)れております。一度目は閏四月でございました。白河城をめぐる戦で、取ったり取られたりをくり返しておったのですが、その月の終わり近くにやや味方に有利となったのです。それで援兵を送ることにしました。いずれにせよ乾坤一擲(けんこんいってき)には違いありません。それゆえ精兵を選んで……、その中に千葉兄弟の父もおりました」

目を上げた二階堂が誠之進を見る。

「退路を断たれ、全滅の憂き目に遭い申した」

誠之進は何もいえず、ただ二階堂を見返しているしかなかった。

「二度目は一昨日のことにござる」

糠沢村(ぬかざわむら)と二階堂がいう。午近くというからちょうど神社で三匹獅子舞を見物していたときだ。

糠沢村は長折の南、三春藩との境にある。そこに三春藩兵が隊伍を乱して駆けこんできた。三春藩が官軍に攻めこまれたと見てとった二本松藩の守備隊はただちに救援に向かったのだが、逃げこんできたとばかり思っていた三春藩の鉄砲組にいきなり銃撃を浴びせられた。

この月、慶応四年（一八六八）七月中旬には三春藩は官軍に恭順していたのだが、当然のことながら二本松藩には知らされていなかった。他藩領とはいえ、国境を接している地域のこと、三春藩には二本松藩の守備態勢がよくわかっていた。興風が長折、小浜の凹凸の激しい地形を説明してくれたが、隣藩が嚮導するならば進軍も不可能ではない。糠沢での一戦では嚮導どころか官軍の先鋒となっていたわけだ。事情を知らなかった二本松藩はいきなり背中を斬りつけられたようなものである。

「いまも三春狸どもが奸賊の手を引いて、こちらに向かっているに違いござらん」

「狸にも同情の余地はありますよ」

声をかけられ、誠之進と二階堂がふり返った。切り株に座って話をしていた男がやって来ていた。後ろに友二郎、友四郎兄弟が従っている。

男は誠之進に向かって辞儀をした。

「丹羽家家中幼年兵世話係の木村銃太郎と申します」

改めて誠之進も名乗り、辞儀を返したあと、木村を正面から見た。身の丈五尺七、八寸はありそうで、胸板が厚く、ふくよかな顔立ちをしていた。

「先ほど二階堂殿に隊長とお聞きしました」

「便宜上ですよ」木村が照れくさそうに笑った。「その方が呼びやすいというだけで」

木村銃太郎はこのとき二十二歳。幼少のころから英才をうたわれ、藩校で優秀な成績を収めた。十八歳で江戸に出て、当代随一といわれた江川英龍の塾で当時最先端の洋式砲術を修めた。

「千葉から聞きました。これから会津に向かわれるとか」

木村が言葉を継ぐ。

「はい」

「あの山が……」

木村が右手で西を指した。陽が山の端にかかり、空のあかね色がずいぶんと濃くなっている。

「安達太良山と申しまして、会津に行かれるのであれば、あれの北側を回りこんで進めば、やがて峠に出ます。ここからなら八里ほどですが、夜を徹して歩けば、明るくなる頃には会津領に入れましょう」

まるで木村が指ししめしたことで輝きを増したように眼下の暗い森の中に山へ向かう道筋が浮かびあがってみえた。

誠之進は木村に向きなおった。

「かたじけない。しかし、出立は明朝明るくなってからにいたしたいと存じます」

木村が片方の眉を上げる。

「今夜にも奸賊ばらが来襲するやも知れませんぞ。一刻も早く発たれんことを……」

「お心遣い、重ね重ね御礼申しあげる」誠之進はふたたび一礼し、顔を上げた。「実はこちらに参る何日か前、夜半に山越えをしている最中に崖から落ちましてね。幸いにも足を挫いただけで済みましたが、次はわかりません。それに明るければ、遠くにある敵も見分けられます。私一人ゆえ、刃向かう手立てとてありませんが、さっさと身を隠すことはできましょう。しかし、真っ暗闇では……」

「いきなりの鉢合わせもある」

「そう。剣呑、剣呑」

誠之進と木村は笑った。

ずっと年上に見える二階堂が隊長と立てるのもわかるような気がした。偉ぶったところがなく、人をそらさない。話していて心地よかった。一方、木村にしても役目や年齢を度外視して何かと自分を助けてくれる二階堂がありがたいに違いなかった。絶妙な組み合わせだ。

「それと……」誠之進は腹をさすって見せた。「朝から何も食ってないので、よろしければ兵糧の相伴にあずかりたい」

周辺の百姓たちであろう。陣立ての内に石を集めたかまどが作られ、大鍋がかけられている。木立の間に味噌のいい香りが漂っていた。

「もちろん、どうぞ」

　木村がうなずいた。


　草むらに寝転んだ誠之進は組んだ両手を頭の下に入れ、空を眺めていた。満天にびっしりと星が広がっている。江戸にあっても夜空を眺めたことはあったが、ふだんは品川の紅灯の方が目についた。

　ありがたく握り飯としょっぱくて熱い大根汁をご馳走になった。朝から何も食っていないというのは友四郎も同様である。友四郎も明朝、誠之進といっしょに陣を出て、その足で興風がいる竹田門に戻ることにした。

　誠之進は木村、二階堂とともに炊き出しを食い、話をした。木村が最初に狸にも同情の余地があるといったのは、恭順した藩の兵たちがどのように使われるかを知っていたからだった。恭順した藩兵たちは、官軍の先鋒に立たされるという。真っ先に戦場へ放りこまれるのだが、後続する官軍の援助はなく、死傷する者が多かった。戦を拒んだり、逃げだそうものなら官軍が容赦なく背後から撃つ。

『進むも地獄、退くも……、もっと地獄ですな』

　木村の表情は暗かった。

　となりでは友四郎が寝息を立てていた。興風邸を出て、身の丈に合わない人刀を背負ったまま二本松城まで歩き、さらにここまでやって来た。今もって大刀を両腕でしっかり抱えている。員数に入っていない友四郎に鉄砲はまわってこない。

だが、大砲一門に二十数挺の鉄砲でどれほど抗しきれるだろうと思ってしまう。平城が攻められたとき、官軍が装備している大砲や鉄砲の威力をまざまざと見せつけられている。

木村がいうようにいつ何時官軍が攻めてくるかわからなかった。

しかし、こうなってしまっては自分一人逃げだすわけにもいくまい……。

星空に浮かんだ父と兄が顔を見合わせ、しようのない奴だと苦笑いしているのが見えるような気がした。

三

夜がうっすら明けてきて真っ先に見えたのは、奥州道中を南から押しだしてくる軍勢だった。まだかなり遠かったが、誠之進はもはや動くわけにはいかなかった。もっとも肚(はら)は決まっている。

誠之進は杉木立の間に立ち、じっと南を見ていた。

木村、二階堂の二人は少年兵を急がせ、砲の準備をしていた。その中には大刀を斜めに背負った友四郎も混じっていた。鉄砲を持たない友四郎にできるのは、砲の要員たちの手伝いでしかない。ほかの少年兵は畳二枚の胸壁の裏にしゃがみ、声高に喋っている。各々の前には鉄砲が置かれているものの誰も触れようとしない。木村が厳しく禁じていたからだ。

徐々に敵の姿が見えてくる。先陣には丸に十文字、誠之進にはすっかり馴染みになった薩摩藩の旗印が掲げられている。少なくとも三春藩兵たちが先鋒ではなさそうだ。

「先陣は薩摩だ」

望遠鏡を目に当てていた一人がいう。となりにいた少年兵が口元を尖らせていった。

「そんなことは誰にでもわかる。薩摩の後ろの旗印は何だ？」

「三つの……」望遠鏡をのぞいている少年兵がもごもごといった。「葉っぱだ。細い。松葉かな」

「ええい、とろくさい奴だ」

薩摩の後続を見ろといった少年兵が望遠鏡をもぎ取ろうとする。だが、望遠鏡を持った方はしっかり握って離さない。

後ろを通りかかった二階堂が二人の頭を一つずつ張った。

「よさんか」

二人の少年兵は口々に詫び、望遠鏡を持っていた方がもぎ取ろうとしたもう一人に渡した。渡された方は礼をいい、目に当てる。

「松葉じゃない。細柏……、土佐だ」

さらに望遠鏡を動かして大声でいう。

「井桁が見える」

「彦根」少し離れたところにいる少年兵が得意気に答え、付けくわえた。「裏紋だな。戦んときの旗印だ」

望遠鏡をのぞいている少年がいう。

「真ん中に大きな丸、その周りを小さな丸がひい、ふう、みい……、全部で八つ囲んでいる」

「九曜は大垣だ」

別の少年兵がいった。

「何だ、あれは?」

望遠鏡の少年兵が素っ頓狂な声を上げた。どうした、どうしたという声が周囲で次々に上がった。

「三つ葉葵に見える。まさか……」

三つ葉葵は徳川将軍家の定紋であることは皆知っているらしい。誰もが声を嚥んだとき、砲のそばにいた木村が声をかけた。

「おそらく忍藩だろう。子細に見れば違うはずだが、これだけ離れていたのではわかるまい」

少年兵たちはうなずきながらもそこここでささやき交わした。

オシってどこだ……。

望遠鏡を持っていた少年兵が木村のそばに駆けより、差しだした。受けとった木村が目にあてる。

「先陣は薩摩、二陣が土佐……、どうやらこの二つが主力のようだ。あとはくっついてきてるだけだな。彦根、大垣、忍、それに館林の五瓜に唐花も見える。ほかにもあるようだが、もうどうでもいい」

望遠鏡を下ろし、持っていた少年兵に返すと木村は周囲に声をかけた。

「だが、まだ遠い。私がよいというまで鉄砲には触れてはならん。引きつけて、引きつけて、それから一気に叩く。いいな」

少年兵たちが口々に威勢のいい返事をする。敵の大軍――千名ほどと誠之進は見ていた――が迫っているというのにどの顔にも臆した色はなかった。

二階堂が近づいてくる。

「まだ、間に合いますぞ。どうやら敵は奥州道中をまっすぐ上ってきているだけのようです」

「いやいや」誠之進は首を振った。「足がすくんでしまって歩けそうにありません。私に比べるとどなたも落ちついてらっしゃる」

　低く笑ったあと、二階堂が少々渋い顔になった。

「困ったことに昨日からこんな調子でござる。まるで物見遊山ですな。城から砲を運んでくるときにもはりきりすぎて桑畑に突っ込んだそうで。幸い兵にも砲にも傷ひとつなかったようではありますが」

　昨日、城からやって来た道のりを思いうかべた。急坂を下りた先が大きく曲がっており、その向こうに畑があった。桑なのかはわからないが、勢いあまって台車ごと飛びだす少年兵の姿が浮かんで誠之進も口元に笑みを浮かべた。

　少年兵たちをふり返っていた二階堂が誠之進に顔を向けなおした。

「よちよち歩きの頃から二心（ふたごころ）なしと教えられます。生きるか、死ぬかの二心があるから迷う。最初から肚を決めておけば、迷うことはござらん」

　誠之進はうなずき、少年兵たちを見やった。どの顔も生き生きとしていて、はしゃいでいるようにさえ見えた。いずれも十四、五歳だ。昨夜、木村から聞いたところによれば、いったんは歳が足りないことを理由に戦に出ることを止められたが、再三願って参戦が認められたという。昨日も藩の方針が変わり、一度は城に引きあげさせられたが、ふたたび嘆願してようやく出陣となった。坂道を転げるように走り、桑畑に突っ込んだというのも逸る心ゆえだ。中には友二郎、友四郎兄弟のように親の敵を討とうと……。

砲声で誠之進の思いは断ち切られた。

街道を迫ってきた薩摩隊の砲が立てつづけに火を吹いた。いずれも目の前にある尼子台の陣を狙ったものだ。しかし、砲弾は陣の上を越え、尼子台と大壇口の間に落ち、炸裂した。砲声より大きな爆発音が周囲に広がる。

「下手くそぉ」

少年兵の一人が声を発し、ほかが笑った。尼子台からもただちに応射し、街道を埋めていた大軍が隊伍を乱し、田んぼの中に転がり、散った。またしても少年兵たちがはやしたてる。

だが、二階堂は厳しい顔つきでうめくようにいった。

「いかん」

目を向けると指を伸ばし、尼子台の左右に向けて動かした。指す方を見やると街道の左右にずんぐりした砲が引きだされている。

「臼の形に似た砲が見えますか」

「はい」

たしかに数人がかりで臼を動かしているようにも見える。

「ゆえに臼砲と呼ばれます」

直後、臼砲が吠えた。噴きだした白煙が盛りあがり、次いで上方に伸びていく。いったい何が起こったのかと思う間もなく尼子台の天辺に次々着弾、紅蓮（ぐれん）の炎と土くれが噴きあがり、兵がふっ飛ばされるのさえ見えた。

同時に大壇口から見て右方面へ展開した軍勢が刈り取りを終えた水田に踏みこみ、正法寺村へと進出してきた。誠之進たちからはほぼ正面になる。百姓家を楯（たて）にした敵兵が銃弾を浴びせかけてきた。

何発もの弾丸が頭上を飛びぬける。少年兵の一人がたまらず木村をふり返った。

「撃たせてください」

「ならん」仁王立ちになった木村が尼子台を睨んでいた。「まだだ。引きつけよ、引きつけるのだ」

ついに木村が動いた。

「鉄砲を取れ」

少年兵たちが待ってましたとばかりに鉄砲を手にする。すでに弾は込められているようだ。

「雷管を差せ」

銃尾を開き、腰に着けた袋から細い管を取りだして炸薬（さくやく）に差す。次の号令を待って皆が木村を見る。

「構え」

二十数挺の鉄砲が一斉に畳の胸壁の上に並ぶ。

その間にも正法寺村に入りこんだ敵軍のそこここで砲火が閃き、落ちてきた砲弾が陣の周囲で炸裂して地を揺るがしていた。杉の木立にも命中し、頭上で破裂する。銃弾に吹き飛ばされた枝が次々に降ってくる。

「まずこの大砲を撃つ。それを待って、着弾した辺りを狙って弾を集中しろ。いいか」

少年兵たちがそろって返事をする。

「撃鉄を起こせ。だが、まだ撃つな。大砲を待て」

次いで木村が大砲に目を向けた。一人が砲の左側で松明(たいまつ)を手にして佇立(ちょりつ)し、一人が砲尾についている。右側には水を満たした桶(おけ)を持った少年兵がかがみ、すぐ後ろに友四郎がいた。友四郎の周りには、やはり水を満たした桶が並べられている。

「目標、正面に立つ薩摩が旗印、丸に十文字だ。用意」木村がさっと前方に右手を伸ばした。「撃て」

松明が振りおろされ、大砲の後部上面に突きでていた点火栓に触れた。砲が轟然(ごうぜん)と火を吹いた。反動で重い砲が撥(は)ね、後退する。大量の白煙が周囲に広がった。

発射された砲弾は、過たず薩摩の旗印の根本に命中し、ひとかたまりになった敵兵を吹き飛ばした。少年たちは歓喜の声を上げることもなく、競うように鉄砲を撃った。二十数挺が見事な斉射を行い、逃げ惑う敵兵のうち五、六名が次々と倒れた。

何のことはない。正法寺村の北側まで進出していた敵兵は目鼻立ちどころか表情さえわかるほどに接近していたのだ。すでに大壇口陣地はぐるりと取り囲まれていた。どの方向も敵、敵、敵に埋めつくされている。

砲を担当する少年兵たちも機敏に動きつづけた。一人が砲尾を開いて白い布を巻きつけた槊杖を入れ、押しこんでいく。砲の右に立った少年兵が桶の水をざっと砲身にかけた。たった一発撃っただけだというのにじゅっと音をたて、湯気が立ちのぼる。槊杖の先端をくるんだ布が砲口から真っ黒な煤とともに飛びだし、すぐに引っこんだ。空の桶を放りだした少年兵は砲の前に回り、砲弾を手にした。槊杖を抜いた少年兵が火薬の包みを押しこみ、砲尾を閉じて右手を上げた。砲口にいた少年兵が砲弾を入れる。

砲弾を入れた少年兵が元の位置に戻ると友四郎が水を満たした桶を渡した。

その間にも鉄砲組の少年兵たちはおのおの鉄砲を垂直に立て、火薬包みを入れて槊杖で押しこみ、弾丸を落としこんでいた。

すべての動きが心地よいほどに水際立った連携を見せていた。

そのとき、左から迫りくる唸りを耳にした誠之進はとっさに躰を低くした。今まで頭のあった辺りに銃弾が命中し、幹を抉って枝を落とす。二枚重ねにした畳の胸壁は敵の銃弾、砲弾の破片であっという間にぼろぼろになり、横に渡した丸太も数本が折れていた。しかし、少年兵たちは怯まず、臆した様子すら見せなかった。

仁王立ちしたままの木村がふたたび右手を前方に伸ばす。

「左、土佐の旗印……、撃て」

二発目が発射された直後、弾を込め、鉄砲を構えようとしていた少年兵が後ろに弾きとばされ、仰向けに倒れた。手足を投げだし、目を見開いている。のどが弾け、鮮血が胸元まで濡らしていた。表情を失うと少年兵の顔はますます幼く見えた。何が起こったのかわからないという顔つきだ。

杉の幹に半身を隠し、一発を放った別の少年兵が自分の鉄砲をかたわらに置き、たった今倒れたばかりの仲間の鉄砲を取りあげると構え、発射した。射線の先では、背を丸め、小走りに移動していた敵兵が後ろから突き飛ばされたようにつんのめり、地面に顔を突っ込んで動かなくなった。

木立には硝煙が濃密に立ちこめ、目が痛く、のどがいがいがしていた。誠之進は目を細め、唇を嚙んで敵陣に目を凝らしていた。

三発目を装塡し終えた砲のわきで木村がふたたび右手を前に伸ばす。

「街中の大きな商家だ。敵が逃げこんだ。そこを狙え」

「はい」

砲の両側にいた少年兵がわずかに砲身を動かす。砲尾にしゃがんだ照準係が右、左、もう少し下と指示を出している。そして叫んだ。

「できました」

「撃て」

松明が下ろされ、三度目の砲声が木立に立ちこめる硝煙を震わせた。

発射された砲弾は商家の屋根を貫き、直後、窓という窓が内側から吹き飛び、炎と白煙が敵兵どもとともに噴出した。窓から伸びる炎は消えず、煙が大量に立ちのぼる。

ふいに木村が左の二の腕を押さえて片膝をついた。腕にあてた指の間から血が噴きだしている。砲の周りにいた少年兵たちが近寄ろうとするのを制する。

「寄るな。大事ない。いいか、撃って、撃って、撃ちまくれ」

それから木村は友四郎に声をかけ、桶を持ってくるようにいった。友四郎が駆けよったときには、自ら左袖を引きちぎって、撃たれた二の腕をあらわにしていた。

「両手ですくって水をかけろ」

「はい」

友四郎がいわれた通りに水をかける。

「どんどんかけなさい」

砲戦のさなか、撃たれているというのに木村の声は落ちついており、優しげでさえあった。血があらかた洗いながされると木村は自らたすき掛けにしていた白い絹の布を外し、友四郎に差しだした。

「傷の上にあてきつく縛るんだ。肩に近い方を厚くして、強く縛る。できるな」

「はい」

「よし」

指示通りにたすきを傷に巻きつけた友四郎の肩をぽんと叩いた木村がふたたび立ちあがる。

何本もの杉の幹が折れ、木立の間に倒れかかっていた。硝煙越しに揺らめく炎も見える。仰向けになっていたり、地に伏している少年兵は七、八名に及んでいた。ぴくりぴくりと動いている者もあったが、最初に咽を撃たれて倒れた一人をはじめ、大半が微動だにしない。生死のほどはわからなかった。

ますます敵の銃撃は激しくなり、大壇口を囲む敵兵がじりじりと間合いを詰めてきていた。

砲に水をかけていた少年兵が木村に目を向けた。

「隊長、砲が……」

目をやると砲身の半ばほどが卵を呑んだ蛇のように膨らみ、上部に裂け目が走っていた。木村がうなずく。

二階堂が怒鳴る。

「隊長」

木村はふり返らずにうなずき、少年兵たちに命じた。

「砲栓を閉じて、留め金を外しておけ。退くぞ。城まで退却す……」

木村の腰が弾け、声が途切れた。赤い霧がぱっと広がったかに見え、そのまま横ざまに倒れこんだ。

「首を打て」

真っ白な顔をした木村が二階堂を睨みすえていった。朱色の陣羽織の裾は血で赤黒く濡れていた。

大刀に手をかけているものの二階堂は何とも答えられずにいる。

「この傷ではとうてい城まで行けぬ」木村は唇の両端を持ちあげた。「わかっておろう、な？」

未だ敵の銃撃は止むところを知らない。むしろますます激しさを増していた。

「道連れにはできぬ。皆を頼むぞ、副長。きっとかたきを討ってくれ」

立ちあがった二階堂がすらりと大刀を抜いた。

腰が砕けているはずなのに助けを借りて正座した木村は少年兵を遠ざけ、瞑目するやまるで二階堂に気合いを入れるように鋭い声を発した。

「さあ」

二階堂が大刀を振りおろす。しかし、物打ちは木村の右肩に入ってしまった。唇を引き結んだまま、木村は声を漏らさなかった。顔面はすでに真っ白になっている。

二太刀目は後頭部に入った。ざっくりと割ったものの首を落とすには至らない。またしても木村は動かなかった。だが、眉間に深いしわが刻まれ、ほおにぐりぐりができる。

「たあ」

悲鳴に近い気合いを発した二階堂の三太刀目が木村の首を落とした。

四

「やはりこのままにはできん」

二階堂が首のない木村を見下ろしていった。少年兵たちも周りでうなずいている。敵の砲弾は周囲に着弾しては破裂し、そのたびに地面が揺れ、杉木立に命中する破片や銃弾がからから音を立てている。

「埋めよう」

二階堂が声をかけ、少年兵たちが応じた。

　ぐずぐずしている暇はないだろうと立ちあがりかけた誠之進の頭上を敵の鉄砲玉がかすめ尻餅をついてしまった。

「痛う」

　思わず声が漏れる。目を開けた誠之進は息を嚥んだ。どこに身を隠していたのか、朝餉の支度をしてくれた百姓たちが来ていた。さっそく鍬で穴を掘り、木村の胴を埋けると身動きしない数人の少年兵たち——生死は不明だ——を運んでいった。

　二階堂が退却の号令をかけたのは、それからである。

　まずは北に向かい、城のふもとを覆う森を目指すという。距離にすれば、七、八町ほどだが、わずかとはいえ上り傾斜である上、ところどころにある桑畑と雑木林をのぞけば、田んぼが広がっているばかりだ。しかも生き残った少年兵の半分近くが軽重の差はあれ、負傷していた。

　誠之進は右足に砲弾の破片を受けた少年兵を背負い、友二郎、友四郎の兄弟は足に怪我を負っている少年兵を両側で支えながら行くことにした。

　木村の首を少年兵とともにぶら下げた二階堂が声を張った。

「よし、行け」

　負傷兵を抱えながらの脱出ゆえ、いっさんに駆けだすというわけにはいかなかったが、それでも皆懸命に城を目指した。最後に陣を出たのは、二階堂ともう一人の少年兵だったが、どちらも怪我はないようでたちまち隊列を追いこしていった。ぶら下げられた木村の首がぶらぶらしながら目を閉じている。唇まで真っ白になっているのにまだ血が滴り落ちていた。

奥州道を横切るときにはひやひやした。正法寺村を落とした官軍が街道に出て撃ちかけてこないともかぎらない。

誠之進のすぐ前に友二郎、友四郎兄弟がいる。友二郎は肩で支えている少年兵に声をかけていた。

「もうすぐ城だ。しっかりしろ」

少年兵がうなずくのが見えた。友二郎に怪我はないようだが、友四郎の左袖が裂け、腕の傷がのぞいていた。血はすでに乾きかけていて、それほど深手ではなさそうだ。誠之進の負っている少年兵はぐったりして声もない。

誰もがちらちら後方をうかがいながら雑木林伝いに進んだ。負傷兵を助けての退却というだけでなく、城まではゆるやかながら上りになっている。その先、森に入れば、きつい上り坂になるはずだ。

桑畑の手前に止まった二階堂が前へ前へというように手を振りながら一人ひとりに声をかけていた。

「頑張れ……、二本松武士の意地を見せろ……、いいぞ、その調子だ……、腕に手を負った者は足になれ、足に手を負った者は腕だ……、行け、行け、行け」

何とか敵の追撃を受けず城の麓に到着したようとしたとき、大壇口の陣を張った辺りで声があがった。喚声とも怒号ともつかない。重ねて鉄砲を撃つ音も聞こえてくる。ちょうど二階堂の前にかかっていた誠之進は互いに目を合わせ、後方を見やった。

「何でござろう」

「さあ」

二階堂が訊き、誠之進は首をひねった。

二人は知る由もなかったが、大壇口に達した官軍では騒ぎが起こっていた。陣を張っていた丘の下にあった茶屋に潜んでいた二人の二本松藩士が官軍に斬りかかったのである。ひと合戦を終え、大壇口の陣がすでに捨てられて空であると判断した官軍には緩みがあった。そこへ斬りこんだ。

大壇口の合戦から三十年後、このときの二人の名前が明らかになっている。六番組小谷与兵衛隊の青山助之丞と山岡栄治だ。このとき青山二十一歳、山岡二十六歳であった。六番隊は白河城奪還に向かっていたが、三春藩が寝返り、二本松城が危ういと知って引き返してきた。しかし、すでに城への道は官軍に閉ざされ、隊は散り散りとなって個々に城を目指すしかなかった。

野山に分け入り、間道伝いに北上して、大壇口付近に差しかかった。そして木村銃太郎隊が撃破されるのを見てとると街道沿いの茶屋に潜んで近づいてくる官軍を待ち受けることにした。

ぎりぎりまで敵の本隊が近づくのを待ち、隊長らしき馬上の武士目がけて飛びこんでいった。いきなりの白兵戦であり、刀をもっての戦いとなった。九人を斃したと伝えられている。青山、山岡の戦いがどのようなものだったか、真偽のほどが正確に伝わっているとは限らないにせよ、大壇口を攻め落とした官軍の行き足を遅らせ、ゆえに二階堂率いる生き残りの少年兵たちが森に逃げこめたに違いない。

森に入ると二階堂は後続する少年兵たちをふり返って声をかけた。

「とりあえず大隣寺に行く。味方と合流するのだ。あとわずかぞ」

「おおう」

口々に応じる少年兵たちの表情が少し明るくなり、足取りも速くなった。

直後、前方の茂みから一斉射撃を受け、先頭を切っていた二階堂が数発の弾丸で射貫かれた。倒れたときには、すでに息絶えていた。

誰かが叫んだ。

「森に入れ」

誠之進は腕を伸ばし、友二郎の肩をつかむとそのまま左の茂みに引きずりこんだ。負傷した少年兵を背負ったままである。友二郎は肩を貸している負傷した少年兵、友四郎を離さなかった。

五人はもつれるように木立の間へ転がりこんだ。直後、銃弾が頭上を通りぬけ、木々の葉を散らす。

友二郎と友四郎につかまっている少年兵は足をずるずる引きずっていた。後ろについた誠之進は背負った少年兵の尻を持ってずり上げる。しかし、躰を起こすわけにはいかなかった。

それでも森の奥へ進むほどに木々に当たる敵弾の数は少なくなってきた。

「とりあえず大隣寺だ」

励ますように友二郎がいう。

「はい」

友四郎が返事をする。二人に担がれている少年兵はぐったりしていた。足の傷から血が吹きだし、ぬらぬらと濡れていた。

誠之進はふたたび背中の少年兵を持ちあげた。敵弾が少なくなっているので少し頭を上げることができた。

五人はひとかたまりになって笹(ささ)を踏み分け、前に進んだ。

結局、大隣寺にはたどり着けなかった。境内に敵の大軍が屯し、周囲を警戒していたからだ。

木村隊の生き残りは、大隣寺の境内をすっぽり抱えこむ山の中腹を回りこんで、鬱蒼とした木立の中に集合していた。そこがあらかじめ決めていた場所なのか誠之進にはわからない。

十二名がひとかたまりになっている。どの顔も硝煙と泥にまみれて真っ黒、それが汗で流れてまだら模様を描いている。半数の六名が立ち、あとの六名が下草の間に座りこんでいる。足を撃たれたか、それ以外に手傷を負い、立っていられないほどに弱っているためだ。だが、伏せっている者は一人もなく、いずれの目もいまだ力を失わずぎらぎら光っている。

少年兵たちの真ん中、太い木の根元には目を閉じた木村の首が置かれていた。首だけになってもまだ隊長なのだろう。大壇口から森の入口まで二階堂と一人の少年兵が髪をつかんで運び、二階堂が斃れたあとは生き残った少年兵が詫びながら引きずってきた。あごの右側は泥で汚れ、髷がほどけて乱れた髪が広がっていたものの顔は案外きれいだった。

木村のわきに片膝をついた少年兵が切りだした。

「隊長も副長もご立派な最期を遂げられた」

くだんの少年兵が生き残ったうちではもっとも年かさなのだろう。躰もぬきんでて大きい。頭には血が滲み、黒くなったさらしを巻いている。

一堂を見まわし、圧しだすようにいった。

「さて、これからどうするか」

「会津へ参れ」

低いが、しっかりとした声で応じたのは友二郎、友四郎に担がれてきた少年兵である。

言葉を継いだ。

「動ける者は会津に行って、我らが家中の生き残りや中将殿の軍と合流して戦え」

左近衛権中将松平容保が会津藩主である。

木村のわきに膝をついた少年兵は身じろぎもせず地面を見つめていた。やがて目を上げた。

「お前はどうするつもりか」

「おれは……、我らはとても会津までは行けない。しかし、ここまで来れば城は目と鼻の先だ。這ってでも城に戻って……」

城を枕に討ち死にするか——誠之進は胸の内であとを引き取った。

衆議はすぐに決した。ほかに選択の余地はない。立っている者は会津を目指し、残りは今しばらくここにとどまって息を整え、全員が動けるようになったところで城を目指すことになった。

友四郎がそばにやって来た。

「ここでお別れでございます。これでようやく会津に行かれますね」

友二郎が後ろから友四郎の肩に手をかけた。

「何をいうか。お前もいっしょに会津に行くのだ」

ふりかえった友四郎が兄を睨みつける。

「私はお祖父様（じいさま）について参りました。司殿をご案内して参ったのも会津までの案内を城内のどなたかに乞うためです」

道案内というだけではない。二本松藩領を抜ける許可を得なければ、間者とみなされ、拘束されるか殺される恐れがある。

友二郎が腰をかがめ、友四郎の顔をまっすぐにのぞきこんだ。

「よいか、友四郎。気をしっかり持って聞け。お前にだってわかっているはずだ。大壇口からここまで来た我らは後ろからではなく、前から撃たれた」

友四郎は黒目がちの澄んだ眸を兄にひたと据えていた。だが、何もいわなかった。友二郎が辛抱強くつづける。

「お祖父様たちが守っておられたのは竹田門だ。小浜から街道をやって来た奸賊どもが川を渡り、城を東から攻めたのは明らかだ」

東から城下に入った敵軍が西進し、城下を席巻したに違いない。それくらいのことは友四郎にもわかるだろう。

しかし、友四郎はぴくりとも動かず、唇を引き結んだまま兄を見返している。

友二郎が苦笑いし、頑固な弟の肩を一つ叩いて腰を伸ばした。

私情としていうなら兄は弟とともに祖父の加勢に向かいたいところだろう。だが、木村隊の役目は徹底的に抗戦し、かたきを討つことにある。また、会津に向かうとしても無事にたどり着けるという保証はない。たとえ数え切れないほどの僥倖が重なって会津にたどり着き、二本松藩兵の生き残りか、会津藩の軍勢と合流できたとしても戦はつづく。

「お祖父様に会ったのちは……」

「お祖父様の命に従います。城を守れといわれれば、城に入ります」

「会津に行けといわれたら」

「会津に参ります」

「武運を」

「兄上も」

弟の言葉にうなずいた友二郎が誠之進に顔を向けた。

「それでは……」

いいかけた友二郎を誠之進は手で制した。

「私も友四郎殿といっしょに行きます」

今度は友四郎が誠之進に食ってかかった。

「司殿にはお役目がございましょう。私のことならご心配にはおよびません。城下のことなら手のひらを指すごとく承知しております。奴ばらの裏をかいて必ずや祖父の下まで参ります」

「まあまあ」誠之進は友四郎をおだやかに制した。「貴殿のことは心配しておりません。ここまで立派にやって来られた。まずはご案内くださり、兄上、木村隊長、二階堂副長ほか皆さんにお引き合わせくださったことに感謝申しあげる。かたじけない」

誠之進は一礼した。顔を上げ、つづける。

「私は興風殿にお世話になった。今も遠藤は手間をおかけしている。ひとこと興風殿にご挨拶申しあげなければ武士として……、いや、江戸っ子の面目がねえ。他人様に笑われるくらいならすっぱり首を落とされた方がなんぼかましにござんす」

友四郎、友二郎ともにぽかんとして誠之進を見返している。おそらく生まれてこの方、伝法な口振りなど耳にしたことがないのだろう。

誠之進は唇の片方を持ちあげた。

「それに藩命との仰せだが、残念ながらわが藩はすでにございません。まずは興風殿にご挨拶申しあげる。その後、生きながらえてあれば、そのときは会津を目指しましょう」

会津に向かう五名が森の奥へ向かい、六名がその場にとどまり、誠之進と友四郎は城下へ向かった。

森の端まで来たとき、頭上に雷鳴が轟(とどろ)いた。

左に目をやる。山の頂上に紅蓮の炎が上がり、黒煙が吹きあがる。二本松城の煙硝蔵に火が入ったに違いなかった。

官軍とはいっても関八州以西諸藩の軍勢を寄せ集めただけに過ぎず、藩によって装備は違った。中には二本松藩同様、鉄砲といっても先込めの旧式どころか火縄銃を携えている兵たちもあった。元込め式、さらには金属製の薬莢(やっきょう)を備えた最新式の鉄砲を持っているのは薩摩、長州をはじめ、ごく一部に過ぎなかった。

竹田門を襲った部隊の鉄砲は、火縄銃ゆえ阿武隈川を渡河する際に濡れ、使い物にならなかった。一方、門を守っていた二本松藩側にしても老兵が多く、手にしていたのは刀槍だった。

三百年以上も前の戦国の世さながらの白兵戦がくり広げられたのは、門前の様子を見ただけで察せられた。兵たちの死骸は敵味方入り乱れており、鉄砲は早々に捨てられ、手にしているのは刀と槍なのだ。

門前のやや開けたところに千葉興風は両膝をついていた。両目ともに開けていたが、もはや何も見ていないのは明らかだ。鳩尾に深々と突き刺さった槍は穂先が背に抜け、陽光を浴びて光っている。槍で興風を突いた敵兵は右肩を下にして横ざまに倒れている。陣笠が外れ、右の頸筋に受けた刀傷が濡れているのが見てとれた。

興風もまた陣笠を被らず、白髪を振り乱していた。すでに短槍を失い、右手に大刀を持っていたのだろう。鳩尾を突かれながら敵の頸筋に斬りつけた。その後、膝が落ち、尻をついた。敵は倒れたが、興風は槍に支えられて座りこんでいる。

友四郎の右肩に置いた手に誠之進は力を込めた。飛びだそうとするのを感じたからだ。

城下であれば、手のひらを指すようにわかるといった友四郎の言葉に嘘はなかった。武家屋敷の裏を抜け、小路から小路へと移ったが、鉄砲を腰だめにしてぞろぞろ歩く敵兵の姿を物陰から見ることはあってもこちらは見つからなかったし、いきなり出くわすこともなかった。そうして竹田門の前までやって来たのである。

竹田門の前には敵味方の死骸が転がっている。数十に及ぶのではないか。鉄砲、刀、槍も辺りに打ち棄てられていた。歩きまわっているのは敵兵ばかりである。

門は左右に大きく開かれていた。

「行こう」

誠之進は静かに声をかけた。友四郎がふり返り、きつい目を向けてきた。涙はなかった。誠之進は友四郎の肩をつかんだ手の力を緩めなかった。

「ともに会津へ」

しばらくの間、友四郎は誠之進を睨みかえしていたが、肩の力を抜いた。目を伏せ、小さくうなずく。

二人は竹田門の前を離れ、ふたたび城下を走った。友四郎が先に立つ。長すぎる刀が背中でぐらぐら動いていた。

大きな商家の裏庭を横切り、白壁の土蔵の角を曲がったところで友四郎、そして誠之進は足を止めた。

目の前に杣人の源蔵が立っている。手にした鉄砲を誠之進に向けていた。源蔵の後ろには小柄な老人がいた。

源蔵があわてて筒先を下ろす。

「誠さん、ご無事で」

「あんたの方こそ」

誠之進から友四郎に目を向けようとした源蔵が鉄砲を持ちあげる。

直後、背後で爆発音がしたかと思うともはや馴染みになった唸りが迫ってきた。

何度こうして聞いたか。

磐城平城で、大壇口で……。

帋徹を抜くや誠之進は振り向きざまに唸りを斬った。避ければ、後ろには友四郎、源蔵、そして見知らぬ年寄りがいる、
そして、また、父と兄の夢を見ることになる。

宙に閃光が走り、帋徹に重い手応えが来た。目を上げる。片膝をつき、銃口を誠之進に向けている敵兵がいた。左右に同じ恰好をした兵がおり、さらに三人、四人と駆けよってくる。彼我の距離は半町ほどもある。駆けよる間に撃たれるのは必至だ。

二挺が誠之進を向く。

そのとき、すぐわきで銃声が起こった。鉄砲を肩付けした源蔵だった。

敵兵の一人が倒れ、もう一人が銃口を源蔵に向ける。その後ろで二人が鉄砲を構える。ふたたび源蔵の鉄砲が火を吹いた。目を剝く誠之進を尻目に二人目、三人目、四人目を斃すと、駆けよってきた敵兵たちがあわてて戻っていく。

誠之進は源蔵に目を向けた。鉄砲を下げた源蔵がぼそりという。

「スペンサー銃です。供中口の合戦で薩摩の兵が持っていたのを拾いました。七発、撃てる。最新式です。そんなことより……」

源蔵が後ろを見る。源蔵といっしょにいた老人は土蔵のわきでしゃがんでいたが、友四郎は立っていた。臆して動けなかったわけでない。顔を見ればわかる。

「鉄砲玉が飛んでくる中で突っ立ってるのは馬鹿だ」

源蔵が吐きすて、友四郎がきっと睨んだが、何もいわなかった。

「とりあえずここを離れよう」

そういって誠之進は昏徹を鞘に収めようとした。だが、入らない。目をやった。刀身の中ほどから物打ちまでごっそりと刃こぼれし、くの字に曲がっている。

友四郎が目を丸くしている。

昏徹を路地の隅に捨て、下げ緒を解いて空になった鞘も放った。

「行こう」

誠之進は誰にともなくいった。源蔵が訊きかえす。

「どちらへ?」

ちらりと友四郎を見て、答える。

「大隣寺。そこから北へ抜け、峠を目指す」

山の端を指す木村銃太郎の面差しが過っていく。

『安達太良山と申しまして、会津に向かわれるのであれば、あそこの北側を回りこんで進めば、やがて峠に出ます』

木村が示したことで道が浮かびあがったように見えたことまで思いだした。

「会津でございますな」源蔵が一つうなずいた。「おれもお供します。ここにはもうお守りするものがありません」

五

きちんと正座をした二人の少年兵が向かい合い、互いの咽を刀で突いて果てていた。どちらの切っ先も首の後ろから飛びだしている。覚悟のほどを示しているのであり、同時に気遣いでもある。ためらえば、相手を無用に苦しめることになるからだ。

刺し合ったうちの一人は誠之進が大壇口から背負ってきた、足に深手を負った少年兵だった。

右に目をやった。

大木の根元でもう一人が死んでいる。正座しているものの、股を大きく開いていた。戎衣の前を開き、剝きだしにした腹には横一文字に深い傷があったが、腸が流れだすほどには至っていない。それでは死ねない。ゆえに左の頸筋を切った。血まみれの右手にはまだ脇指が握られていた。頸を切り、苦し紛れにのけぞったのか大木の幹にもたれかかっている。

歩ける者は会津へ行けといった年かさの少年兵だ。

死んでいるのは三人だけで、腹を切った少年兵のわきにあったはずの木村の首はなかった。城に戻ることにした六人のうち、三人がここで死を選び、生き残った三人が運びさったのだろう。

「どうして向かいあったんでしょうね」

わきにいた源蔵がぼそぼそといった。

互いに咽を突きあっている二人はどちらも躰が小さく、友四郎と同じように大刀を斜めに背負っている。向かいあったのは相手の刀を互いに抜くために違いない。自分の刀を抜くには腕が短すぎる。それから刀を交換し、いっしょに咽を突いた。

想像はつく。

誠之進は答えた。

「さあね」

三人が自刃したのがいつなのかはっきりしていた。誠之進たちが城下に入って間もなく、城が焼け、大爆発を起こした。城が落ちた以上、運命をともにすることを選んだに違いなかった。

守るべき城を失えば、武士に生きる道はない。

城下で行き会ったとき、源蔵が連れていたのは薪炭商（しんたんしょう）の隠居だという。供中口の守備についていた源蔵だったが、破られ、城下に逃げこんだときに出会ったという。山で焼いていた炭を納めていた相手らしい。

誠之進、友四郎、源蔵は大隣寺に向かうことを決したが、炭屋の隠居は城下に残ることを選んだ。年寄りの足で険しい山道を越えていくのは難しかったし、そもそもが商人だ。店にこもって家族ともどもかしこまっていれば、殺されはしないだろう。少なくとも会津に向かう方がはるかに危ない。

大隣寺では、境内のみならず寺前から城へつづく上り坂にまで敵兵が屯していて近づけなかった。目を盗んで森に飛びこみ、奥へと進んだのち、大壇口から引きあげてきたときに木村隊の生き残りが集合した場所にたどり着いた。そこで三人の遺骸に行き当ったのである。

「あっちもひどい戦にございました」

少年兵たちに目を向けたまま、源蔵がぼそぼそといった。供中口での戦いを語っているのはわかった。

「敵は薩摩でした」

「旗印でわかったか」

「いや」源蔵が首を振る。「隊長が松平大隅守様の軍勢だといって」

「攻めてきてる連中に様はないだろ」誠之進は首を振った。「呆れた隊長だな」

「その大隅守とやらが何者だかわからないんで、皆が誰だ誰だといってるうちに薩摩だといった者がございました。なにぶんにも百姓ばかりの組でございますんで、お侍様のことはとんとわかりません。それでも薩摩でございますな。おかげで……」

源蔵が手にした鉄砲をぽんぽんと叩いた。薩摩藩だけに最新式の鉄砲を備えていたということらしい。

「どこでその鉄砲を手に入れた？」

「守りを破られたあとです。あやつらは我らが陣地を蹴散らして城内に押し入りました。それでも幾人かは殺すことができたんです。地面にこいつが落ちてまして、すぐそばで撃たれたか槍で突かれたかして虫の息だった奴が転がってました。おれは近づいて、鉄砲を拾って、そいつが腰につけていた弾袋をかっぱらってきました」

源蔵が目の前に鉄砲を立て、しげしげと眺める。

「それでもこいつのおかげで最初から戦にならなかった」

誠之進は眉を寄せ、源蔵をのぞきこんだ。源蔵が目だけ動かし、誠之進を見返す。

「川を挟んで撃ち合ったんです。あいつらは川を渡るのに舟を掻き集めなきゃならなかった。こっちは陣地をこさえて鉄砲構えて撃ちまくった」

「それなら味方の方が有利ではないのか」

「こっちは古い鉄砲だ。届かないし、届いてもあたらない。あいつらは向こう岸から撃ち返して来ました。この鉄砲を使えば、狙ったところにびしびしあたるんです」

なるほどそれでは戦にならないなと誠之進は胸の内でつぶやく。

「それと隊長ってお人がね、三浦権太夫(みうらごんだゆう)というお方でしたが……」

友四郎が顔を上げ、源蔵を見た。誠之進は友四郎に目を向けた。

「ご存じか」

「城下で国学の塾を開いておられました。私も一度行ったことがあります。尊皇だといっておられました」

今度は源蔵が首をかしげる。友四郎が源蔵に目を向けた。

「京におわす天子様を尊ぶということです。そもそも武門は天子様をお守りするためにある……、それくらいは子供でも承知していることで、ことさら尊皇などといわれる筋合いはありません。ところが、三浦殿はわざわざ我が志は尊皇にありなどと申されて、江戸の将軍家が天子様を蔑ろにしておると罵ったばかりか、わが藩主まで悪し様に貶されました。私は一度で懲りました。私だけではありません。同年の連中は皆嫌っておりました。御家中においても振る舞いは同じだったのでございましょう。このたびの戦が始まるまで牢に入れられていたと聞いております。それが一隊を率いて供中口の守備に就いておられたとは……」

「なるほど」

深くうなずく源蔵を誠之進と友四郎が同時に見た。

「まるで戦うおつもりがないようでしたよ。敵はこれです」源蔵が手にした鉄砲を差しあげてみせる。「それなのに隊長は烏帽子に直垂、弓を持って腰に矢筒をつけておりました」

誠之進は顔をしかめた。興風はじめ、長折村の老兵たちも革胴、草摺を着け、刀槍を抱えていたが、三浦という男の姿はもっと古臭い。

「戦などするつもりがないという恰好だな」

「藩命には従うが、天子様への忠義を忘れてはいないなんぞと大言して鏃(やじり)のついていない矢を見せびらかせておりました」

あきれ果てたという顔で源蔵が首を振る。

誠之進は肚の底がつんと冷たくなるのを感じて歯を食いしばった。黒い鬼がゆっくりと目を開き、立ちあがってくる。両足を踏まえ、腕を高々と差しあげて天に向かって吠える様が浮かぶと全身に満ちていくのを感じた。

憤怒だ。

師狂斎が毘沙門天を描いた盃をくれ、諌(いさ)めてくれた鬼である。

年寄りも少年も、武家のみならず百姓までが一つになって戦おうとしているとき、おのが趣味嗜好を見せびらかし、かつ危地におとしいれた。

馬鹿にもほどがある。

そのとき、街道の方から重なり合う怒号が聞こえ、鉄砲を撃つ音がつづいた。はっとして手を伸ばしたが、遅かった。

躰を低くした友四郎が誠之進の指先を躱し、駆けだしたのである。

「しまった」

誠之進はすぐに追った。源蔵もつづく。思ったより友四郎の足は速く、たちまち木々の間を抜けて見えなくなる。

だが、友四郎が行こうとしている先はわかっていた。

大隣寺から城へ向かう道筋から怒号と銃声が聞こえていた。

前を塞ぐ巨大な倒木に駆けよる友四郎の背中を見つけたが、いきなり四つん這いになったかと思うと、右手で背負った刀の柄を押しさげ、倒木と地面との間に潜りこんでいく。

倒木に達した誠之進は舌打ちした。躰の小さな友四郎ならくぐり抜けられるが、誠之進にはとても無理だ。躊躇(ちゅうちょ)している暇はない。倒木に飛びつき、枝に手足をかけ、よじ登る。

首が出て、目の前が開けた。すでに倒木の下をくぐり抜けた友四郎が森の端に達しようとしており、その先には陣羽織姿の隊長らしき男を囲んで十数人の敵兵がいた。

道には三人の少年兵が寝かされている。

否。

寝かされているのは二人で、一人はうつ伏せで戎衣の背が弾けていた。

その間にも森を飛びだした友四郎が背中の刀を抜こうとする。敵兵のうち、二、三人が片膝をついて鉄砲を構え、筒先をそろえて友四郎に向けた。

「待て、こやつもまだ子供だ」

隊長が指揮棒を兵たちの前に上げ、制する。

友四郎は走りながら刀を抜こうとしていたが、刀身がようやく二、三寸のぞいただけだ。それでも吠え、まっしぐらに敵に突っ込んでいく。

千葉友四郎、十三歳……。

二本松の武士であることにまったく迷いがない。

友四郎を追いながら自分はどうだったろうと誠之進は自問していた。


「どうしてもお前は学問に身が入らぬようだな」

床の間を背に端座した父がいった。父の前でかしこまっている誠之進は、そのとき、十歳になっていた。

どうしても素読が好きになれなかった。書見台の前に日がな一日座り、開いた書物を声に出して読む。文字を読んでいるのではない。暗記している文言を誦(しょう)しているだけだ。

書物から立ちのぼるカビ臭さに閉口したが、書かれてある中味はさらにカビ臭かった。

千年も前の唐国の連中がおちょぼ口でのたまっていることをありがたがる了見がわからない。李の下であろうと冠がずれれば、気持ちが悪い。ちょっと手を添えて直した方が気分がいいに決まっている。どれほどの名園か知らないが、李の一つや二つで大騒ぎするなど、そもそもケツの穴が狭い。

父がつづけた。

「剣はそこそこだが、そちらでも儂には及びもつかん」

嘘だ。

木剣を手に試合えば、五本に一本は誠之進が取った。一年前は十本に一本も取れなかったが、この頃は父の太刀筋、速さがわずかながらも見えるようになってきていた。来年の今ごろには、見切れるだろう。自惚れではない。

所詮、剣はそのようなものだ。血の滲むような修練を何年、何十年積もうと見えない者には生涯見ることがかなわない。だが、誠之進には、剣の手ほどきを受けた頃から木剣の切っ先の動きが見えていた。兄には見えなかったようだ。また、兄は書物に夢中で疾駆する切っ先などどうでもよかった。

「儂の知り合いがな、駿河台の画塾を知っておる。お前が望むなら仲介するといってきているんだが、お前、狩野派は好きか」

狩野派という名は聞いたことがあったが、どれが狩野派でどれが円山四条派かまるで区別はつかない。父に隠れ、中間の治平に頼んで時おり見せてもらっているのは、せいぜい浮世絵くらいのものだ。

絵師になりたかったわけではない。ただ鳥を、魚を、老松を紙に写しとってみたかった。画は亡き母が好きだった。上手に描ければ、母が褒めてくれそうな気がした。描きたかったのは、それだけのことでしかない。

「是非にお願いいたします」

誠之進は両手をつき、ひれ伏した。

「その代わりといってはなんだが……」

父は背にした床の間の刀掛けから大小刀を取り、誠之進との間に置いた。両刀が家宝であることは知っていた。長曽禰興里の大刀、通称虎徹、小刀は根本国虎である。五代前の先祖が藩主から拝領したと伝わっている。

「いずれこれをお前に預ける」

「はっ」

感激した振り、をした。画を学ばせてくれるというなら家宝だろうが、何だろうが、どうということはない。

まるで誠之進の心胆を見抜いたかのように……、いや、実際父は見抜いていたのだろう。ひと言いった。

「刀ってのは重いぞ」

道の真ん中でひとかたまりになっている敵兵たちが刀を抜けずに走り寄ってくる友四郎を見て嗤（わら）っている。

すべては友四郎の策だった。

あと数歩のところまで間合いを詰めた刹那、友四郎の左手が胸の前で結んだ下げ緒を解き、そのまま下りていって鞘をつかむやさっと落とした。同時に右手は上方に刀を抜き放つ。道に落ちた鞘の鐺（こじり）が地面を打ったときには、刀は友四郎の頭上にあり、両手で柄を握っていた。

数人の兵が鉄砲の筒先を持ちあげた。

倒木を乗りこえ、笹を踏み分けて駆けよる誠之進は叫ぼうとした。

「まだ、子供……」

遅かった。

兵たちの鉄砲が火を吹く。外しようがない。友四郎は敵まであと二間というところに迫っていた。鉄砲なら目と鼻の先、並みの剣士でも隊長の首を刎（は）ねられる間合いだが、友四郎は小さい。

弾丸が命中し、血が噴きあがったかと思うと小さな躰がのけぞり、足が止まる。

誠之進は跳んだ。

一気に間合いを詰め、国虎を抜くや摺りあげ、払った。隊長の首は目を剝いたまま、宙を飛んだ。

返す刀で友四郎を撃った兵士の肩口に袈裟懸けで斬りつけ、背骨まで両断、切っ先が抜けるととなりの兵の鳩尾を深々と貫いた。背を向け、悲鳴を上げながら逃げようとする兵の背を革胴ごと切り裂く。兵の絶叫は途切れ、つんのめって道に顔から突っ込んだ。

「いやぁ」

気合いというより悲鳴に近い声を発して、別の兵が鉄砲を突きだしてくる。筒先に剣を取りつけてあったが、切っ先が波打ち、何より遅かった。難なく躱し、兵の首に国虎を突き刺した。

切っ先が反対側の頸筋から飛びだし、噴きだした生温かい血が右手を濡らす。

目が合った。

小柄で丸顔、小さな目、日焼けが肌の奥にまで染みこんでいる。鉄砲につけた剣の切っ先が波打った理由を一瞬で理解した。鉄砲を持ち、隊伍を組んで城下にくり込んできたが、徒士(かち)ですらない。おそらくは百姓だ。

膝を持ちあげ、相手の胴に押しあてる。両手で国虎を持ち、敵兵の躰を押したおした。

十数人はいたはずの敵兵は皆逃げていた。道に立っているのは誠之進一人でしかない。

周りにはたった今斬り倒した首のない隊長、ほか三人の敵兵の屍体（したい）があるばかりだ。

目を動かす。

仰向けに寝かされている少年兵二人に息がないことはすぐにわかった。どちらも目を見開いていて、青白い顔をしている。うつ伏せで倒れている一人は固く目を閉じていたが、眉間には無念のしわが深く刻まれている。

さらに目を動かす。

胸を撃たれた友四郎がいた。びっくりしたような顔をしている。三人獅子舞を見たあと、神職の娘のことでからかうと唇を尖らせた。丸い頬が子供っぽかったが、今はさらに幼い顔つきになっている。

視線を下げた。右手に持った国虎の切っ先から血が滴り落ち、道に黒いしみを作っていた。

「誠さん、上、城の方……」

後ろで源蔵の叫ぶ声がした。

目を上げる。道の先、上ったところに敵兵がひとかたまりになり、片膝をついて鉄砲を構えている。真ん中には山砲が引きだされていた。

砲までの距離は数十間はありそうだ。

源蔵の声がしたあたりで立てつづけに銃声が響き、鉄砲を構えていた兵が後ろへ跳ばされる。一人、二人、三人……。次に砲に取りついていた一人に命中し、きりきり舞いしながら倒れた。

だが、すぐに別の一人が砲についたかと思うと白煙が広がった。兵たちの鉄砲も火を吹く。

また唸りを聞いた。

次の瞬間、目の前に白光が閃き、誠之進は後方に突き飛ばされるのを感じた。

満天に星が散らばっていた。数の多さ、光の強さは息を嚥むばかりだ。天空に一筋、ぼんやりと細い雲がたなびいている。

「雲にしてはずいぶんと高いな」

「天の川にございますよ」

笑いをふくんだ女の声がする。

目をやると、汀が銚子を差しかけている。誠之進は右手に持った盃を差しだした。

ふと視線を感じた。

汀の後ろに控えているきわが睨んでいる。誠之進は汀の差しだす銚子に目をやり、独りごちた。

「そんなに怖い顔をするな」

「地顔にございます」

きわがぷいと横を向く。

その間にもとろりとした酒が盃に注がれ……。

第四話　眸（め）

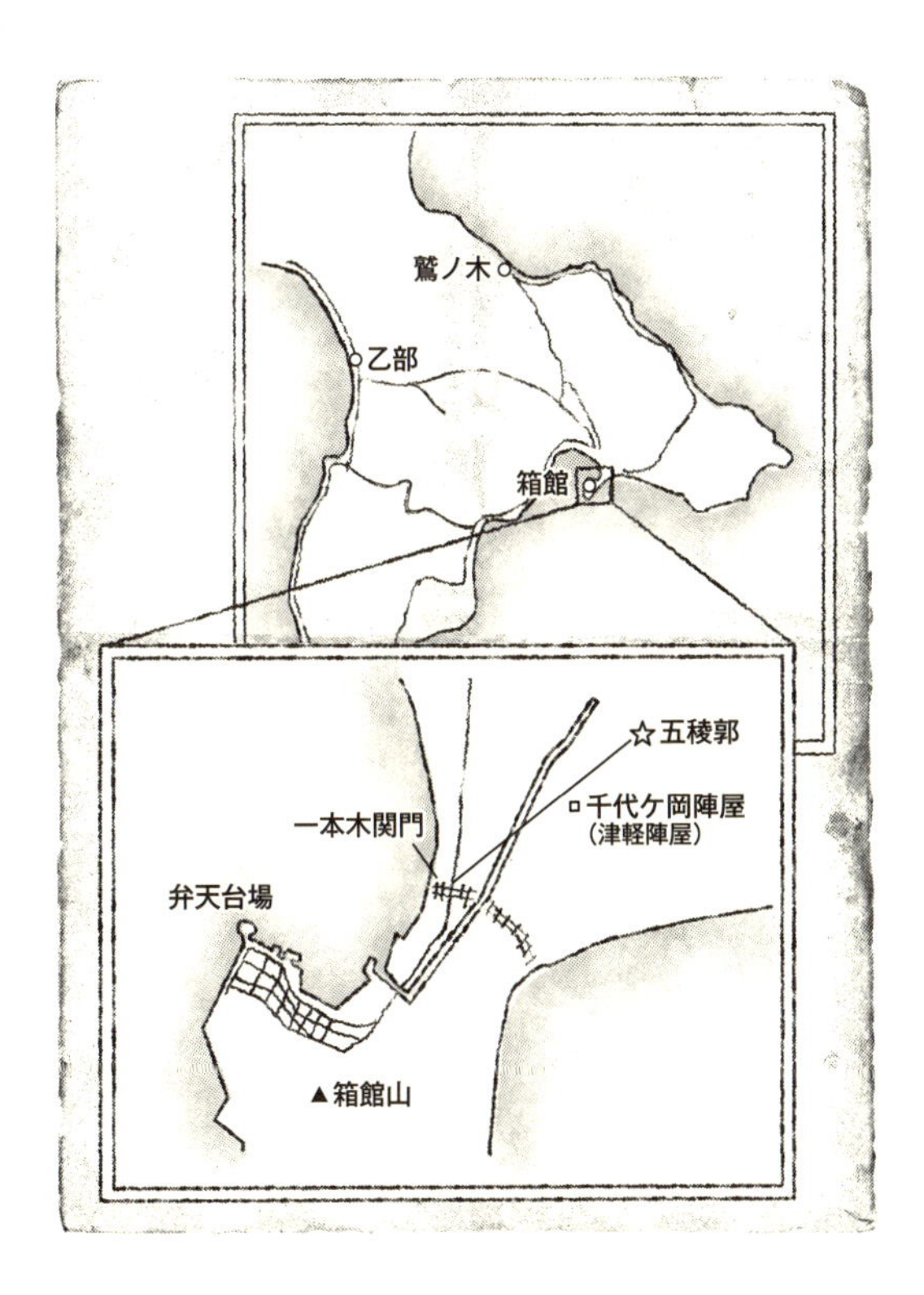

本当に届かなかったのか……。

一

囲炉裏にごろりと寝かせた太い薪の表面を嘗め、揺らめく炎に目を細め、誠之進はおのれに問うた。

二本松城のふもと、大隣寺からわずかに上った路上で木村隊の生き残りが官軍兵たちに寄ってたかってなぶり殺しにされそうになっていた。それを見た友四郎が身を翻し、森の底を駆けだした。

友四郎に見過ごせるはずはなかった。

それより前、隊長の木村銃太郎が大壇口で腰を銃弾に撃ちぬかれ、立てなくなって、副長の二階堂衛守に介錯を頼んだ。二階堂が三度太刀を振るい、ようやく首を刎ねた。

その二階堂も大隣寺まであと少しというところで敵弾に倒れた。

いったん大隣寺を包みこむ山に逃げこみ、歩ける者は会津を目指し、歩けない者は這ってでも城まで行くと決した。そうした中、誠之進と友四郎は興風が守備についている竹田門を目指すことになった。

敵兵の目を避け、城下を抜けてようやくたどり着いた竹田門の前で見たのは、槍に胸板を貫かれ、座りこんで絶命している興風だった。年寄りの冷水隊と自嘲していた長折村の老人たちもことごとく討ち死にを遂げていた。

今度こそ会津を目指そうと大隣寺まで戻ることにした。しかし、城下のそこら中に敵兵がうろついており、またしても大隣寺の山へと逃げこまなくてはならなかった。木村隊の生き残りが集まった場所に行き着いたのはたまたまでしかない。そこで目にしたのは、向かいあい、互いの頸を刺し貫いて果てていた二人の少年兵と、もう一人、年長の藩士が腹を切り、頸筋を切って命を絶った姿だった。

城はすでに落ちていた。煙硝蔵に火が回り、雷鳴のごとき大爆発を聞き、立ちのぼる黒煙を目にしている。城下のどこからも見え、武家、百姓、町人を問わず煙の意味を解しただろう。

友四郎が駆けだしたのも二本松武士であったからにほかならない。そして仲間を殺されたことへの憤怒（ふんぬ）があった。

友四郎が飛びだすのはわかっていた。だから手を伸ばした。だが、指先をすり抜け、友四郎は駆けていった。

否——。

捕まえるのは造作もなかった。もう半歩踏みだせば、友四郎の襟首を摑めたはずだ。だが、そのとき、思ってしまった。

生き残って、どうする……。

指先にためらいが出た。友四郎を捕まえられなかったのは、そのせいだ。

だが、離れていく友四郎の小さな背を見た刹那、凄まじい後悔が湧きあがってきた。友四郎の躰は背負った大刀の鐺が地面に触れてしまうほどに小さい。あれで何ができるというのか。

案の定、友四郎は刀を抜ききれないまま、突進していった。森から飛びだした友四郎にぎょっとした敵兵たちも走りながら刀を抜けずにじたばたしているのを見て嗤った。誠之進も友四郎が生け捕りにされると思った。

武士の矜恃など、どうでもよい。友四郎はまだ若い。いや、幼い。生きてさえいれば、次なる道を見いだすこともできる。

だが、本当に肚の底で嗤っていたのは友四郎だ。

間合いを詰めるため、あえてじたばたして見せた。敵兵のみならず誠之進も裏をかかれた。

直後、柄を握っていた友四郎の右手首が曲がり、刃を後ろに向けた。刀身は湾曲している。峰を背負い、左肘を脇腹に引きつけたまま腕を下げれば鞘は抜ける。

実際、友四郎は剣を抜き放ち、頭上に振りかぶって地を蹴った。

間抜けめ、間抜けめ、間抜けめ……。

森から飛びだし、国虎を抜いて駆けだしたとき、誠之進の憤怒はおのれに向けられていた。

あれから何度もくり返し、友四郎の最期を思いかえしてきた……。

「誠さん」

声をかけられ、誠之進の思いは中途で断ち切られた。入口の筵(むしろ)をはぐって顔をのぞかせたのは源蔵だ。

「客人が来ておられますが」

誠之進は首をかしげ、頬骨の辺りを掻いた。顎の髭は胸の辺りまで伸び、髪は無造作に藁で結んでいる。もう半年ばかりも躰を拭いてさえいない。あちこちが痒(かゆ)くてしょうがなかった。

客が来るなど考えたこともない。誰だと訊き返す前に源蔵がわきへ避け、大柄な男が姿を見せる。外の光がまばゆく、男の顔はすっかり影に沈んでいた。だが、頭の天辺までつるつるに剃りあげているのはわかった。

男は誠之進を目にしてごくりと唾を嚥み、次いで圧しだすようにいった。

「誠さんかい」

「驚(おどれ)えたの何のって、薄(うす)っ暗(くれ)え中に目ン玉が二つ、ぎらぎら光ってやがる。まさか誠さんだとは思わなかった」

流れるような鮫次の江戸言葉が耳に心地よかった。源蔵につづいて入ってきた大蛸入道が鮫次だった。

探るような目を向けてくる。

「何ぞ理由(わけ)でもあってそんな小汚い形(なり)ぃしてるのかい」

「理由などない」誠之進は苦笑した。「ただの無精だ。湯にも半年は入ってないかな」

早速鮫次が宙に突きだした鼻を動かす。

「たしかにひでえ臭いだ」

誠之進たちは地に転がした丸太――いずれ薪になる――に腰を下ろしていた。鮫次のとなりには多吉(たきち)がいる。多吉は鮫次の母親違いの弟で二人は案内役の地元の男といっしょにやって来た。

「誠さんが品川を出て、かれこれ一年になる」

鮫次がしみじみといった。

品川湊を出て、磐城平に向かったのは去年の晩春だ。夏から秋にかけ、磐城平、二本松と歩いた。冬が過ぎ、ふたたび春がめぐってきていた。

鮫次がつづけた。

「騒がしかったからあっという間だったが、今思えば、品川で別れたのはずいぶん昔のような心持ちだ。こんなに遠くへ来てるなんて、思ってもみなかったぜ」

「たしかに遠くへ来た」

今、誠之進は蝦夷地の山中にいた。二本松城のふもとで官軍兵を斬り倒した直後、間近で砲弾が炸裂し、吹き飛ばされた。星空の下を漂っていったときには、てっきり自分は死んだのだと思った。流れゆく天の川を見上げていたのだが、それが二本松で見た夢なのか、舟の上に寝かされて見上げていたのかはっきりしない。

重傷を負った誠之進を背負って二本松藩領を抜けたのは源蔵だった。だが、はっきりと憶えているわけではない。どのように源蔵が誠之進を運んだのかはわからなかったが、目覚めたときには二本松領を出て、庄内藩領を縦断し、酒田湊から舟に乗って北——蝦夷地へ向かっていた。

長く厳しい冬を蝦夷地の山中で過ごした。

誠之進は鮫次に目を向けた。

「それにしてもよく私の居所を突きとめたもんだ」

「たまただよ」鮫次が顔をしかめ、腕組みする。「去年の秋に磐城平の城が落ちたという噂を聞いた。誠さんがどうなったのか、ひょっとしたら死んじまったんじゃねえかと心配した」

「死んでいても不思議はなかったな」

誠之進はうなずいた。

「誠さんがいなくなったあともおれは品川宿には通ってたんだ。妓目当てじゃねえぜ。誠さんから便りでもあったんじゃねえかって、それが気になってさ。だけど梨の礫だった。まあ、それも仕方なかったろう。奥州じゃ戦、戦、また戦だったもんな」

平潟湊に官軍の軍艦三隻がやって来たのは、去年の六月のことだった。それからひと月ほどで磐城平城が落ち、誠之進は二本松領を抜けて会津に向かおうとした。二本松領に入ったところで崖から落ち、動けなくなったところを杣人で猟師もしている源蔵に助けられた。そのときは磐城平藩士遠藤善二郎といっしょだった。

ようやく歩けるようになり、ふたたび会津を目指したのだが、今度は善二郎が川に落ち、足を折ってしまった。助けてくれたのは、すでに隠居の身であった二本松藩士千葉興風だ。

その興風も、孫の友四郎も今は亡い。善二郎もその後どうなったのか誠之進には知りようもなかった。

　磐城平城が落ちて十六日後、二本松城もまた同じ運命をたどった。

　あとになって知ったのだが、九月に入ってまず米沢藩が降伏した。磐城平城が敵に押し包まれ、いよいよ最後というとき、新式鉄砲を備えた米沢藩兵隊は城の北に退避していた。砲声が聞こえれば必ず来援するといっていたものの、結局現れなかった。あのときすでに同盟軍の敗北を見越していたのかも知れない。同じ月、奥羽の雄仙台藩、そして戦の大義をもつ肝心要の会津藩までが降伏している。

「で、品川で北前船に乗ってたことのある船頭と行き会った。昔からの知り合いでね」

「海人（あま）の絆（きずな）か」

「そう」

　鮫次が素っ気なくうなずく。鮫次は元々房州の漁師の倅（せがれ）だが、絵師になりたくて江戸へ出た。そこで河鍋狂斎に出会い、弟子にしてもらった。誠之進と出会ったのは、品川宿だ。大戸屋に登楼したものの目当ての妓――板頭の汀だ――にふられ、自棄酒（やけざけ）で酔っ払って大暴れしているのを雑用兼用心棒をしていた誠之進がなだめにいったのが縁となった。なだめるといっても少々手荒ではあったが……。

　なぜか気が合った誠之進と鮫次はその後も付き合いがつづいた。品川から神田へ急ぐとき、はるか萩まで出かけるとき、いつも鮫次が助けてくれた。漁師や船頭は海人の仲間としてつながっているという。

板子一枚下は地獄を心底知っているのは海人だけだからと鮫次はいう。

「そいつが去年の秋、酒田から松前まで侍と従者を乗せたといってね」

従者とは源蔵のことだ。大怪我をしている誠之進の面倒を甲斐甲斐しくみていた源蔵は自ら従者と名乗っていた。

「酒田の船頭は私の名をいったのか」

「何とかっていってたが、忘れたよ。奥州のどこかの藩の落ち武者だろうと察しをつけたらしいが、もらうものさえもらえるなら船頭にいやも応もねえ」

「それでよく私だとわかったね」

鮫次がふっと口をつぐみ、誠之進をまっすぐに見る。やがて切りだした。

「盃だ。誠さんがそいつに渡したって」

思いだした。蝦夷地まで運んでくれたのに謝礼しようにも金はなかった。懐をさぐったときに袱紗に包んだ盃が出てきた。開いてみせると船頭はそれでいいといったのだ。

「毘沙門天だったよ。それで誠さんだとわかった。ありゃ、師匠の筆だ」

たしかに狂斎の手による毘沙門天が底に描かれている盃を船頭に渡した。しかし、もらうものさえもらえるならといった鮫次の言葉が引っかかった。狂斎は当代随一の人気絵師だが、盃を見た船頭がひと目で狂斎と見たわけでもなかろう。

改めて源蔵に訊いてみるか——誠之進は胸のうちでつぶやいた。

鮫次が多吉の頭を乱暴に撫でる。

「せめてこれくらい短くしてりゃな。何ともむさ苦しいぜ、誠さん」

多吉は髷を結わず、散切（ざんぎり）にしている。多吉は鮫次のなすがままになりながら苦笑していた。顔を見たのは一年半ほど前だ。子供っぽさが抜けなかったものだが、今では立派な大人の顔つきになっている。

誠之進は多吉に目を向けた。

「今も房州にいるのかい」

「いえ……、今は品川湊で」

鮫次が割りこんだ。

「今じゃ、こいつも船乗りよ」

「カエルの子はカエルってことか」

「いや」鮫次が首を振る。「こいつが乗ってるのはイギリスだかの船だ」

「フランスだよ」

わきから多吉が訂正する。

「どっちだって大して変わりゃしねえ。とにかくあいつらの船に乗るには算術が要るんだってよ」

乱暴な物言いだったが、鮫次の顔は満足げだ。

多吉が房州にいた頃に算術の塾に学んでいたことを思いだす。なかなか優秀だったはずだ。

「大したもんだ」誠之進は一つうなずき、鮫次に目をやった。「親父さんは？」

「親父は去年の師走にいけなくなっちまった」

「知らぬこととはいえ、失礼した」

「いやぁ、中っちまって寝たきりだったし、歳に不足はなかったろうよ。そういえば、いけなくなったといえば、大戸屋の先代もそうだ。うちの親父よりひと月ばかり早かった。それと品川宿の口入れ屋藤兵衛さんも……」

「えっ」

誠之進は目を見開いた。鮫次がにやりとする。

「ありゃ、元気だ。ただ店の方は徳という若い衆に仕切らせて、てめえは楽隠居を決めこんでるよ。楽隠居といえば、芝に刀の研ぎ屋がいただろ。誠さんの知り合いのさ」

「研ぎ師、だよ。研秀も隠居したのか」

「御一新とやらで、いまどき刀を研ごうなんて物好きはいなくなった。持ちこまれるのは包丁ばっかりでつくづくいやになっちまったそうだ」

「ゴイッシンとは？」

「江戸じゃ、皆、そういってる。ご政道が新しくなるとか何とか、よくわからねえ。おっと江戸じゃなく、東京と名前を変えたらしいが、そいつもぴんと来ねえ。それで研ぎ屋の親父も息子に代をゆずって品川宿のそばに隠居所をかまえて……、というか藤兵衛さんが用意したんだが、暇さえあると二人そろって釣りに行ってらぁ」

鮫次がぐいと顔を寄せてくる。

「笑えるのは、ここから先だ。爺さんが研ぎ屋をやってたってのが近所に知れてね、おかみさん連中が刃物を持ちこんでくるようになった。刃物ったって銹(さ)び包丁よ。だけどご近所の付き合いってものもあるからね、無下に断るわけにもいかねえ。仕方なくやっつけたんだが、これが見事な仕上がりでよ。評判が評判を呼んで次から次へと持ちこまれるようになっちまった。しまらねえ話だ」

並んだ包丁を前に口元をへの字に曲げている秀峰の顔が浮かんでくる。何となくおかしかった。

「まあ、品川宿もすっかり変わっちまったがね」

「そうなのか」

「旅籠もお店もほとんどはそのまんまだ。大戸屋もね。食売女(おんな)もそのままに置いてる。ただし、偉そうに肩で風切ってるのが薩摩や長州の芋ばかりでさ。これまたしまらねえ話だ」

「師はいかがされておる」

「お師匠は相変わらずだ。酒食らって、日がなバレ画を描いてる。万古不変とやらで、あれなら芋にもわかる」

男女の営みや糞尿をネタとする落語をバレ噺と称するが、画も同じようにいっているらしい。

鮫次が顔を上げ、誠之進の肩越しに後ろに建つ小屋を見やった。源蔵とともに住処としている。

「壁まで草で葺いてるなんざ、初めて見たぜ」

「チセというんだ。蝦夷人の住まいだよ」

「蝦夷人？」

「鮫さんだって、ほら」

誠之進は顎をしゃくり、少し離れたところで座っている案内人を指した。鮫次と多吉を連れてきた男だ。

「蝦夷人の世話になってるじゃないか」

「ああ」うなずいた鮫次がふたたび小屋に目をやる。「よくこんなもんで蝦夷地の冬が越せたもんだ」

「春になって雪が解けた。だから小屋に見えるが、冬の間は屋根の天辺まで雪に埋もれていた」

誠之進たちがそろって丸太に座っているのは、地面がぐちゃぐちゃに濡れているためだ。源蔵によれば、冬の間、地面の中まで凍りついており、それが解けて泥沼のようになっているという。夏になってようやく乾くと聞かされたときには驚きを通りこして呆れてしまった。

大雪といえば、憶えているのは今から九年前、安政七年（一八六〇）三月、井伊大老が殺された桜田門外での一件だ。早朝には一尺ほども積もったというが、誠之進が見物に行った午過ぎにはすっかり解けてしまっていた。

「蝦夷人の知恵だな。あれで存外温かい」

「へえ」

感心する鮫次の袖を多吉が引いた。鮫次がうなずいて立ちあがる。

「明るいうちに山を下りる約束でね。おれはしばらく湊のそばの竹屋という回船問屋にいる。おれもまた来させてもらうが、誠さんも湊まで下りてくることがあったら寄ってくれ。久しぶりに」

鮫次が猪口を呷る手つきをして見せる。誠之進は立ちあがって大きくうなずいた。

案内人に導かれ、離れていく二人を見送ったあと、誠之進はチセに入った。入口に小さな土間が設けてあり、母屋への入口はそのさきにある。中は茅を敷いた一間があるだけで中央に囲炉裏が切ってあった。

　囲炉裏のそばに座っていた源蔵が顔を上げた。

「お客人はお帰りで？」

「ああ」誠之進は囲炉裏端まで来ると角を挟んで腰を下ろした。「昔からの知り合いでね。私にとっては兄弟子にあたる人だ」

「弟子でございますか」

「絵師だよ。源さんにそういったときには食えるかと訊かれたがね。ああ見えて河鍋狂斎の弟子なんだよ」

　源蔵が目を見開く。誠之進は見返した。

「狂斎師を知ってるのかい」

「これでも江戸にいたことがございます。そのとき狂斎……、狂斎師のご高名はうかがっておりました」

「あんた、何者なんだ？」

「そろそろお話ししておく時分でございますな。春になりましたから」

　誠之進は首をかしげた。

「冬の間、蝦夷地には誰も来られません。榎本様の軍勢が来られたのは、去年の冬の入口でございました」

幕臣榎本釜次郎が幕府の軍艦を引きつれ、軍勢を乗せて箱館にやって来たのは昨年の十月である。

「おれは……」

そういうと源蔵が両手を胸の前で交差させ、親指同士を合わせて手の甲を誠之進に向けた。親指以外を開き、ぱたぱた動かして見せる。

「何だい、そりゃ」

「鴉にございます」

それから源蔵は鴉について語りだした。誠之進は息を殺し、黙って聞いているよりほかはなかった。

二

冬の間、熊は大量の蜂蜜で肛門を塞ぎ、巨木の虚(うろ)に潜りこんでひたすら眠りつづけるという。草木にしても何尺も降り積もった暗い雪の下にあってじっと待ちつづける。そして春、雪が解けはじめ、陽の光が感じられるようになると獣たちは動きはじめ、草花が芽生える。

人もまた同じことだ。

鮫次が唐突に訪ねてきて三日が経った。誠之進はかつて源蔵が湊で手に入れたばかりで髪を刈ってもらっていた。二尺ほどにも伸びた、赤茶けた髪が切り株に腰かけた誠之進の足元にばさばさ落ちていった。下帯一つでいると、まだまだ冷気が肌をちくちく刺したが、まばゆく陽が射し、風もなかったのでむしろ身が引き締まって心地よい。そしてもう髷を結うつもりはなかった。

誠之進は手を動かしている源蔵の話を思いだしていた。

鮫次が多吉とともに帰っていったあと、あらためて源蔵に訊ねた。

何者か、と。

両手で羽ばたく鳥を作って見せた源蔵が答えた。

『鴉にございます』

仙台藩徒士目付支配に細谷直英（ほそやなおひで）という藩士がいる。もとは普請方にいて、道や橋の建設、補修にあたっていたのだが、黒船来航以降、世情不穏の度合いが高まっていくのにともない、徒士目付の配下へ異動となった。

幼いうちに両親ともに亡くし、寺に放りこまれた細谷だったが、生来負けん気が強く、剣術修行に励み、また寺の蔵書を片っ端から読破していった。十六で元服、細谷家を嗣（つ）ぎ、同時に藩士に取り立てられている。無役が多い中、元服したばかりの若者が取り立てられるのは極めて異例であり、能力が認められた証左といえる。

剣術、槍術に長けていただけでなく、鉄砲にもいち早く取り組んだという。それは林子平に傾倒していたためだった。

子平は百年近く前の仙台藩士だが、寛政の三奇人の一人といわれた学者だ。黒船がやって来るはるか昔ながら海防の重要性に着目し、藩中枢へ献策したが、受けいれられなかったため、自費で軍事書を出版した。これを咎められ、蟄居処分を受けている。

細谷が鉄砲に取り組んだのも子平の先見性に感化されたためであり、剛胆ながら決して頑迷固陋ではなかったことを表している。

また、普請方にあったときには職務に専心した。大がかりな土木工事となれば、有象無象の男たちを集め、使いこなさなくてはならない。そうした男たちの中には、血の気の多い破落戸、無宿人も少なくなかった。れっきとした藩士とはいえ、幼くして両親を失い、苦労した細谷はそうした男たちが心底に抱える暗い不満に通じていた。それで私財を投じ、働く男たちに食わせ、呑ませ、温かな寝床を用意したのである。

細谷の旦那は違う――男たちの間で評判になった。

普請方から徒士目付支配に移った細谷は、変装という新たな能力を発揮する。商人、僧侶はいうにおよばず旅籠の下働き――早い話が妓夫太郎――にも化け、奥州ばかりでなく、諸国に潜伏しては情勢を探った。

変装の名人と聞いて、誠之進は幕府横目付手代の藤代を思いだした。藤代もまたさまざまに身なりを変え、諸国を渡り歩いた。萩で会ったときには、雲水姿で誠之進の前に現れたものだ。

今は、どうしているか……。

一方、細谷は慶応四年には二本松城下の商家に手代として潜りこんでいた。五月、奥羽列藩同盟軍と官軍による白河城攻防を目の当たりにする。即刻動いた。一夜のうちに二本松城下を出奔、須賀川へ行くと旅籠の軒先に仙台藩士細谷直英本陣の札を下げた。そこに普請方時代から細谷を慕う男たちが集結し、衝撃隊を結成する。

衝撃隊は、黒装束に身を包み、大脇指一本を差して闇に潜み、官軍兵たちが油断しているのを見澄まして襲いかかった。旗印に鴉が描かれ、またいずれも黒装束であったために官軍からは鴉組として恐れられた。

源蔵もその一人だが、細谷と知り合ったのはずっと昔だという。もともと二本松領の生まれではあったが、食いはぐれ、江戸に出た。そこで細谷と巡り会い、以来、ともに行動している。源蔵に鉄砲術を仕込んだのは、ほかならぬ細谷であった。

『ご城下で出会った炭屋の隠居を憶えておいでですか』

炭屋の隠居こそ変装していた細谷だといわれ、声も出なかった。どう見ても老人にしか見えなかったが、まだ三十だと教えられたからだ。

さらに誠之進を驚かせたのは、細谷が磐城平藩につながっていたことだ。しかも江戸にいた頃、品川宿で父に会っている。すでに江戸詰め側用人から退いていたが、かえって藩の規則に縛られずに諸人と交流していたことは誠之進も知ってはいた。その中に細谷もいたのである。

『誠さんが大殿の命を受け、会津を目指しているのは存じておりました』

　しかも誠之進が善二郎とともに磐城平城を脱出したときから見張っていたという。ヤマドリ越をすべり落ちた先に空き家になっていた炭焼き小屋があった。いち早く小屋に入った源蔵は血相変えて飛びこんでくる善二郎を何食わぬ顔で待ち受けていた。

　二本松藩領に入れば、細谷が手下を連れて潜りこんでいるのであとの手配は万全のはずだった。しかし、善二郎が崖から落ち、大怪我をしてしまった。二本松での足止めは源蔵にも、さらには細谷にも思いのほかだった。

　信じられないと誠之進は首を振った。何もかもが、だ。

『誠さんが懐に持っておられる平の大殿の書状には、会津の家老に会い、平松武兵衛（ひらまつぶへえ）なる男へのつなぎを頼めとあったはずにございます』

　書状の中味を言い当てられては信じるよりほかなかった。

　だが、同時に二本松城のふもとで大怪我をした誠之進が庄内藩酒田湊まで運ばれた謎が解けた。あのとき砲弾の爆発で吹き飛ばされた誠之進を救い、酒田まで運んだのが鴉組なのだ。

源蔵は二本松城下での一件以降、誠之進の身辺を守るよう細谷に厳命された。

酒田に運んだのは、すでに平松なる男が会津藩を脱していることがわかっていたからだ。平松は幕府に味方する男で、今となっては幕府の軍勢は箱館にしかない。いち早く蝦夷地にやって来たのは、情勢を先読みしたからでもあるが、まずは生死の境を行き来するほどの深手を負った誠之進に養生させなくてはならなかったためでもある。

ひと通り聞き終えたあとは、ぽかんとしてしまったものだ。

「終わりましたよ」

源蔵に声をかけられ、誠之進は目をしばたたいた。

「かたじけない」

「いえ、おやすいご用で」

肩や腕についた髪を払い落とし、立ちあがって腹から足へと払っていく。頭を撫でてみた。短い毛に包まれた丸い頭が何だかおかしい。

さらに鋏(はさみ)を使って髭をざくざく切り落とし、剃刀できれいに仕上げる。源蔵が桶(おけ)に汲んできてくれた水で顔を洗い、ついでに手拭いを浸して全身を拭うとさっぱりした気分になる。

ふたたび頭を撫でた。

「頭が半分くらいの重さになったようだ」

笑みを浮かべて源蔵を見やった。しかし、源蔵は誠之進の肩越しに目をやっている。ふり返った。

騎馬の男を先頭に陣笠に筒袖、裁着袴に鉄砲を担いだ二十人ほどの一団が近づいてくる。

「箱館の方からでございますね」

官軍ではないと源蔵が匂わせる。うなずきながらも誠之進は目をすぼめた。次の瞬間、大きなくしゃみが飛びだした。

騎馬の男が右手をさっと上げ、声をかけた。

「止まれ」

隊列が止まり、男がひらりと馬を下りて一人で誠之進たちに近づいてきた。異国風のいでたちながら腰に大小刀を差しているのがどことなくちぐはぐだ。ひょろりとした男で、右手に持った細く、短い鞭で首筋を叩きながら吊り上がった酷薄そうな目で誠之進を見ている。口元にはだらしない笑みを浮かべていた。

人見勝太郎――初めて会ったのは平潟湊、遊撃隊の隊長を務めているといったが、誠之進にしてみれば磐城平城に官軍が迫り、形勢不利と見るや逃げだした男に過ぎない。

「誠さん、これを」

後ろに来た源蔵が肩に厚司(あつし)をかけてくれた。蝦夷人の織物で作られた厚手の着物で足首まである。左襟の内側にかくしが作ってあり、秀峰が餞別(せんべつ)にくれた短筒が入っていた。つづけて源蔵が渡してくれた荒縄を腰に巻きつけ、ぎゅっと締めあげた。短筒は荒縄のすぐ上にあり、右手をやれば、抜ける位置だった。

「これは、これは」

相変わらず人を小馬鹿にしたような笑みを浮かべ、人見が近づいてくる。大小刀の上に短筒を挟んでいるのが見えた。

「ご無事でございましたか。まさかここでふたたびお目にかかるとは」

かすかな京訛りが鼻につく。

「その節は……」

そういいながら誠之進は右手を腰に巻いた荒縄にかけた。左手はだらりと下げたままにしている。

「人見殿も蝦夷地まで参っておられたとは」

「奥州はどこも厳しい情勢でしたな」首筋を鞭で叩きながら人見がいう。「それでも一度は仙台に集結し、奸賊どもを迎え撃つ算段をしたものの、あやつら、相変わらずのドンゴリで」

仙台藩が弱兵ばかりだと揶揄(やゆ)している。ドンと大砲が鳴れば、五里逃げるという意味だ。

　お前さんだって逃げだしたじゃないか――肚の底でつぶやきつつも誠之進は表情を変えなかった。

　そのとき、隊列に一頭の馬が追いついてきた。従兵を一人つけただけで、人見同様異国風のいでたちをしている。誠之進の視線に気がついた人見がふり返る。

「陸軍奉行並も追いつかれましたな。一人であっちこっち、ふらふらしておられる。困ったもんだ」

　陸軍奉行並といわれた男も馬を下りた。従兵がさっとくつわを取る。

　近づいてくる男を見て、誠之進は目をすぼめた。ほんのわずかだが、肩が揺れたのを誠之進は見逃さなかった。

　足に傷を負っているようだが、左か――近づいてくる男をじっと見つめる――いや、右だ。

　男がまっすぐに近づいてきた。誠之進に向きなおった人見が口を開く。

「ご紹介しよう。こちらは……」

　いきなりだった。

　男が二間まで近づいたかと思うと大刀を抜き放ち、真っ向から撃ちこんできた。甲高い金属音が響きわたる。

誠之進は短筒の銃身に巻きつけた銀細工で大刀を受けとめていた。刃が柔らかな銀に食いこんでいる。

男はちらりと視線を下げ、唇の両端を下げた。

「撃鉄が起きておらん。それじゃ、儂を殺せない」

「使い方をよく知らん。それにあんたに殺気はなかった。気を送られていれば……」

男が目を上げた。

不思議な眸だった。陽の光を浴びていれば、瞳孔の周りは茶色になる。だが、男の眸は深くて昏い藍色だった。

兄貴と同じだと誠之進は肚の底でつぶやいた。

「剣を受けとめるか……、いい工夫だ」

「知り合いが作ってくれた」

「土方歳三」

「司誠之進」

土方と出会ったのは、七、八年も前になる。横浜の異人商館でのことだ。異人相手の商人に拐かされたきわを救いだすため、公儀横目付手代藤代とともに乗りこんだ。その場に土方も居合わせたのだ。

赤々と燃える篝のそばでの太刀回りで、土方は薪雑把ひとつで三人の男を撲殺した。

まばたきする間もないほどの早業だった。ほんのすれ違いでしかなく、そのときは互いに名乗り合ってはいない。

「あの女は」

「死んだ。あれから二年で」

うなずいた土方が下がり、大刀を鞘に収めた。誠之進も短筒をかくしに戻す。土方が誠之進の右手を見ていた。

「何か呑んでるとは思ったが、そんな短筒だったとはな」

立ち尽くしたままの人見がようやく口を閉じる。土方が抜き放った瞬間からずっと開けっぱなしだった。

土方が従兵をふり返る。

「市村、儂は今夜ここで寝る。支度をせえ」

「はい」

市村と呼ばれた従兵が返事をする。それから誠之進に向きなおっていった。

「構わんだろ」

「順としては逆だが、まあ、いいか」

湯飲みに取っ手が付いており、しかも銅製だ。中味は酒のようだが、いまだかつて口にしたことがない。誠之進はしきりに匂いを嗅いでいた。

「毒ではない」

囲炉裏の角を挟んであぐらをかいている土方がちらりと笑みを浮かべ、手にした銅製の湯飲みを持ちあげ、ひと口飲んで見せる。唇を一文字に引き結び、眉間にぎゅっと皺を寄せた。それほど酒好きではないのかと思いつつ、誠之進も呷った。答えはすぐにわかった。冷たくとろりとした液体が口中に流れこんだかと思うとぼんと爆発したような気がした。

土方が目の前に湯飲みをかざす。

「ラムという酒だ。フランス人が持ってきた。このクープも、な」

「クープ？」

誠之進が訊き返すと取っ手付きの湯飲みを小さく振ってみせる。

「フランス人はラムとやらをよく飲むのか」

「いや、船乗りだけだそうだ」

船乗りといわれて鮫次が思い浮かぶ。無類の酒好きだが、ラムを飲ませれば、怒りだすかも知れない。

こんなもの、酒じゃねえ……。

しかし、口中の残り香が悪くなかった。もうひと口、ほんの少しすすってみる。最初ほど強烈ではなかった。それどころかほのかな甘みさえおぼえる。

チセに泊まると土方がいいだし、人見は呆れかえったが、ご勝手にと捨てゼリフを吐いて引きあげていった。残ったのは、市村だけだ。

「ラムもクープもフランス人が持ってた。これだけ強いと一瓶あれば、しばらく飲んでいられる。それに銅のクープだ。軽い上に壊れない。行軍には便利だ」

土方が目を向けてくる。

「だが、あやつらは化け物だな。儂なんか二杯もやれば、腹一杯に酔っ払うというのにどいつもこいつも平気で一瓶、ふた瓶と空にしやがる。まあ、躰もでかいがね」

囲炉裏に燃えている小さな炎が土方の眸で揺らめいている。しかし、昼間見たときのような藍色には見えなかった。

「フランス人がいっしょにいるのか」

「十人。もともとは将軍家の御雇だったが、肝心の将軍様が兵を放りだして逃げちまった。国からは帰ってこいと命令が来たらしい。だが、命令なんぞ蹴飛ばして我が軍の味方をすることにした」

「兵が命を無視したとは……、尋常じゃないな。どうして、また」

「義が立たぬと申してな」

誠之進は目を伏せ、手にしたクープを見た。義が立たぬといわれて浮かんだのは、槍に胸板を貫かれて座りこんだまま絶命していた輿風であり、背負った大刀を抜くため、鞘を地に捨て、跳んだ友四郎の姿だ。

結局、文字通りに城を枕に討ち死にしてみせたのは二本松藩だけだった。城を焼いた藩はいくつもあったが、藩主はもとより重臣たちまで逃げおおせていた。

「そういえば、高杉も死んだらしい」

ぼそりといった土方に目を向けた。土方が見返してくる。

「高杉という男、憶えてないか。あんた、女を助けるために横浜の異人館に行ったんだろ。そこで行き会わせたじゃないか」

「道中三味線か」

今度は土方が目を剝く。

「きわ……、横浜の異人館に救いに行った女だが、品川宿にいた。私も品川にいてね。それでちょっとした縁ができた。あの男はきわにはいい客だったらしい。たしか萩から来たんだったな」

「そう。萩で派手に暴れまわった。萩だけじゃない。品川、横浜、京でもな」

「討ち死にしたか」

「いや、肺をやられたらしい。儂も噂話を聞くばかりだ」土方がラムをひと口飲み、首を振る。「たくさん死んだ。今じゃ、あっち岸の方が知り合いが多いくらいだ」

たしかにその通りだ——誠之進は胸の内で答えた——たくさん死んだ。

土方がしみじみという。

「それにしてもあんたと蝦夷地で会うとは思わなかった。昼間、顔を見たときには驚いたぜ。何だって、こんなところまでやって来たんだい。松前に縁でもあるのか」

「いや」誠之進は首を振った。「磐城だ。といっても私の家は代々江戸詰めだがね」

「対馬守(つしまのかみ)か」

圧しだすようにいった土方に目を向ける。じっと見つめる眸をしばらく見返し、やがてうなずいた。

「兄がいる……、いや、いた。おかげで私は品川で気ままな浪人暮らしができた」

土方が目を細め、ちらりと笑みを浮かべたが、何もいわなかった。

誠之進は品川を出て、一度も足を踏みいれたことのない国許に戻り、今日にいたるまでの顛末を話した。今となっては、隠し立てすることなどない。

「兄上のことは無念だったろう。何の慰めにもならんが、それが戦だ。そして皆、鉄砲だ」

土方がかたわらにおいた大小刀に目をやる。伏せた眸が翳(かげ)っている。

今度は誠之進が訊ねた。

「ところで、何だってこんな山奥まで来たんだ？」

「下見だ。ここは台場山の麓だからな」

さらりと答えた土方に対し、顔こそ上げなかった市村だったが、肩を強ばらせたのはわかった。だが、土方は一向頓着する様子もなく話しつづけた。

「蝦夷地まで来たのはあんたと同じだ。奥州で負け、追われ、北へ北へと逃げてきた。とどのつまりが箱館よ」

土方が火箸を取り、囲炉裏の灰をほじくり返す。握り拳ほどの焼けぼっくいを掘りだし、灰をさっと撫でた上に置いた。

「これが我らが本拠五稜郭として、おれたちは去年十月……」

土方とはラムを嘗めながら深夜まで語り合った。

三

葉先が白くなった笹の間から優しい緑色をした草の新芽が顔を出しはじめている急斜面を誠之進は上りつづけていた。源蔵が蝦夷人から借り受けたチセは、台場山の麓にあった。

昨秋、チセの主で、ひとり暮らしをしていた老婆が死んだ。蝦夷人の習いでは、チセは彼岸で死者が暮らせるよう焼き払うのだが、蝦夷地の杣人を通じて頼みこみ、借り受けたという。鮫次に海人の絆があるように杣人にもつながりがあるようだ。あるいは鴉組の息がかかった者が蝦夷人のうちにあるのかも知れない。とにかく一冬、誠之進は源蔵の世話を受けながら養生に専心できた。

土方がやって来た日から十日が経っていた。その間、何度も兵たちがやって来て、兵糧や弾薬を運びこんでいた。土方に頼まれ、チセの周りを集積所として使い、見張りの兵を泊めることになったのだ。そのため顔見知りとなっている兵たちも多く、誠之進と源蔵が台場山を上っても咎めだてられることはなく、むしろそこで挨拶を交わすようになっていた。

山を登り切ったところで木立の間に立ち、誠之進は顎を伝い落ちてきた汗を手の甲で拭った。

眼下に細い道があった。源蔵が道を指さす。

「今、おれたちは西を見ています。十里ほど行くと海縁に出ます」

河口の北が乙部（おとべ）、南が江差（えさし）だと源蔵はつづけた。

十日前、囲炉裏端で土方とラムを嘗めながら遅くまで語り合った。最初こそあけすけに話す土方に躰を強ばらせていた従兵の市村も慣れてしまったのか、そのうちにこっくりこっくり船を漕ぐようになった。

すべては去年四月、江戸城を薩長に明け渡したところから始まったと土方はいった。

日を同じくして将軍慶喜――そのときはすでに大政奉還をしているので、将軍ではなかったが――は江戸を去り、水戸へ向かっている。兵を置き去りにして逃げるのは、前年の大坂に次いで二度目だ。

『儂らはその前に甲州を鎮撫せよと命ぜられて江戸を出ていた。何が甲州鎮撫隊か。体よく追っぱらわれただけよ』

土方は京にあって新選組という武装集団の副長をしていたという。だが、大将たる慶喜が逃げだしては戦いを継続できなかった。京では京都守護職にあった会津藩主松平容保預かりの身だったが、容保もまた引きあげたため、京を去るしかなかった。その頃にはまだ江戸に拠り、薩長奸賊を打ち払うつもりでいたのである。

江戸の旗本、御家人たち、諸藩の江戸勤番、さらには町民たちまでも来たるべき薩長との大いなる戦を覚悟する気構えが横溢しており、まだ江戸にいた誠之進も市中の空気を感じ取っていた。そうした中、土方たちは正月のうちに江戸から甲州方面へと追いやられている。

朝敵とされるのを恐れ、ひたすら恭順の姿勢を見せた慶喜は幕府の軍勢に対しても抵抗を禁じていた。だが、納得できない一団がいた。一つは旗本、御家人たちであり、開城直前、江戸城に備蓄されていた最新兵器を盗みだし、上野の山にこもって合戦準備に入った。しかし、ひと月ほどで官軍に制圧されている。

そこから関八州、そして奥州へと官軍の進撃は進んだ。

江戸城が開かれたとき、品川沖には幕府の軍艦が幾艘もつながれていた。指揮していたのは海軍副総裁の榎本釜次郎である。榎本に対しても抵抗せず、軍艦を渡すよう命令が下されたが、天朝の名を借りた奸賊の命には従えないとして軍艦、運送船の一団を率いて品川を出てしまった。

上野の山にこもった旗本たちは一蹴されてしまったが、榎本の艦隊には官軍といえどもおいそれと手が出せなかった。薩長を中心とする西国の雄藩連合とはいっても所有している船は旧式で小さく、武装も貧弱、榎本の艦隊の敵ではなかった。

江戸湾のあちこちで暴れた榎本の艦隊ではあったが、再三の幕府中枢の要請のため、いったんは品川に戻っている。そこで艦隊の半分を官軍に引き渡すことにした。いずれも旧式でろくに砲も積んでいなかった船ばかりを選んだという。

八月になって、なおも主力艦を擁して品川で踏んばっていた榎本のもとに奥羽越列藩同盟から援助要請が出た。ふたたび品川を出た榎本は仙台に向かった。このとき軍艦四隻、運送船四隻の陣容だったが、江戸湾を出て間もなく暴風雨に遭い、運送船二隻を失っている。

一方、土方は甲州から宇都宮、白河と、諸藩の裏切りや敗北という辛酸をなめつつ北上をつづけ、八月には仙台にたどり着いていた。しかし、すでに同盟側の敗亡は決定的な状況に陥っていた。五月に白河城、六月に棚倉城、七月に磐城平城、二本松城と落ち、九月に米沢藩、仙台藩、会津藩が降伏している。

仙台藩が寝返るや榎本の艦隊は、関八州、奥州を転戦してきた歴戦の猛者二千名余を乗せ、出港、北を目指した。仙台を出るときには幕府が仙台藩に貸与していた運送船二隻をともない、宮古でさらにもう一隻を拿捕(だほ)して、十月に箱館の東、鷲ノ木(わしのき)に上陸している。

箱館を避けたのは、すでに官軍が入っていたためだ。

箱館はもともと松前藩領だったが、十四年前の安政元年、開港が決まると幕府が召し上げ、奉行所を置いていた。当初は松前藩が設置した箱館奉行所を流用する計画だったが、あまりに湊に近く、防御に難があるとして奥まったところに新たな城郭を建築することになった。これが五稜郭である。完成したのは、幕府直轄が決まってから十年後の元治元年という。

榎本や土方が蝦夷地にやって来たときには、たしかに五稜郭や湊周辺の台場には守備兵が置かれていたが、奥羽諸国への出兵を強いられ、手薄ではあった。鷲ノ木に上陸した榎本の軍勢は東から西へ攻め立て、あっという間に箱館を陥れると、十一月には松前、江差を占領し、同じ月のうちに松前藩主を追い立て、乙部のさらに北にある熊石の湊から弘前への脱出を余儀なくさせている。

もっとも痛手もあった。松前を攻め落とす際、品川出港以来行をともにしてきた軍艦、運送船各一隻ずつを失っている。戦闘によってではなく、嵐に遭い、岸に吹きよせられて座礁、沈没したのだ。

『まったく間の抜けた話よ』

囲炉裏で燃える薪の炎に顔を朱く染めた土方がぼそりといった。すでに松前での勝敗は決定しており、海からの支援は必ずしも必要なかったにもかかわらず榎本が自慢の軍艦による示威、早い話が自己満足のために下した命令による大損害らしい。

それから長く、厳しい冬が来た。

秋から冬にかけ、官軍は海軍力を増強していった。しかし、榎本の艦隊は船を失うばかりで新たな船を手に入れる方法はなかった。そこで起死回生の一手が打たれることになる。三月のことだ。官軍に引き渡された鋼鉄の軍艦を奪取しようというのだ。宮古に官軍の軍艦が集結しているのを聞きつけた榎本は軍艦二隻、運送船一隻を出撃させた。

しかし、またも嵐にはばまれ、軍艦の内一隻は流され、盛岡藩領の岸で座礁、残る二隻のうち、運送船は機関に不調を来たし、速力が出ず、軍艦が綱をもって曳航しなくてはならなくなった。

結局、宮古湾に突入できたのは軍艦一隻だった。

『フランス海軍にいた男の発案でね。儂らの軍艦を敵の鋼鉄船に横付けして、乗りこもうというわけだ。かの国では広く知られた手らしい』

船上とはいえ、乗りこんでしまえば刀槍の争いとなる。それなら味方に分があると土方も賛成し、自らも軍艦に乗りこんでいた。宮古湾に入る際にはアメリカの国旗を掲げ、何食わぬ顔で近づいたという。そしてうまく鋼鉄船にぶつけることができた。

ところが、唯一突入できた榎本軍の軍艦は船の両側に水車のような動輪を持つ外輪船であったため、横付けできず、舳先を敵船の横腹に着け、そこから躍りこんで斬りまくるはずであった。

『またまた間抜けな話でね。あいつらの船の方が二間も低い。儂らは飛び降りなくちゃならなかった。それも狭い舳先から一人ずつ』

さらに悪いことに敵の最新鋭艦だけあって武装も強力で、とくにガトリング銃にやられたという。初めて聞く名前に誠之進は首をかしげたが、何でも何十、何百発という銃弾を立てつづけに発射できた。横腹に乗りあげる恰好となった舳先に筒先を向け、あとは撃ちつづけるだけで敵の方から順序よく一人ずつ飛びこんできてくれるわけだ。

逃げ帰ってこられたのが不思議と土方はいったが、そのとき、京都以来いっしょだった新選組の同僚を失っている。

四月になり、蝦夷地に遅い春がめぐってきた。官軍が一斉に海を渡ってくる。そのため土方は台場山を視察に来たのである。

去年の晩秋、鷲ノ木に上陸したのと同じ理由で官軍も箱館湊に入ってくるのは難しかった。来るとすれば、東か西になるが、鷲ノ木は砂浜であり、大きな船をつけるのは無理だ。そうなると西側の熊石、乙部、松前のいずれかになる。

熊石は遠く、松前は湊の真ん中に島といっていいほどの岩礁が頭を突きだしている。来るとすれば、乙部と土方は読み、的中した。

つい四日前、官軍は乙部に上陸した。守備兵を配置していたものの、平潟湊で誠之進自身が目にしたのと同じく艦砲射撃でさんざんに痛めつけられ、その上で敵兵が上陸してきた。

土方は二百名の部隊を率いて台場山までやって来ていた。

「三度目だな」

誠之進は眼下にくねくねと伸びる道を見下ろして源蔵にいった。

「何がでございますか」

「磐城平の城、二本松の大壇口、そして今だ」

高い位置に布陣し、敵がやって来るのを待つのが三度目になる。前の二度はいずれも敗れている。

「三度目の正直でございますか」

まるで誠之進の胸の内を読んだように源蔵が訊く。ふり返って、目を細めた。

「この地を選んだのは、源さんだね」

源蔵が目だけを動かし、誠之進を見る。何もいわない。誠之進はつづけた。

「あんたは敵、味方双方の鉄砲を知り尽くしている。二本松でスペンサー銃を使いこなして見せた。私は半死半生のまま、蝦夷地に運ばれてきた。そしてあのチセだ。台場山の麓にあって、歳さんの隊が根城とするのにちょうどいい。そしてこの地勢だ」

誠之進は谷底を通る道に目を向けた。

「邀撃(ようげき)の地としてこれほど有利な場所はない。この間、歳さんが来たのも偶然ではあるまい。春が来たからだ」

源蔵は様々な品を調達するため、時おり箱館湊へ行っていた。鴉組は仙台藩の遊撃部隊であり、源蔵はその一員である。そして箱館は榎本軍の本拠地でもある。

「チセに住まっていた婆さんが死んだのは本当のことです。おれが初めて来たとき、婆さんはまだ達者にしておりました。箱館で売薬に身をやつしている仲間が案内してくれたんです。おれはその仲間と去年……、雪が降る前に箱館からこの地を通って松前まで歩きました。そしてここを選んだ」

誠之進はふたたび源蔵に目を向けた。源蔵はまっすぐに誠之進を見ていた。

「冬の間、婆さんのチセを使わせて欲しいと頼みました。それなりの礼はするといいましたが、礼よりも冬の間、誰かといっしょにいられるのが嬉しいと申しておりました。

まさか約束から三日もしないうちに婆さんが逝っちまうとはおれも、おそらくは婆さんも思っていませんでした」

源蔵が山間を曲がりくねってつづく道に目を戻す。

「誠さんがお察しの通りです」


土方隊がやって来て、三日後の午過ぎ、一里ほど西、川の下流にある天狗岳で銃を撃ち合う音が轟きわたった。すでに土方隊は台場山の西側に十六の胸壁を設け、待ちかまえていたのである。

岩峰がカラス天狗の鼻に似ているために天狗岳と名づけられた小さな山の付近に出されているのは、二十名ほどの斥候部隊でしかない。あらかじめ指示が出されていたのだろう。撃ち合いが始まってほどなく斥候部隊はあっさり退却し、台場山のすぐ前で二股になった川を渡ってきた。

陣地を一つ落としたことで勢いづいた官軍が攻めこんでくる。しかし、それこそ土方の思う壺だったのである。官軍が進んでくる道は幅が狭い上、両側を深い森に囲まれている。前進するには路上に身をさらすしかない。半ばほどまで進んできたとき、土方隊の鉄砲が一斉に火を吹いた。

胸壁の後ろには十名から二十名の兵が配置されていた。二つの班に分けられており、一方が撃つとすぐにもう一班と交代し、弾込めにかかる。そのときには第二班が胸壁に取りつき、射撃を始めているのである。

最初の一斉射撃で数人が倒れ、残った官軍兵たちは左右に分かれ、木々の陰に隠れるしかなかった。そこへ後続部隊がやって来て、また撃たれ、道の両わきに避けるのをくり返すうち押し合いへし合いを始める。

ついにこらえきれなくなって道に飛びだしてくると土方隊の鉄砲が火を吹いた。道は一本しかなく、散開も迂回もできなかった。

源蔵とともに台場山の頂上で高みの見物を決めこんでいる誠之進はつぶやいた。

「敵の方から勝手に鉄砲の前に出てきてくれる」

台場山の西斜面いっぱいに三段に設けられた胸壁は進んでくる官軍兵を囲むようになっている。

「それもそうですが、こちらが高い位置にあって、敵が低いことでございますよ。これで鉄砲の差を殺しています」

誠之進は源蔵に顔を向けた。源蔵が顎をしゃくる。

「ご覧なさい。土方様の一行が使っている鉄砲は古い。先込めでございましょう。しかし、敵が持っているのは元込めにございます」

新型は元込めだという。さらに最新式が源蔵が二本松で敵から奪ったという連発銃だ。

もっとも弾がなくなれば、ただの鉄の棒でしかなく、振りまわして敵を殴るくらいしかできなくなる。弾が切れたところで捨ててきたといっていた。

「まず弾の届く距離が違います。新しい方がはるかに遠くの敵を撃てます。土方様の隊にしてもさすがに火縄銃というわけではなさそうですが、撃ち終えると鉄砲を立てて銃口から弾を入れておられるでしょう。互いに真っ平らなところで撃ち合えば、新式相手に旧式では戦になりませんが、高いところから撃ちおろすのであれば、距離は伸びます。逆に低いところからでは……」

「なるほど弾の飛ぶ距離が短くなる道理か」

「それと山中ということですね。西の海岸から天狗岳までたっぷりと七、八里はありますし、道はあの通り狭い。それにきつい登りがいくつもあります」

「砲を引っぱってくるのに難儀しそうだ」

「そういうことでございます。台車に載せた砲、弾、火薬も運んでこなくてはなりません。見たところ馬はいないようです。船には乗せられなかったでしょうし、乙部や江差で百姓から奪うのもままならなかったようで」

敵は木の陰から撃ってくるしかない。進むには道へ飛びださなくてはならない。土方隊は胸壁の上に鉄砲を並べ、相手が出てきたところを狙い澄まして撃てばいい。ようやく無理押しの不利をさとった敵軍は後続部隊を止めたようだが、森に身を潜め、思いだしたように飛びだしてくるのをくり返すよりほかはなかった。

昨年、雪が降る前に歩いたという源蔵はすべてを見通していたのだろう。戦術、戦法を編みだした眼力は確かだった。

日が暮れ、辺りが暗くなる頃から雨が降りだしてきた。土方隊の兵たちは筒袖の上着を脱ぎ、頭からすっぽり被って射撃をつづけた。源蔵によれば、炸薬（さくやく）に差す雷管が濡れてしまっては鉄砲が撃てなくなるという。

真っ暗になると敵味方ともに射撃が間遠になった。土方の指示で何人かが道まで下りたようだ。人数はわからない。道の両側に隠れて、音を聞き分けて敵を撃った。

暗闇の中、いきなり銃火がきらめき、轟音がすると彼我双方が撃ち合った。しかし、長くはつづかなかった。闇にまぎれて撃ち合うことになっても土方隊の優位は変わらない。敵は相変わらず道に出るしか前進する方法はなく、こちらは樹木や岩の陰に身を潜め、道に銃口を向けて待っていればいいのである。

日の出頃から山間には濃いもやが立ちこめ、道路の両側で鉄砲を構える土方隊の兵たちの姿が見えてきた。前方にくり出しているのは十数名に過ぎない。道の先には官軍兵が数名倒れていたが、生死のほどはわからなかった。

ようやく辺りがしずかになったのは、朝靄（あさもや）がすっかり晴れてからである。官軍は天狗岳まで引きあげたようだった。

一晩中立ち尽くしていた誠之進は空腹と疲労を感じていた。

「どうやら撃退したようだね」

「まだ始まったばかりでございます。敵がどれほど兵を注ぎこんでくるものか……」源蔵の表情が暗い。「それにここのように細い道を一列になって進んでくる敵を高いところから撃てる陣地などそうそうあるものではございません」

平らなところで撃ち合えば、新旧鉄砲の差が露わになるというのだろう。

二人は台場山を下り、チセに向かった。


それからも激戦はつづいた。

四月下旬には、土方隊の斥候が天狗岳の官軍守備隊に斬りこんだところから戦端が開かれ、一昼夜にわたる銃撃戦の末、ついに奪還するに至る。逆にどうしても台場山陣地を抜けなかった官軍は、二十五日になって攻略を断念した。

しかし、官軍は次々に増援部隊を送りつづけ、台場山をそのままにして、松前、木古内の防衛陣を突破し、海岸線を西から矢不来に迫った。矢不来を突破されれば、土方隊が守りつづけている台場山と本陣のある五稜郭とが寸断されてしまう。補給路を断たれるだけでなく、退路も失い、四方を敵に囲まれてしまうわけだ。土方は少ない手勢の中から兵を割いて矢不来防御に送ったが、四月二十九日、とうとう破られてしまった。

半月にわたって台場山を死守し、官軍を大いに苦しめた土方隊も五稜郭まで撤退を余儀なくされた。

土方が撤退を決めた日、誠之進と源蔵は半年にわたって暮らしたチセに火を放ち、山を下りることにした。チセを焼くのは、貸してくれた蝦夷人との約束でもあった。

五稜郭に戻った土方隊、そして榎本に率いられた二千の軍勢は海にも近く、平坦な場所での戦闘を強いられることになる。

彼我の鉄砲の差が露わになる。

源蔵の憂慮は現実のものとなりつつあった。

四

早朝、ひと冬を暮らしたチセに火を放ち、土方隊のうち、最初に出発する十数名といっしょに出ることになった。弾薬、糧食の運搬係ということだったが、朝のうちにいまだ台場山を守っている兵たちに配り終えると残りはわずかしかなかった。荷は軽かったが、さらに戦が長引いていれば、いつまで持ちこたえられたものかとぞっとした。兵糧にしても似たり寄ったりだったが、それでも誠之進と源蔵に握り飯を二つずつ分けてくれた。

兵たちが先を行き、誠之進と源蔵は最後尾を歩いた。荷物はもらったばかりの握り飯くらいでしかない。

川に沿って下り、海浜まで出たところで源蔵が右を指した。

「曲がっている浜の先が矢不来だそうです」

いまだ攻防がつづいている陣地だが、誠之進は目を細め、ゆるく左に曲がった浜を眺めた。

「二里ほど離れておりますが」

源蔵が腕を振り、左を指す。目指す箱館の湊だといわれた。ちょうど二人は湾のもっとも奥まったところに立っていて、湾全体を一望にできた。目の前の海はおだやかで、湾の周囲は台場山と違ってあまり起伏がない。

土方は高低の差を利して戦ったが、箱館まで出てくれば、平らな場所で撃ち合うことになり、沖には軍艦がやって来るだろう。たった一年前まで軍艦においては幕府方がはるかに優位だったが、今では逆転している。

先行する土方隊の兵たちを追いかけ、二人は足を速めた。浜に沿った道を歩きはじめたときには引きあげられた漁師舟と番屋がぽつりぽつりとあるだけだったが、徐々に数を増していった。途中、五稜郭に向かうという一行と別れたところで砂浜に出て握り飯を食べた。

ふたたび歩きだす。湊が右に見えてくるとぐっと街らしくなってくる。

「案外にぎやかなものだ」

「昔から交易が盛んでございましたからな」

米沢藩が磐城三藩に加勢した理由が湊にあった。品川には遠く及ばないにしても、蝦夷地とはいえ、箱館の家並みの多さを見ていると湊のあるなしがいかに重要か納得できる。

回船問屋が並ぶ一角に入ったときには、陽は西に傾きかけていた。鮫次のいる竹屋の所在を訊ねるとすぐにわかった。店の前まで来たところで源蔵が足を止める。誠之進はふり返った。

「おれはこれから別の用がございます。明日か、遅くとも明後日には片付きますので、そのときは竹屋さんをお訪ねいたします」

「そうか」誠之進はうなずいた。「鮫次がまだここにいるかはわからんが、いずれにしても源さんが来たときにはわかるように店の者に言付けを頼んでおくよ」

「それでは」

きびすを返して足早に遠ざかっていく源蔵を見送り、誠之進は竹屋に入った。手代らしき男が愛想笑いを浮かべて出てくる。

「いらっしゃいま……」

絶句し、大仰に顔をしかめ、鼻声になってつづけた。

「どのようなご用でございましょう」

「江戸から鮫次という男が来ておられぬか。私は司誠之進と申す者だが」

「司様でございますね」顔を真っ赤にした手代がうなずく。「うかがっております」

くるりと背を向けると小僧を呼び、案内するようにと命じた。誠之進が礼をいったときも手代は息を詰めたまま、何度も頭を下げた。

小僧に案内されたのは竹屋のすぐ裏、湊に面した旅籠だった。小僧が番頭に告げるとほどなく二階から鮫次が下りてきた。

そして誠之進を見るなり顔をしかめて首を振る。

「誠さん、まず湯だ。湯に入(へえ)れ」


鮫次の部屋は二階の奥で窓の外には箱館の湊が広がっていた。窓辺に肘を置き、誠之進は頬杖をついてぼんやりと湊を眺めていた。

何年前になるのだろう。

品川宿の大戸屋には三階があり、板頭を張っていた汀はそこに個室が与えられていた。板頭のみに認められた特権である。汀の部屋も湊に面していて同じように舟を眺めることができた。

はるか昔の出来事のような気がする。

ふいに竹屋の手代が顔を真っ赤にして目を白黒させていた様子が浮かび、吹きだしてしまった。誠之進から立ちのぼる異臭のせいだった。鮫次にいわれるまま、手拭いとぬか袋を借り、風呂場へ行った。

旅籠は竹屋が持っていて、荷を運んできた船頭や水手(かこ)が寝泊まりできるようになっており、風呂場も銭湯並みに大きかった。湯をかぶり、ぬか袋と手拭いで躰をこすった。今まで見たこともないほどたくさんの垢が落ち、何度も桶の湯を変えなくてはならなかった。頭の天辺から爪先まですっかり垢を落としたときには、手足がふやけていた。湯船に浸かったのは、手拭いをすすいだ桶の湯が濁らなくなってからだ。

湯から上がると旅籠が用意してくれた浴衣と袖無しの綿入れを着て、ようやく鮫次の部屋へ案内された。入れ違いに鮫次が湯だといって出ていった。

朝から陽が傾くまで歩きつづけた。台場山から砂浜までは下りだったにせよ、七、八里は歩いただろう。さすがに足がだるい。胃の腑が空っぽなので眠くはならなかったが、これで腹がくちくなり、おまけに酒でも入れれば、前後不覚に眠りこんでしまいそうだ。

お気楽なものだと思う。

土方は最後まで台場山に残っていただろう。殿軍(しんがり)はひときわ危なく、それだけに采配が難しい。だが、不安はなかった。半月にわたって胸壁から胸壁へと巡り、兵を励まし、ときに叱り、指示を出しつづけてきた姿はまさに鬼神だ。いったいいつ眠るのだろうと思ったほどだ。

たまに誠之進と源蔵のところにもやって来た。鬼神のようだというと、片頬を持ちあげ、ちらりと笑みを浮かべていった。

『鬼だよ、誠さんがいう通りさ。宇都宮では逃げようとした配下……、従兵を斬った』

いつしか土方も誠さんと呼ぶようになっていた。誠之進も歳さんと呼んだ。源蔵とのやり取りを聞いているうちに耳に馴染んだのか、あるいは年齢が近いせいかも知れなかった。土方は天保六年乙未の生まれなので誠之進より一つ年上だ。

斬ったのは、江戸から京、甲州、そして宇都宮へ土方とともにあった従兵だという。

「お待ち」

鮫次が部屋に入ってくる。右手に大徳利、左手に湯飲みを二つ持っている。誠之進はしげしげと鮫次を眺めた。

「何だい、おれの顔に何かついてるか」

突っ立ったまま、鮫次が訊きかえす。

「それで笠を被せりゃ、立派な信楽の大狸だな」

「よせよ」

誠之進の前にあぐらをかいた鮫次が湯飲みを置き、酒を注ぎだした。

「とりあえず一杯行こう。肴は適当に見つくろってくれといってあるが、ろくなもんはねえだろう」

「田舎だからか」

「いやいや、蝦夷地だなんぞと馬鹿にしたもんじゃねえぜ。品川並み、ひょっとしたら品川より旨い魚を食わせる。だが、漁師が海に出ねえんじゃしようがない」

二つの湯飲みになみなみと酒を注いだ鮫次が上目遣いに誠之進を見る。

「半月ほど前から薩長の軍船がうろうろしてやがる。奴ら、撃ちやがるのさ」

「漁師に敵も味方もあるまい。それともこちらの舟と見間違ってるのか」

「面白半分よ。漁師の舟は撃ち返してこないからな。さ、久しぶりだ」

「そうだ」

二人は湯飲みを取り、目顔でうなずいてからひと息に飲んだ。空になった湯飲みに鮫次が酒を注いでくれる。徳利を取りあげ、今度は誠之進が注ぎ返した。しばらくの間、二人は黙って酌み交わした。

ふうと息を吐き、早くも顔を赤くした鮫次が窓の外に目をやる。

「さっきはずいぶん熱心に外を見てたじゃないか。やっぱり品川を思いだすかい」

「そうだな。汀の部屋からもここと同じような景色が見えた」

鮫次が舌打ちし、顔をしかめた。

「すかしやがる」

そもそも鮫次と知り合ったきっかけが汀にある。執心した鮫次だったが、汀が相手にしなかった。徳利を差しだすと鮫次が受けながらつづけた。

「まあ、汀の奴も誠さんに気があったようだからな。誠さんみたいないい男が相手じゃ、しようがねえや」

「いい男って……」誠之進は苦笑した。「今さらおだてたって何にもならない」

「いや、本当だよ。女がぽうっとなっちまうのもわかるような気がする。部屋に入るときにな、湊を眺めてる誠さんの背中を見てたら後ろからぎゅっと抱きしめたくなった。おれが女だったら間違いなく惚れてるね」

「よせよ」

誠之進は顔の前で手を振った。鮫次がにやりとする。どうやら汀の一件で意趣返しをしているつもりらしい。

湯飲みを口に運びかけた鮫次がはっとした顔をして畳の上に置いた。

「いけねえ、肝心の用を忘れるところだった。これ以上飲む前に片付けちまおう」

そういって立ちあがった鮫次が部屋の隅から古びた柳行李を持ってきて誠之進の前に置いた。それほど大きなものではない。幅が五寸、長さは一尺ほどで厚みは二寸といったところだ。

誠之進は手を伸ばし、行李を持ちあげた。重くはなかったが、中味はぎっしり詰まっているようだ。鮫次に目を向けた。

「何だ？」

「お師匠からだ」

「狂斎師から」

「ああ、開けてみなよ」

誠之進は行李を開けた。中には矢立、錫製の水差し、硯、顔料を入れた小皿が入っている。蓋の内側には二つ折りにした紙が詰まっている。紙は片側が綴じてあり、画帖になっていた。

誠之進は矢立を取りあげた。黒漆で一尺余はありそうだった。

鮫次が目を剝く。

「なるほど、そういうことか」

「何だい」

「誠さんが持ってる矢立だがな、お師匠が信濃に出かけたときに持っていった奴だ」

「狂斎師が愛用された品を私にくだすったということか」

「それに言付けがある。誠さんにしっかり伝えろといわれてきた」

うなずいた。

鮫次が圧しだすようにいう。

「お前は絵師だ、忘れるな」

鮫次の部屋に居候するようになって数日後、珍しい客が誠之進を訪ねてきた。土方の従兵、市村である。近所にある写真館に土方が来ていて、ご足労願えないかといっているという。鮫次は不在——毎日湊に出かけていっては多吉の乗った船がいつやって来るかを訊きまわっていた——で、とりわけすることもない誠之進は出かけることにした。

写真館とは、そも何ぞや。鮫次から聞いていたが、説明している鮫次自身よくわかっていないようだった。

『とにかくおれたちの商売敵よ』

竹屋の前から伸びる坂を上ったところにくだんの写真館はあった。異国風だが、小体な白い二階建てだ。門前に差しかかったとき、中からぞろぞろと人が出てきた。服装からてっきり異国人ばかりだと思ったが、半分は榎本軍の兵のようだ。わきで直立した市村がさっと礼をする。

目礼を返した男がちらりと誠之進も見たが、何もいわずに通りすぎる。並んで歩いているのは背の高い異国人だ。総勢八人、半数が異国人でいずれも鼻の下にたっぷりと髭をたくわえている。

遠ざかりつつある一行を見送った誠之進は市村に目を向けた。

「今のは？」

「先頭にいらっしゃったのが陸軍奉行並の松平殿、となりがフランス隊のブリュネ副長でございます」

ほかは砲兵隊頭取の細谷、通辞の田島と福島だという。

「フランス人の名前は覚えにくくて」

あとを省略して市村が頭を掻く。最後尾に並んでいる二人は通辞の福島とフランス兵だが、頭二つ分は楽に背丈が違う。八人のうちもっとも小柄な福島と、フランス兵の中でもぬきんでて大きな男が並んで歩いているのがおかしい。

「変わった刀をさげてるな」

「サーベルというそうです。異国のもので」

「そうだろう」

こちらですという市村に従って門をくぐったが、玄関には入ろうとせず、そのまま裏庭に回った。丸い卓を囲んで背もたれのついた椅子が四つ置かれている。そのうちの一つに腰かけた土方が手を上げた。背もたれに上体をあずけ、左足を投げだすようにしている。

「呼び立てて申し訳ない。とりあえず座ってくれ」

椅子を引いて浅く腰かけた誠之進は両手を膝において小さく頭を下げた。

「ご無事で」

「皆、無事だった」

顎を引くようにしてうなずいた土方が改めて誠之進に向きなおり、ていねいに辞儀をした。

「その節は世話になった。家まで焼かせてしまって」

「いやいや、私は何もしていない。すべては源さんの差配で」

そういうと土方の片頰がかすかに持ちあがったように見えた。誠之進は言葉を継いだ。

「それにあのチセは先年亡くなった蝦夷人の婆さんが住んでいたもので、私の家というわけではない。それに人の絶えた家は燃やしてしまうのが習いだそうで、私と源蔵が出るときには焼き払う約束になっていた。お気遣いなく」

「主が死んだら家ごと焼き払うか。家などなくなった方がいっそせいせいするな」

土方が空に向かってからから笑った。

朝から晴れていた。明るい陽射しの下で見るとやはり土方の眸が深い藍色であることがわかる。

不思議な眼だと思った。

「今さっき陸軍奉行並一行とすれ違った。フランス人がいっしょで」

「写真（フート）を撮りに来たんだ。記念にね」

フートがどのようなものかわからなかったが、鮫次のいっていた商売敵ともいうべき肖像なのだろうと想像はつく。

「歳さんも？」

誠之進の問いかけに、すぐには答えようとせず土方は写真館に目をやった。やがて静かにいう。

「局長をなさっていた近藤さんは江戸で撮ったがね。歳もいっしょにと誘われたが、儂は断った」

「どうして？」

土方が目を細め、下唇を突きだす。

「生き写しなど、魂を抜かれるようで気味が悪かった」

「今度は気が変わったか」

「ここの主とはみょうにウマがあってな。前に一度撮った。今日は暇ができたんで、ぶらぶらやって来ただけだ。あんたにも会いたかったし。台場山での礼もまだだった」

「よく私のいるところがわかったね」

「源さんに会った」土方が藍色の眸を向けてくる。「あの男、箱館で平松武兵衛を探しておる」

明日、遅くとも明後日には片が付くといって別れた源蔵だったが、いまだ竹屋にやって来てはいない。鮫次の部屋に居候を決めこんでいる理由の一つが源蔵を待つことにあった。

土方がぐいと身を乗りだしてきた。

「平松を知ってるか」

「いや、源さんから名前を聞いているだけだ」

「異人だ」

「え？」

「平松某なんぞと名乗り、両刀を差して羽織、袴で歩いてるが、顔を見りゃわかる。立派な異人よ。だが、フランスでもイギリスでもない」

「何者なんだ？」

「商人だよ」土方が椅子の背に躰をあずける。「売ってるのは大砲や鉄砲だがね。いい商売になるらしい。だが、買えるのはお大尽にかぎる。何しろ馬鹿高いからな」

フランスは幕府、イギリスは薩摩に取り入り、平松が入りこめる余地はなかったと土方がいう。

「で、会津、庄内に目をつけた」

「大藩だからか」

「いや、会津の台所は火の車だったし、庄内は酒田に金儲けのうまい商人がいた。そやつに金を吐きださせていたが、それでも武器を買うには足りない」

「では、どうやって?」

誠之進の問いに土方は両手を広げて見せた。

「蝦夷地だ。会庄ともに蝦夷地に所領を持っている。向こう百年、両藩の所領を無償で平松に貸し与えるという密約を結んだ」

「百年……、とんでもない話だ」

「そう。平松はプロイセンの生まれで、プロイセンの仕事をしている。武器を出すのはプロイセン、会庄の所領を手に入れるのもプロイセンだ。平松にしてみれば、会庄が倒れてもらっては困る。ところが」

土方が首を振る。両藩とも昨秋降伏し、恭順を示している。

誠之進は土方を見返した。

「ここが最後の砦というわけか」

「だが、かなり危うい」土方が目を上げ、誠之進をまっすぐにのぞきこんだ。「儂がいうのも何だが、あんたもさっさと逃げだした方がいい」

「歳さんは、どうするんだ。このまま本陣にいるのか」

「儂はとっくに本陣を出て、今は千代ヶ岡にいる」

本陣は五稜郭、千代ヶ岡はより湊に近い陣屋だ。

「毎日軍議、軍議でね。飽き飽きした。勝つための軍議ならまだしも、どうやって負けるかばかり相談してやがる。やってられん」

土方が背もたれに頭の後ろを乗せ、空を見上げた。

「小器用な連中が生き残る。儂ぁ、不器用だ」

小器用といわれて思い浮かんだのが人見勝太郎だった。たしかに生きのびそうな気がした。

旅籠に戻ると鮫次が待ちかまえていた。

「多吉の船が湊に入った。今日の日暮れには出港するそうだ。急いでくれ」

「急げって、何を？」

鮫次が顔をしかめ、大仰に舌打ちする。

「何をとぼけたことを。お師匠の言付けを忘れたのか。誠さんは絵師なんだ」

「おいおい、ずいぶん急いでるんだな」

「薩摩だ。多吉から聞いた。そこら中に丸に十文字の旗印を掲げた軍船がうようよしているらしい。明日にも攻めてくるぜ」

鮫次が膝を乗りだす。

「これをいっちゃ身も蓋もねえが、磐城平のお家はもうねえんだろ。誠さんは十分に忠義を尽くしてきたさ。だろ？　いっしょに江戸へ帰るんだよ。品川へ」

「いや、まだ源さんが戻ってきていない」

「あの男に何か義理でもあるのか」

一瞬にして脳裏をいくつもの顔が駆けぬけていく。父もいた。兄もいた。遠藤善二郎や千葉興風、そして友四郎の面差しが過っていく。

「まあね」

食いさがる鮫次をなだめ、その日のうちに湊まで送っていった。

さらに数日が経って、ようやく源蔵が戻ってきた。

五

「結局、平松には会えておりません。まったくもって面目次第もないことで」

みょうにかしこまった源蔵がいう。

誠之進は鮫次が泊まっていた部屋にそのまま残っていた。狂斎からだという柳行李には金が入っていた。画帖の間に小粒小判が十枚入っていたのである。額面は一両だが、実際にはその三分の一しか値はない。それでも十枚あれば、大金には違いない。おかげで旅籠の代金を支払い、落ちついた色合いの古着の結城木綿も買った。

目を伏せ、恐縮している源蔵をしげしげと眺めた。

「源さんもザンギリにしたんだね」

「え？」

目をぱちくりさせている源蔵に向かって頭を撫でて見せた。

「頭さ」

「はい。ここらでは髷を切った方が都合がいいもので」

縞の着物に同じ柄の羽織を重ねていた。すっかり見違えただけでなく、言葉遣いも変わっている。

「組で仕込まれたのかい」

鴉組の頭領は変装を得意としていた。二本松城下で出会ったときには老人にしか見えなかったものだが、三十だという。

「いえいえ」源蔵が顔の前で手を振る。「山ん中とは違います。前にお話ししましたが、箱館の仲間は薬の行商をしておりまして」

かたわらには風呂敷にくるんだ柳行李が置いてあり、その上に異国風の帽子が乗っていた。誠之進の視線に気がついた源蔵が答える。

「帽子（シャポウ）も仲間が用意してくれました。これで行李を背負っていれば、たいていのところ

「には怪しまれずにあちこち行けます」

「そうやってあちこち平松なる御仁を探しまわっていたわけか。平松とはいっているが、異人だろ」

　ぎょっとしたように目を見開き、すぐに合点がいったようにうなずいた。

「土方様でございますね」

「そう」誠之進はあっさり認めた。「何日か前に近所へ来てね。呼ばれた」

「平松が何者かもお聞き及びで？」

　誠之進はうなずいた。

「プロイセンだかの商人だと聞いた。会津、庄内と秘密交渉をしていた、と」

「今は榎本様に乗り換えております。当地を足がかりにして新しい藩を作れとけしかけたのも平松にございます」

「しかし、榎本も足元が危ういようだね」

　わずかの間、源蔵は誠之進を見つめていたが、すぐにうなずいた。

「その通りです。箱館に姿を現さなかったのもおそらくはそのせいでしょう。もっとも平松は武家にはほとほと愛想が尽きたと申しておりましたが」

「ほう、どうして？」

「会津様にしろ庄内様にしろ敵と戦うために武器が必要なはずなのにいざとなったら、

さっさと降伏してしまったと。薩長といっても見た目ほどには力はない。いってみれば、張り子の虎だと申します」

「天子様だよ」

「しかし、天子様は薩摩様と長州様が策略を用いて……」

いいかける源蔵を手で制し、誠之進は訊ねた。

「源さんは東照大権現の名前を知ってるかい」

「はあ、おれのようなものでも存じてはおりますが」

「徳川次郎三郎　源　朝臣家康」

さらりといった誠之進に源蔵は目を剝き、次いで周囲を見まわした。誠之進は低く笑っていった。

「壁に耳あり、障子に目ありか。大丈夫、ここに誰もいない。私がいいたいのは武家には本姓があるということだ。源が本姓、朝臣が位を表す。会津中将にしても、島津や毛利にしても同じことだ」

「はあ」

「源氏、平氏、藤原氏、橘氏の四つだがね。どういうことかわかるかい」

「さっぱり」

「天子様をお守りするのが武家の本分で、大元をたどっていけば、その四家を祖とするということだ。徳川でも島津でも変わらない。異国の者たちは、イギリスだのフランスだのプロイセンだのといって戦をしてきたようだが、それこそ異国同士の戦だった。だが、武家は違う。どの家も天子様家臣の流れをくんでいる。いってみれば、うちわの喧嘩みたいなもんさ。そこのところが平松とやらには理解できなかった」

「そんなものでございますかね」

「大づかみにいえば、そういうことさ。とにかく平松は来ない。来ないのであれば、いくら大殿の命とはいえ、ここでは果たせそうもない。大殿の命にどこまでも従うかは別にしてもとりあえず箱館から逃げだす算段をしなくてはならん」

「そうですね」

腕を組みかけた源蔵の腹が鳴る。

「いや、その前に腹ごしらえだな。腹が減っては戦はできぬというし」

誠之進は酒と肴、それに食事の支度を帳場に頼んだ。二人は酌み交わし、二本松を出てからのこと、これからのことなど夜遅くまで話し合った。

明けて五月十一日、この日、土方歳三は死ぬ。

雷鳴のごとき凄まじい音につづいて地響きが来た。はっと目を開いた誠之進は夜具をはねのけ、起きあがって窓の障子を開けはなつ。

眼前の光景に息を嚥んだ。

左に弁天砲台が見え、立てつづけに砲を撃っている。白煙が広がり、炎が閃いたかと思うと弾にまとわりついて煙が伸びていった。伸びた先に目を転じると五隻の軍艦があった。

敵の艦隊だ。

五隻の中央、先頭を切って進んでくる船は真っ黒で低い。その鼻先に水柱が立ったかと思うと、こんどは真っ黒な船の舳先に白煙が生じ、甲高いうなりが近づいてきてほどなく砲台に落ちて炸裂した。

「あれを」

となりに立った源蔵が左を指す。一隻の外輪船が舷側から突きだした砲を撃ちながら砲台に向かってくる。敵艦のうち、左右の二隻ずつが分かれ、横腹を見せて撃ちかけてきた。外輪船の後方に立てつづけに水柱が立つ。

「危ない」

誠之進は思わず声を漏らした。

ついに敵弾が外輪船の後尾に命中、火柱を吹きあげた。後方の帆柱が折れ、人が海へと投げだされるのが見えた。とたんに外輪の動きが鈍くなり、速力が落ちた。だが、惰性で何とか砲台の手前までやって来た。しかし、そこで停止してしまう。なおもさかんに右舷の砲を撃つが、なかなか敵艦に命中しない。それどころか黒く、低い船がまっしぐらに砲台に向かってくる。いかにも不気味だ。土方たちが乗りこみ、奪おうとした鋼鉄の船だろうと察しがついた。

「出よう」

誠之進は夜具のわきに畳んでおいた結城木綿を羽織り、さっと帯を締めた。鮫次が狂斎から託された柳行李を手にしたとき、わきから源蔵が手を出した。

「これをお使いください」

差しだされた風呂敷を受けとった。

「かたじけない」

柳行李を包み、背中にくくりつけながら部屋を飛びだした。階段を駆けおり、裏口から湊のわきに出る。

五隻の敵艦が右に左に舵（かじ）を切りながら次々に砲を撃つ。敵の弾は台場や外輪船に命中するか、至近距離に落ちて水柱を吹きあげた。台場と外輪船からも撃ちかえすが、敵艦の手前に落ちるばかりでしかなかった。

源蔵がうめいた。

「くそぉ、届きもしない」

そのとき左後方で強風が吹き荒れるような音がしてふり返った。町家に火の手が上がっていた。

回船問屋街の後方には箱館山を中心にいくつかの山が連なっており、その向こうは狭いながらも砂浜になっている。そこから敵軍が上陸し、弁天台場に迫っているに違いない。上陸、進軍した先に町家街があれば、火を放つのは常道だ。

誠之進は駆けだした。

視界の隅に湊の奥を進んでいた榎本軍の軍艦が立てつづけに砲を撃ち、敵艦の一隻の中央付近をふっ飛ばすのが見えた。だが、快哉を叫ぶ間はない。

誠之進は橋を渡り、走りつづけた。視線の先には、一本木関門の柵が広がっている。後方で立ちのぼる煙が上空に広がっていた。

一本木関門の柵はすでに敵艦の砲弾を受けたせいでところどころ破られていて、どこからでも通りぬけることができた。さらに駆け、千代ヶ岡陣屋に飛びこむ。榎本軍の兵が右往左往している中、人だかりがあった。真ん中に寝かされている陣羽織姿の男を見て、誠之進は足を止めた。

土方……。

駆けよった。誰も止めようとはしない。浮き足だっているせいで誠之進に目を留める者がないのだ。青い顔をして目を閉じた土方の腰にさらしを巻きつけている若い兵がいた。市村ではなかった。

「もっときつくだ。きつく縛らんか」

目をつぶったまま土方が怒鳴る。若い兵は返事をしながらも手を止めない。

「歳さん」

片膝をついた誠之進が声をかけると土方がわずかに目を開いた。誠之進をみとめると
ちらりと笑みを浮かべる。

「あんたか」

「手を負ったな」

「みっともないところを見られた……、そうだ」

ふいに土方の両目が強い光を放ち、やおら左手で首にかけていた白い絹の布を取って、
誠之進に突きだす。

「これで縛ってくれ」

誠之進は若い兵がさらしを巻きつけている腰に目をやった。土方が苛立ったように首
を振る。

「違う。こっちだ」

そういって突きだされた右手は血まみれで、親指がなかった。

「わかった」

絹の布を取ろうとすると土方が引っこめる。

「傷を縛るんじゃない。脇指を握らせてしっかり縛りつけてくれ」

土方の左腰に目をやった。大刀は鞘だけが残っており、短筒を差してあった革の容れ物は空っぽになっている。

「情けないことに刀がよう握れん」

「しかし……」

「早く。頼む」

「わかった」

誠之進は土方の脇指を抜き、血まみれの右手に握らせると絹の布を幾重にも巻きつけ、固く縛った。

「よし」

そういうと土方が左肘を地について躰を起こそうとする。若い兵があわてて右腕を引く。右手にはたった今縛りつけたばかりの脇指が握られている。誠之進は土方の左わきの下に躰を入れ、担ぎあげた。

両足で踏んばろうとした土方だったが、左腰を撃たれ、力が入らないようだ。うっと声を漏らし、誠之進の首に巻きつけた左腕に力をこめる。

どこへ行くのかと訊こうとしたとき、土方が大声を発した。

「馬、引け」

　ぎょっとして土方を見上げる。

「歳さん、この傷では……」

　土方が藍色の眸で誠之進を見返し、次いで弁天台場に目をやった。誠之進は土方の視線を追った。燃えあがる外輪船から艀(てんま)が下ろされ、関門の少し先に向かっていた。乗っている兵たちの姿が見えた。

　その間にも台場には次々火柱が立ちのぼり、爆発が起こっている。台場の砲は沈黙していた。

　土方が左に目をやる。敵の一軍がつい先ほど誠之進が駆けぬけてきた橋のたもとまで迫っている。台場の入口近くにも敵兵たちが押しよせてきた。

「回天の連中を助けなくてはならん」

　動けなくなった外輪船が回天なのだろう。たしかにこのまま岸にたどり着いたところで押しよせてくる敵兵になぶり殺しにされてしまう。

「しかし、どうやって」

　訊きかけたときに馬が引かれてきた。右手に脇指を縛りつけたまま、土方が馬に乗る。とてもひらりというわけにはいかず周囲の兵たちの手を借りなくてはならなかった。鞍(くら)にまたがった土方がふたたび誠之進に目を向け、小さく一礼した。

誠之進はうなずき返した。

馬の横腹に一蹴り入れると単騎で走りだした。砲台と外輪船が撃てなくなったことで敵の軍艦のうち、三隻が急接近していた。鋼鉄の船が相変わらず先陣を切っている。近づくほどに不気味さが増していた。

土方が吠え、右手の脇指を突きあげる。

敵艦の砲が一斉に火を吹き、次々に土方の周囲に弾を撃ちこむが、単騎で駆けぬける速さに追いつけない。土煙が空しく土方と馬の後方に噴きあがる。

二度、三度と馬首をめぐらし、土方は軽やかに敵艦を翻弄した。橋のたもとまで迫っていた敵軍も足を止め、鉄砲を構えて立てつづけに発射するもののあたらない。

やはり鬼神かと思いかけたそのとき、土方が馬を止めた。すでに回天を脱した艀は岸に着き、兵たちが上陸している。

そちらをちらりと見た土方はふたたび馬腹を蹴り、右手を高々と突きあげて三隻の軍艦めがけて突っこんでいった。

砲弾が集中し、土煙が重なって土方の姿を消した。

風に煙が払われたときには、土方の姿はなかった。

誠之進は我知らず走りだしていた。

後ろで源蔵が呼びかける。

無視した。

箱館の戦から五年の月日が流れた。

七輪の前にしゃがみこんだ娘が見上げてくる。五歳か、六歳くらいだ。七輪には何本もの柳の箸が差しいれられ、煙を上げている。顔をしかめているのは煙たいのだろう。

「こちらは狂斎師のお宅か」

娘がうなずく。

「師はご在宅か」

娘がふたたびうなずいた。

「かたじけない」

門を入り、敷石を踏んで玄関に立った。戸は開けはなたれている。

「ごめん」

すぐに足音がして、上がり框（かまち）に裸足の大きな足が出てきたかと思うといきなり怒鳴られた。

「何の用だ。願人（がんにん）坊主なんぞに用はねえぜ」

饅頭笠（まんじゅうがさ）の縁に手を当て、持ちあげる。

上がり框に立つ鮫次の目が見る見るうちに大きくなる。口を開くが、唇が震えるばかりで声は出なかった。

「しばらく」

誠之進は鮫次を見上げていった。鮫次がふたたび口を開いたが、またしても声は出ず、いきなり背を向けると奥へと走りこんだ。

「お師匠、お師匠……」

「うるせえな、何だよ、朝っぱらから」

二人のやりとりは大声だけに玄関まで筒抜けだ。いつものことなのだろう。娘は顔も上げずに箸を燃やしつづけている。

すぐに奥の画室へと通された。狂斎の前に出た誠之進は饅頭笠と錫杖を置き、出された座布団をわきへ押しやり、墨染めの衣の裾をさばいて正座すると、両手を畳について深々と頭を下げた。

「長らくご無沙汰をしておりました」

「まったくだ」狂斎がぼそっと答える。「何年になる?」

「品川を出て、かれこれ七年とちょっと」

「長えよ。今まで何をしてたんだい。形ぃ見ると雲水でもやってるようだが」

「はい。それと……」

誠之進は懐から矢立を取りだした。六年前、箱館までやって来た鮫次が狂斎からだといって持ってきた柳行李に入っていたものだ。蓋を取り、中から細く丸めた紙を取りだす。両手で広げ、狂斎に差しだした。

狂斎も両手で受けとる。もっとも片手では丸まってしまいかねない。しばらくの間、紙を眺めていた狂斎がぎょろりとした目を上げ、誠之進をまっすぐに見た。

誠之進は顎を引くようにうなずいた。

狂斎がにこりともしないでいう。

「描けたね、誠斎」

誠斎は狂斎から与えられた名である。滅多に呼ばれたことはなかった。

「は……」

返事をしようとしたが、声より先に涙が溢れてくる。ふたたび手をつき、畳にひたいをこすりつけるようにして礼をするよりほかなかった。

ほどなく誠之進は暇(いとま)を告げた。鮫次がしきりに引き止めようとするが、品川に行きたいというと今度は狂斎が鮫次をなだめてくれた。

玄関を出る。娘が熱心に箸を焼きつづけている。かたわらには炭になった箸が何本も積みあげてあった。

誠之進は目礼したが、娘は誠之進がすぐ後ろを通りぬけたことにも気がつかない様子だった。

歩きだしてほどなく不忍池のほとりに出た。足を止め、合掌したあとに南に目を向けた。

「次は品川でございますか」

木々の陰から現れた源蔵がとなりに立っていた。

「二里半というところか」

「それくらいでしょう」

「久しぶりの江戸だ。ゆるゆる行こう」

「はい」

二人は並んで歩きだした。

終話　いきづまり

二十二歳のとき、大学卒業を前にサークル仲間とイタリアを旅行し、そのとき、フィレンツェにあるウフィッツィ美術館でヴィーナスの誕生を見た。ボッティチェッリの作だ。

大学での専攻は日本文学だったし、美術に興味があるわけでもないのに美術館に行ったのは、たまたま申しこんだツアーのコースに入っていたのと、ウフィッツィ美術館がわりと有名なのでせっかくだからということになったからだ。そしてヴィーナスの誕生を目の前にしたときに思ったものだ。

これ、テレビで見たことある……。

世界的な名画なのにガラスケースに入れられているわけではなく、壁に掛けられ、その前に低いポールが二本置かれていて、その間をロープがゆるく垂れさがっているに過ぎず、三十センチくらいまで顔を近づけられた。

そのおかげで発見できた。

幅二センチ、長さ三センチほどの、わずかに絵の具が盛りあがったところに細かい筋がついていた。およそ五百年前、ボッティチェッリが筆を動かした跡に違いない。筋は美術館の照明を受けて、きらきら輝いていた。

当たり前のことなのに、あまりに有名で歴史的な絵画に、人の手の痕跡を見つけられたのが何とも不思議だった。

高さ二メートル、幅が三メートルほどもありそうな巨大な絵には中央に全裸のヴィーナスが貝の上に立ち、向かって左で宙に浮かんでいる女の天使――背中に羽があるので天使だろう――に抱えられた男が唇をすぼめて息を吹きかけている。向かって右に立つ女が花柄のヴェールを差しかけているのだが、筆の跡は彼女の左足、小指の少し下にあった。

二十二歳……、もう十六年前か……。

津坂静香(しずか)はヴィーナスの誕生を思いだしてため息を吐きそうになりながらも目の前にある一枚の絵を凝視していた。

描かれているのは女性だ。白骨と見まがうばかりに痩せこけた右手を胸の前に出し、指先をだらりと下げている。鎖骨、胸骨が浮かびあがっていて、躰の右側は白く、左半分は墨色の影になっていた。白いのは、右前に置かれた行灯の光を浴びているためだ。

絵の左下、壁に貼ってあるラベルに目をやる。

幽霊図／慶応四年、明治元－三年頃／絹本淡彩、金泥／一〇五・六×三〇・〇センチメートル

作者は河鍋暁斎。

とうとうここまで来たと静香は思った。

昨年春、深川にある古い家に住んでいた祖母が亡くなった。大正十年生まれ、九十五歳だった。代々海苔(のり)問屋をしていたのだが、十年前、社長をしていた伯父が高齢と体調不良を理由に店をたたんだ。三年前、伯父、伯母が相次いで亡くなり、一人残った祖母は老人介護施設に入った。伯父夫婦には娘が三人いたが、店も家も継がなかったので、古い家はずっと空き家になっていた。

祖母が亡くなったのを機に次男である静香の父、母、伯父夫婦の三人の娘が話し合い、家を取り壊して土地を売却することにした。そのため片付けをすることになったのだが、祖母が寝室として使っていた六畳間に古びた大金庫が見つかったのである。

高さは静香の胸元くらい、扉の幅も一メートルはあった。どっしりとした造りで、父はよく床が抜けなかったものだと感心した。

祖父は大正六年生まれで、昭和十九年には二十七歳になっていた。戦況の悪化にとも

なって徴兵され、中国に行ったという。そこで戦死した。以来、祖母が女手ひとつで海苔問屋を切り盛りしながら二人の息子を育てた。

父は昭和十八年生まれなので、祖父は出征前に赤ん坊だった父を抱くことができたが、父にとっては写真だけで見た相手だ。写真の内、一枚には父を抱き、笑顔を見せている袢纏（はんてん）姿の祖父が写っていた。袢纏の襟には屋号が染め抜かれている。

父は金庫の存在も、ダイヤル式で番号を三つか四つ合わせると開くことも知っていたが、肝心の番号がわからない。唯一答えを知っていそうな伯父はすでに亡く、家中探したものの金庫を開く番号らしきものはどこにも見当たらなかった。開けられないとなると、どうしても中を見たくなるのが人情だ。

深川の家に専門業者が呼ばれ、金庫を開けることになった。

祖母の四十九日が済んだあとの日曜日、いよいよ業者が来ることになり、静香も両親とともに深川に行った。

「何が入ってるのかしらね」

伯父の娘である三姉妹の末娘 桜子（さくらこ）が切りだした。

「元が貧乏な海苔屋だよ。大した物はないわよ」

次女の松代（まつよ）が持参したせんべいをかじりながらにべもなくいう。長女の菊江（きくえ）がにやにやして二人の話を聞いていた。

「菊姉ちゃん、何だか感じ悪い」

桜子がいえば、松代も同調する。三人の名は、生まれ月――菊江が九月、松代が一月、桜子が三月――にちなむらしいが、静香は詳しいことを知らない。母を交えた女ばかり五人で台所のテーブルを囲み、お茶を飲んでいる。

金庫を開ける際、業者が企業秘密である器具を使うため、金庫のある部屋に父だけが残ることになった。本当のところ、女が五人もいたのでは気が散るのかも知れなかった。家の片付けはあらかた終わっており、祖母の寝室にある金庫と台所の椅子とテーブルが残っているくらいでしかない。そのため三姉妹の夫も子供たちも来ておらず、静香の兄夫婦も顔を見せなかった。

相変わらずにやにやしたまま、菊江がつづける。

「あたしはお母さんに聞いただけなんだけどさ、お母さんも大祖母ちゃんに聞かされただけっていってて」

「ずいぶんもったい付けるのね」

松代が不満そうにいう。

「この家はさ、もともと津坂って名字じゃなかったっていうのね。っていうか、ほら、うちがまだお店やってた頃にのれんにへの字の下に丁と書いて、ヤマチョウって呼ばれてたでしょ。頭に乗っかってるのはへの字じゃなく、ヤマって読む。それが明治の初めに子連れの出戻りが来たらしいのよ。この家の娘だったんだけど、どこかのお侍に見初められてお嫁に行ったのね。そこが津坂という家」

菊江が亡き伯母から聞いたところによれば、ちょうどその頃深川の家には男の子がいなくて跡取りに困っていた。そこへ出戻ってきた娘が男の子を連れてきたという。そこで主夫婦の養子にして店を継がせたいとしたのだが、出戻ってきた娘が頑として応じなかった。

どのような話し合いが行われたのかは想像もつかないが、双方が歩みより、結果的に連れてきた男児が津坂姓のまま、海苔問屋を継ぐことになった。時代は明治となり、誰もが名字を名乗るようになっていた。

「へえ」松代が目を丸くする。「それじゃ、うちらの御先祖様はお侍だったってわけ」

「でも、そのお侍も海苔屋になったんでしょ」

桜子がつまらなさそうにいい、静香の母を見た。

「叔母さん、何か聞いてない」

「全然」母はあっさり首を振った。「お父さんなら何か聞いてるかも知れないけど、私は初耳」

お父さんとは祖母の部屋にいる静香の父だ。

「大祖母ちゃんにしても嫁に来たとき、お姑さんにさんざん聞かされただけで、本当かどうかはわからないといってたみたいだけどね」

菊江がそういって湯飲みを口元に運び、茶をすすった。松代が腕時計を見る。

「結構時間がかかるものね」

全員がうなずく。かれこれ二時間近くが経っていた。

静香は頭の中で整理していた。三姉妹はそれぞれ結婚し、子供もいる。そのため伯母を祖母ちゃん、祖母を大祖母ちゃんと呼び分けていたのは知っている。祖母にとって姑ということは三代前、さらに一世代前で……。

面倒くさくなって菊江に訊いた。

「その大祖母ちゃんの姑さんという人が明治の初めに出戻ってきた人ということ？」

唸った菊江が腕組みし、天井を見上げる。

「戦争で死んだ大祖母ちゃんの旦那さんのお父さんの奥さんが姑さんでしょ。お父さんという人は確かこの家で生まれたはずで、そのお父さんが出戻ってきた人の連れ子だったと思うな」

となりで松代が指を折りながら数えている。やがていった。

「うちらの五代前がお侍の家から出戻ってきた人か。ねえ、お姉ちゃん、その出戻りの名前とかわかんないの」

「わかるわけないでしょう。明治の初めだよ。生まれたのは、江戸時代じゃないかな。どっちにしたってはるか昔だよ」

　桜子がぶつぶついっている。

「母、祖母、曽祖母、高祖母……」

　いきなり顔を上げ、誰にともなく訊いた。

「高祖母の前って、何ていうの？」

　誰も答えられなかった。すぐに桜子がスマートフォンを取りだし、インターネットで調べ始める。

　しかし、答えが出る前に祖母の部屋にいる父に呼ばれた。

　部屋では業者――ワイシャツ、ノーネクタイの太った初老の男で金庫破りというイメージはなかった――が道具を片づけており、金庫の前で膝立ちになった父が待っていた。

　全員がそろったところで父が見まわし、おごそかに告げる。

「では、開くぞ」

　ハンドルを回し、ゆっくりと引く。分厚い扉が徐々に開かれ、誰もが息を詰めて中をのぞきこんだ。中には大小いくつかの桐の抽斗がある。父は一つひとつ取りだしては床の上に置いていった。

　早速三姉妹が抽斗の中に収まっていた古い書類のようなものを広げはじめる。

「現金はないわねぇ」

菊江がつぶやき、松代が答える。

「ま、想定内だけどね」

父が最下段の抽斗を引きだした。金庫の内側いっぱいなので幅は八十センチほど、高さが二十センチくらいあった。抽斗としてはもっとも大きい。

「中にまた箱がある」

静香は父の後ろに行ってのぞきこんだ。手文庫と黒い筒があった。膝の前に抽斗を置いた父が黒い筒を取りあげる。二センチくらいの太さがあり、三、四十センチくらいのものだ。

「何、それ？」

静香は父の手元を見て訊いた。

「矢立だ。昔の人はこれに筆を入れて持ち歩いたんだよ。こうして蓋を取って……」

父が上部をひねり、抜いた。ぽんと音がする。早速のぞきこんだ父が落胆したようにいう。

「何だよ、空っぽ……、いや、待てよ、丸めた紙が入れてあるぞ」

父が勢いよく矢立を振りはじめ、誰もが注目した。丸めた紙が飛びだす。父はつまみあげて抜いた。

広げる。

「やだぁ」

「何よ、これ」

「気持ち悪い」

三姉妹がいう。

そこには千切れた腕が描かれてあった。右手で刀を握っている。親指の辺りに白い布が巻きつけてあり、その布にも血が滲んでいた。

それが静香と津坂誠之（まさゆき）こと、司誠之進との出会いとなった。


金庫のもっとも下の抽斗に入っていた手文庫からは、こよりで綴じた日記が出てきた。あとになってわかったのだが、日記は津坂誠之が司誠之進と名乗っていた頃のもので、しかもリアルタイムで書かれたのではなく、後年——おそらくは箱館を脱出したあと——、思いだしながら記したことが想像できた。日記は約十年分あったが、筆跡や墨の色がほとんど変わっていないからだ。

表紙がつけられていて、そこには司誠之進日記と記してあった。当初、司というのが何者か、どうして深川の家に保管されていたのかわけがわからなかった。また、表紙と日記本文の筆跡が明らかに違った。ひょっとしたらしのが書き散らされた日記をまとめ、綴じて、表紙をつけたのかも知れなかったが、想像の域を出ない。

五代前の、武家に嫁ぎながら子連れで出戻ってきた先祖の女性の名も日記を読んで知った。

手文庫から日記が出てきて、手書きの筆文字で記されていることがわかったとき、父、母、従姉の三姉妹がそろって静香に目を向けた。

『国文科卒だからなぁ』

父が断定するようにいった。あのときほど安易に、つまりはこれといって目的もなく国文科に進んだことを後悔したことはない。

それでも読みくだすことを承諾したのは、気味の悪い千切れた右腕――傷口は皮膚がギザギザになっていて、折れた骨が飛びだしていた――の絵になぜか惹きつけられたのと、司誠之進が何者なのか知りたいという好奇心に駆られたからだ。日記を読みこむまで司誠之進が隠密働きをする際の偽名だとは知らなかった。

オリジナルを損傷するのが怖かったので、近所のコンビニエンスストアに通い、少しずつコピーを取っては判読に取り組んだ。

日記には、誠之進こと誠之が子供の頃から漢書の素読を嫌ったとあった。そのため日記の文体は漢文ではなく、かな混じりだったし、独特な跳びはねるような金釘流――坂本龍馬の手紙の字にちょっと似ていた――に親しみが持て、絵師だけあってところどころに絵も入っていた。

おかげで何とか読みつづけられたが、日記は百二十八ページあり、すべてを判読するのに一年かかった。

読むほどに興味が湧いてきて、部屋を飛びだし、品川や皇居、桜田門、坂下門を見て回った。安藤信正が若年寄の頃まで磐城平藩の上屋敷があった日本橋箱崎町周辺、三田の旧薩摩藩邸跡等々を歩いた。

もちろん幕末と二十一世紀の現在とではまるで景色は違う。それでも神社仏閣や石垣などに誠之進の足跡を見るような心地がした。

京急線の北品川駅で降り、旧東海道を歩いたときには、かつて大戸屋があった場所を推理し、汀やきわの姿を思いうかべた。瘡(かさ)といわれた梅毒患者を隔離しておいた鳥家がどこにあったのかはわからなかったが、十歳そこそこで連れてこられたきわが走りまわり、それから十年で死んだことを想像すると品川宿のあまりの狭さに胸が詰まった。

誠之進と鮫次が萩の絵師亀太郎——のちの松浦松洞(まつうらしょうどう)——を追いつめた河岸はほぼ特定できた。周囲は広く埋め立てられ、海も川もなかったが、漁師の息子である鮫次が通りすぎることができず手を合わせた弁財天を祀(まつ)った神社が今も残っているからだ。参道が公園となっており、その端、今は歩道橋のある交差点辺りが誠之進と亀太郎が対決した場所だろうと察しをつけ、顔をあげた静香は背筋に悪寒が走るのを感じた。

あのとき誠之進は水戸藩が警備している台場を気にしていた。騒ぎを聞きつければ、すぐにも守備兵が飛びだしてくる、と。その台場跡には小学校が建ち、静香の立っている位置から校門まで直線で五十メートルもなかった。

何より法禅寺に行き当たったときには、呆然（ぼうぜん）としてしまった。そこの境内にあった長屋で誠之進が暮らしていたのだ。東海道は目と鼻の先、大戸屋も土蔵相模も間近だ。あちこち歩きながら静香は、つねに誠之進が寄り添ってくれているような気がしていた。

いずれ萩や房総、いわき平、二本松、函館にも行ってみたい……。

日記をすべて読みおえるとどうしても河鍋暁斎の絵を見たくなった。幕末から明治にかけて活躍した稀代（きたい）の絵師にして司誠之進の師匠である。狂斎が暁斎と名を改めたのは明治四年である。誠之進日記の末尾には、表紙と同じ字で明治六年九月二十日に誠之進が狂斎の自邸を訪ねたとあった。すでに暁斎であったのだが、日記では狂斎のままだった。改名を知らなかったのか、あるいは誠之進にとっては最後まで狂斎だったのかも知れない。

ネットで調べてみると埼玉県蕨（わらび）市に河鍋暁斎記念美術館があることがわかり、静香がどうしても見たいと思っていた絵がちょうど展示されているのを知って出かけてきた。幽霊図のとなりにそれはあった。幽霊図の下絵である。

描かれている女性は暁斎の最初の妻だといわれる。病み衰え、ついには死に至った妻を描きつづけたという暁斎の言葉が誠之進の日記にもあった。描かずにはいられないのが絵師の性だともいっている。

ウフィッツィで見たヴィーナスの誕生ではわずかな筆の痕跡を発見しただけだが、幽霊図の下絵は、ドキュメンタリーそのものだ。ほかの下絵に使った紙を用いているため、裏側に描かれた女性の姿がうっすら透けている。

下絵では着物の裾まで描かれているが、本画になると裾は白く抜け、闇に溶けていた。下絵の裾あたりには、幽霊の顔が逆さまに描かれていたりもする。

何より静香を圧倒するのは、何本も記された筆の線だ。探りながら描いていた様子が浮かんでくる。ところどころ胡粉で塗りつぶし、その上から描き直してあった。背を丸め、ぎょろ目を剝いて筆を握っている暁斎の姿が浮かんでくるようだ。

下絵の上に薄絹を重ね、本画の線を決めていく。日記によれば、下絵とはまた違う、より迫力や哀愁に満ちた絵になっていったようだ。

二時間ほども静香は暁斎の絵を見て歩いた。その間、考えていたことがある。

あれは土方歳三の右手なのだ、と。親指を飛ばされた土方が誠之進に白絹のマフラーを渡し、脇指ごと縛りつけてくれと頼んだ。脇指は堀川国広なのかも知れない。土方の佩刀として記録が残っているが、脇指そのものは、ほかの遺品と違って生家には還っていない。誠之進の絵では刃は鍔元から四、五センチのところで折れていた。

そして土方の遺体も現在にいたるまで特定されていない。

新政府軍の軍艦に単騎で向かっていった土方の周囲に何発もの砲弾が落ち、凄まじい爆発のうちに馬もろとも霧消した。

駆けよった誠之進は何を見たか。

日記には書かれていなかったが、代わりに一枚の絵があった。

暁斎は誠之進の絵を見て、できたなといっている。描かずにはいられない絵師の性を感じたのだろう。

美術館を出た静香は蕨駅まで歩き、電車に乗った。平日の昼下がりで、さほど混んではいなかった。となりに座っているサラリーマン風の男性がスマートフォンでニュースを見ていた。総理の顔がアップになり、何か喋っているようだが、男性がイヤフォンを使っているので声は聞こえなかった。

静香は電車の天井を見上げた。

司誠之進は隠密として、絵師として、幕末を駆けぬけた。その後、明治維新政府ができている。

ふと思った。

今の総理の祖父、大叔父も総理だったのではないか、と。そしていずれも山口県の出身だ。正確には長州藩領ではないのかも知れないが、やっぱり何となく抵抗を感じる。

長賊め——静香は首を振った——いかん、いかん、頭が幕末モードになってるぞ。

日記の端々に顕（あらわ）れていた安藤対馬守の危惧、そして官軍相手に戦った誠之進の思いに引きずられているのだ。しかし、長州もしくは山口の政治家がこの国のトップに座っているのは今なお変わっていない。

その結果がいきづまり……。

静香は目を閉じ、頭の後ろをガラス窓につけると、心臓の鼓動にも似た振動に身を任せた。

本文デザイン／高橋健二（テラエンジン）

解　説

末國善己

戦国時代にしても、幕末維新にしても、乱世を生き延び、新時代のパイオニアとしてその名を刻んだ英傑たちは、綺麗事（きれいごと）だけでは済まされない人生を送っている。

戦国時代でいえば、「表裏比興の者」と評された真田昌幸、賤ケ岳（しずがたけ）の戦いでは恩義ある柴田勝家に味方するも途中で撤退し、友人の羽柴秀吉を勝利に導いた前田利家、何度も主君を変え最終的に徳川家康の重臣になった藤堂高虎などは、その典型といえる。ただ戦国武将の行動原理は、家名を存続させる、敵から攻められないため国を大きくするという単純明快なものであり、戦う相手も自分と同等かより強大であることが多いので、裏切りや権謀術数に走って勝利しても後ろ暗さより痛快さが勝っていた。

幕末も手のひら返しや謀略に満ちていたが、騒乱に参入した各藩の武士たちは、開国か攘夷（じょうい）か、佐幕か勤王かというイデオロギーにとらわれ、自分で善悪、是非を判断せず、党派の論理に従って政敵を斬殺する凶行に手を染めただけに、どうしても陰惨さがつきまとう。しかも薩摩藩、長州藩を中心とする攘夷派の雄藩は、天皇の意に反して開国した幕府を非難、打倒して明治政府を樹立したが、政権を奪うと幕府が進めていた開国による富国強兵という現実路線に舵を切っている。そのため、なぜ幕府と協力して国難に立ち向かえなかったのか、なぜ新政府の要職を薩長が独占したのかなどの疑念がつきまとう。幕政批判は政権奪取の方便であり、佐幕派を箱館まで追い詰める戊辰戦争を続けたのも、同志を殺された恨みを晴らすためだったとしか思えないのである。

幕末に老中を務めた磐城平藩藩主の安藤対馬守（信正）に仕える津坂家の二男として生まれた誠之進を主人公にした〈隠密絵師事件帖〉シリーズも、幕府の側から幕末史を捉えることで、後に明治政府の中枢に座る薩長の変節と欺瞞を徹底して暴いている。

絵師を目指しているが、まだそれだけでは食っていけない誠之進は、隠居したものの、かつては磐城平藩主の安藤対馬守の江戸詰め御側用人を務めた父・東海から、江戸の出入口である品川で暮らし、尊王攘夷派の動向を探る隠密になるよう命じられた。

誠之進は、巨漢で「大蛸」の異名を持つ鮫次、その師匠で天才絵師の河鍋狂斎（後の暁斎）の協力を得ながら、安藤対馬守を写実的に描いた絵師を捜す第一巻『隠密絵師事件帖』、長屋で目撃されたひとだまの謎を追う第二巻『ひとだま』、鮫次の故郷である房総半島で起こった尊皇攘夷運動と脱藩浪士が江戸で進める謀略に巻き込まれる第三巻『赤心』と、背後に薩長の影がちらつく難事件に挑んできた。

第四巻にして完結編の本書『いきづまり』は、津坂家が江戸詰めだったため初めて磐城平藩に入った誠之進が、戊辰戦争の最前線で戦うことになる。

　これまでのシリーズは、安藤対馬守の上役だった井伊直弼が暗殺された桜田門外の変、安藤対馬守が暗殺者に狙われた坂下門外の変など歴史的な大事件を遠景に置きながらも、市井の片隅で懸命に生きる普通の人たちの日常や情感を軸に物語を進めてきた。これに対し本書は、新政府軍の最新兵器に蹂躙され、敵の政治工作や派閥抗争、不利な戦況によって分裂する奥羽列藩同盟の動向を丹念に追っており、歴史小説色が強くなっている。市井人情もののエッセンスを導入することで薩長の非道を浮き彫りにしてきたシリーズは、最終巻になって戦争文学にシフトし、より直接的に薩長の変節を明らかにしたといえる。

　誠之進は、父から唯心一刀流を学び、名刀「乕徹」も受け継いだが、絵師に身をやつしている時は、名研ぎ師秀峰の三男・秀三が作った特殊なキセル筒を武器にしていた。だが銃と大砲の性能が勝敗を決する幕末にあっては、「乕徹」やキセル筒は役に立たない。そこで秀峰の父子は、秀三が細工を施したリボルバーと革製のホルスターを、絵の師である狂斎は毘沙門天の絵が描かれた盃を餞別として誠之進に贈る。

　旧幕府軍と東北諸藩の兵士は、火縄銃と同じように、鉄を丸めただけの銃身（滑腔式）に先端から弾丸を詰める（マズルローダー式）のゲベール銃が主流だった。ところが新政府軍は、発射した弾丸に回転を与え命中精度を高める螺旋状の溝（ライノリング）を銃身の内部に刻み、どんぐり形の弾丸を使うミニエー銃、銃身の尾部から弾丸を装塡し、弾丸と火薬を一体化した薬莢（やっきょう）を用いるスナイドル銃など新式の銃を装備していた。こうした時代背景を考えると、誠之進は最も有益な餞別をもらったといえる。

誠之進の故国・磐城平藩は、現在の福島県浜通り（太平洋側）南部にあった。誠之進たちは、平潟湊（ひらかたみなと）から上陸するであろう新政府軍を警戒していたが阻止できず、平潟湊の奪還にも失敗する。新政府軍は磐城平城を目差して進軍し、撤退した誠之進は、磐城平藩、仙台藩、米沢藩などと城を死守する戦いに参加、実際に銃を手にすることになる。

太平の世を生きた幕末の武士は、美しく着飾った武将が己の存在を誇示するかのように戦場を疾駆した戦国時代の合戦を、物語や先祖の武勲として理解していただけだった。だが誠之進を始め最前線に送り出された武士が見たのは、遠距離から大砲で撃ち出された砲弾が炸裂（さくれつ）して城門や人体を粉砕し、地味な軍服を着た兵士が物陰から銃弾を浴びせて死体の山を築くまったく新しい戦争だった。一騎当千の強者も、不利な戦況を覆す策士もいない悲惨で散文的な戦場を、誠之進は、二本松そして箱館まで転戦していく。

第二巻『ひとだま』、第三巻『赤心』を続けて読むと、江戸を混乱に陥れるテロが、科学技術の進歩によって誰でも簡単にできるようになる現実がよく分かる。本書で描かれる戦闘のスペクタクルはその極北であり、武士の誇りも感情も捨て、ただ上からの命令を機械的に実行するだけの〝駒〟になったかのような敵兵と対峙（たいじ）する戦闘シーンには、恐怖を覚えるだろう。だが、これこそが近代戦の姿なのである。

著者は、江戸無血開城を果たした新政府軍が東北に兵を進めたのは、京都守護職として長州藩を打ち払った会津藩主の松平容保を討つという長州の「私闘」に過ぎず、江戸の薩摩藩邸を焼き打ちした米沢藩、長州の使者だった世良修蔵を斬った仙台藩なども討伐される危険があったため、同盟を結んだ（奥羽列藩同盟）としている。

圧倒的な武力を背景に傲岸不遜に振る舞う新政府軍と、会津藩への非合理な仕打ちへの抗議、朝廷への忠義を疑われたことに対する怒り、武士の一分など、人としての誇りをかけ絶望的な戦いに身を投じる奥羽列藩同盟の武士たちの対比は、戊辰戦争の〝義〟はどちらの側にあったのか、多くの血を流した先にある明治維新なる政治運動に〝大義〟はあったのかの問い掛けになっているのである。

最前線で負傷し、敗走の途中で怪我をして動けなくなるなどした誠之進は、父に剣術の手ほどきを受けたり、狩野派の画塾への入門を打診されたりした少年時代の夢を見ることもあった。剣術を習ったが、それは退屈な漢籍の素読から逃れるためであり、絵は好きだったが狩野派を学ぶつもりもなかったなど、家を継がなくてもいい気楽さもあって明確な目標を持たずに生きてきた誠之進は、平和な戦後民主主義社会を生きている現代の若者に近い。そんな誠之進が、上に立つ人間の判断ミスや私怨が積み重なり、戦場に立つことを余儀なくされる展開は、為政者の失策、他国への憎悪、戦争を煽るプロパガンダなどの切っ掛けがあれば、現代の平和もいともたやすく崩れ去る可能性を教えてくれるのだ。誠之進の平和な過去と最前線で戦う現在がカットバックされながら進む構成は、動乱の〝種〟は平穏な日常の傍らにあるという現実も実感させてくれるのである。

本書を読むと、誠之進が絵師を目差しているとの設定が、第一巻から張り巡らされた周到な伏線だったことにも気付く。前線で戦った誠之進は、戦友たちが次々と倒れる厳しい現実、回避する機会があったのに理不尽な戦争を仕掛け、新兵器で友軍を殺戮(さつりく)した新政府軍、窮地に精神論を唱える味方の隊長などに怒りを募らせる。「憤怒」が心中に秘めた「鬼」を目覚めさせようとした時、誠之進は、狂斎が贈ってくれた毘沙門天の絵を描いた盃を思い浮かべて、それを鎮めることがあった。

一人の武士として戦塵(せんじん)にまみれながらも、狂斎から雅号をもらった絵師であり続けようとする誠之進は、永遠に語り継がれる文化のパワーを用い、刹那の権力闘争に過ぎない戦争の愚かさを際立たせる役割も担っていたように思えてならない。

絵や音楽、演劇、映画、文学といった芸術だけでなく、哲学、倫理、宗教、科学といった文化は、人間の想像力を豊かにしてくれる。想像力があるからこそ、人間は戦場を描いた一枚の絵を見て戦争の悲劇を悟り同じ過ちを繰り返さないと思うようになるし、人を殺す戦争が道徳的に正しいのか、人を効率的に殺すテクノロジーを開発するのは是か非かも考えるようになる。何より想像力があれば、友好的でない国の思惑を推測し、コミュニケーションを取ることで危機を回避する道さえ模索できるのである。

著者が、時代を超越し、どんな政治体制であっても人の心を揺さぶる文化の重要性をテーマにした全四巻の壮大な物語を描いたのは、経済発展と効率性ばかりを追い求める現代日本が、文化を蔑ろにし（先進国の中では低い文化予算、高校の教科書から小説を消す教育・受験改革などはその典型といえる）、それが他者を敵か味方かに二分するような想像力の欠如した硬直した思考の蔓延に繋がっていることに危機感を覚えているからではないだろうか。

少し余談ながら、狂斎は暁斎と改名後の一八七四年、上野戦争を題材にした三枚続の錦絵『東台戦争落去之図』を刊行した。この作品には、新政府軍と彰義隊の戦闘の背後に、逃げ惑う庶民の姿が描かれている。無関係の庶民を巻き込む近代戦の実態を写し取っていたからこそ、著者は誠之進の師匠を狂斎にしたのかもしれない。

急展開を見せる終話「いきづまり」では、〝大義〟ではなく私欲によって徳川から権力を奪った薩長のビジョンなき政策が、欲望のままに帝国主義的な植民地獲得競争に走り、それが先の大戦の敗戦に結び付いたとの歴史観を示す。薩長閥の影響が敗戦後も続いていることを指摘するラストは、幕末と現代は地続きであり（特に攘夷論は、幕末、昭和初期の反欧米、昨今の中韓へのヘイトまで常に存在している）、現代人は誠之進と同じ悲劇をいつ経験するか分からないこと、それを回避するために想像力を磨く大切さに気付かせてくれるはずだ。

〈隠密絵師事件帖〉は完結したが、著者はスピンオフ的なシリーズを構想しているという。誠之進、鮫次、狂斎らが、どのような形で再び読者の前に現れるのか。その時を首を長くして待ちたい。

（すえくに・よしみ　文芸評論家）

本書は、集英社文庫のために書き下ろされた作品です。

池　寒魚の本

隠密絵師事件帖

絵師としては三流。用心棒としての腕は立つ。裏の顔は磐城平藩の隠密。誠之進が幕末の品川を疾駆し事件を追う。全方位型エンターテインメント時代劇。

集英社文庫

集英社文庫　目録（日本文学）

荒俣宏	風水先生
荒俣宏	怪奇の国ニッポン
荒俣宏	レックス・ムンディ
荒山徹	鳳凰の黙示録
有川真由美	働く女！38歳までにしておくべきこと
有島武郎	生れ出づる悩み
有吉佐和子	仮縫
有吉佐和子	連舞
有吉佐和子	乱舞
有吉佐和子	処女連禱
有吉佐和子	更紗夫人
有吉佐和子	仮縫
有吉佐和子	花ならば赤く
安東能明	聖域捜査
安東能明	境界捜査
安東能明	伏流捜査
井形慶子	運命をかえる言葉の力
井形慶子	英国式スピリチュアルな暮らし方
井形慶子	イギリス人の格 「今日できること」からはじめる生き方
井形慶子	日本人の背中 欧米人はどこに惹かれ、何に驚くのか
井形慶子	好きなのに淋しいのはなぜ
井形慶子	ロンドン生活はじめ！50歳からの家づくりと仕事
井形慶子	イギリス流 輝く年の重ね方
池寒魚	隠密絵師事件帖
池寒魚	ひとだま 隠密絵師事件帖
池寒魚	赤心 隠密絵師事件帖
池寒魚	いきづまり 隠密絵師事件帖
池井戸潤	七つの会議
池内紀	ゲーテさんこんばんは
池内紀	作家の生きかた
池内紀	二列目の人生 隠れた異才たち
池上彰	これが「週刊こどもニュース」だ
池上彰	そうだったのか！現代史
池上彰	そうだったのか！現代史 パート2
池上彰	そうだったのか！日本現代史
池上彰	そうだったのか！アメリカ
池上彰	そうだったのか！中国
池上彰	池上彰の大衝突 終わらない巨大国家の対立
池上彰	海外で恥をかかない世界の新常識
池上彰	池上彰の講義の時間 高校生からわかるイスラム世界
池上彰	池上彰の講義の時間 高校生からわかる原子力
池澤夏樹 写真・芝田満之	カイマナヒラの家
池澤夏樹	憲法なんて知らないよ
池澤夏樹	パレオマニア 大英博物館からの13の旅
池澤夏樹	異国の客
池澤夏樹	叡智の断片
池澤夏樹	セーヌの川辺
池田理代子	ベルサイユのばら全五巻

集英社文庫　目録（日本文学）

- 池田理代子　オルフェウスの窓全九巻
- 池永陽　走るジイサン
- 池永陽　ひらひら
- 池永陽　コンビニ・ララバイ
- 池永陽　でいごの花の下に
- 池永陽　水のなかの螢
- 池永陽　青葉のごとく　会津純真篇
- 池永陽　北の麦酒(ビール)ザムライ　日本初に挑戦した薩摩藩士
- 池永陽　下町やぶさか診療所
- 池波正太郎　スパイ武士道
- 池波正太郎　天城峠
- 池波正太郎・選　日本ペンクラブ編　捕物小説名作選一
- 池波正太郎・選　日本ペンクラブ編　捕物小説名作選二
- 池波正太郎　幕末遊撃隊
- 池波正太郎　江戸前通の歳時記
- 池波正太郎　鬼平梅安　江戸暮らし
- 伊坂幸太郎　終末のフール
- 伊坂幸太郎　仙台ぐらし
- 伊坂幸太郎　残り全部バケーション
- 石川恭三　心に残る患者の話
- 石川恭三　定年の身じたく　生涯青春！をめざす医師からの提案
- 石川恭三　生へのアンコール
- 石川恭三　医者が見つめた老いを生きるということ
- 石川恭三　医者いらずの本
- 石川恭三　定年ちょっといい話　閑中忙あり
- 石川恭三　50代からの男の体にズバッと効く本
- 石川直樹　全ての装備を知恵に置き換えること
- 石川直樹　最後の冒険家
- 石倉昇　ヒカルの碁勝利学
- 石田衣良　エンジェル
- 石田衣良　娼(しょう)年(ねん)
- 石田衣良　スローグッドバイ
- 石田衣良　1ポンドの悲しみ
- 石田衣良　愛がいない部屋
- 石田衣良　空は、今日も、青いか？
- 石田衣良他　恋のトビラ　好き、やっぱり好き。
- 石田衣良　答えはひとつじゃないけれど　石田衣良の人生相談室
- 石田衣良　逝(せい)年(ねん)
- 石田衣良　傷つきやすくなった世界で
- 石田衣良　REVERSE(リバース)
- 石田衣良　坂の下の湖
- 石田衣良　北斗　ある殺人者の回心
- 石田衣良　オネスティ
- 石田雄太　イチローイズム
- 石田雄太　桑田真澄　ピッチャーズ　バイブル
- 伊集院静　むかい風
- 伊集院静　機関車先生
- 伊集院静　宙ぶらん

集英社文庫　目録（日本文学）

伊集院静　いねむり先生
伊集院静　愚者よ、お前がいなくなって淋しくてたまらない
泉鏡花　高野聖
一条ゆかり　実戦！恋愛倶楽部
一条ゆかり　正しい欲望のススメ
一田和樹　天才ハッカー安部響子と五分間の相棒
一田和樹　女子高生ハッカー鈴木沙穂梨と0.02ミリの冒険
一田和樹　内通と破滅と僕の恋人　珈琲店ブラックスノウのサイバー事件簿
一田和樹　原発サイバートラップ
一田和樹　天才ハッカー安部響子と2,048人の犯罪者たち
五木寛之　こころ・と・からだ
五木寛之　雨の日には車をみがいて
五木寛之　不安の力
五木寛之　新版　生きるヒント1　自分を発見するための12のレッスン
五木寛之　新版　生きるヒント2　今日を生きるための12のレッスン
五木寛之　新版　生きるヒント3　癒しの力を得るための12のレッスン

五木寛之　新版　生きるヒント4　ほんとうの自分を探すための12のレッスン
五木寛之　新版　生きるヒント5　人生にときめくための12のレッスン
伊東乾　さよなら、サイレント・ネイビー　地下鉄に乗った同級生
伊藤左千夫　野菊の墓
いとうせいこう　鼻に挟み撃ち
絲山秋子　ダーティ・ワーク
井戸まさえ　無戸籍の日本人
乾ルカ　六月の輝き
乾緑郎　思い出は満たされないまま
犬飼六岐　青藍の峠　幕末疾走録
井上荒野　森のなかのママ
井上荒野　ベーコン
井上荒野　そこへ行くな
井上荒野　夢のなかの魚屋の地図
いのうえさきこ　圧縮！西郷どん
井上ひさし　ある八重子物語

井上ひさし　不忠臣蔵
井上光晴　明日　一九四五年八月八日・長崎
井上夢人　あくむ
井上夢人　パワー・オフ
井上夢人　風が吹いたら桶屋がもうかる
井上夢人　the TEAM　ザ・チーム
井上夢人　the SIX　ザ・シックス
井上理津子　親を送る　その日は必ずやってくる
今邑彩　よもつひらさか
今邑彩　いつもの朝に(上)(下)
今邑彩　鬼
伊与原新　博物館のファントム　箕作博士の事件簿
岩井志麻子　邪悪な花鳥風月
岩井志麻子　瞽女の啼く家
岩井三四二　清佑、ただいま在庄
岩井三四二　むつかしきこと承り候　公事指南控帳

集英社文庫

いきづまり　隠密絵師事件帖

2019年3月25日　第1刷　　定価はカバーに表示してあります。

著者　池　寒魚
発行者　徳永　真
発行所　株式会社　集英社
東京都千代田区一ツ橋2-5-10　〒101-8050
電話　【編集部】03-3230-6095
【読者係】03-3230-6080
【販売部】03-3230-6393（書店専用）
印刷　中央精版印刷株式会社　株式会社美松堂
製本　中央精版印刷株式会社

フォーマットデザイン　アリヤマデザインストア　　マークデザイン　居山浩二

ISBN978-4-08-745857-2 C0193